畅销作家写作全技巧

[日]大泽在昌 著

程亮 译

売れる作家の全技術

江西人民出版社
Jiangxi People's Publishing House
全国百佳出版社

目 录

PART 1 讲 座 *1*

讲　座

学生介绍

笔名	年龄、性别	现职	喜欢的作家	想写的小说
狐狸	40多岁、男性	日语教师 书评员	[日]浅田次郎 [日]奥田英朗	娱乐小说
海豚	40多岁、男性	词作家	[美]欧·亨利 [日]阿刀田高	娱乐小说
水母	40多岁、女性	公司职员	[日]松本清张	悬疑小说
秋英	40多岁、女性	公司职员	[日]大泽在昌	推理、恋爱等描写人心细致微妙的小说
大米	30多岁、女性	公司职员	[日]宫部美雪 [日]神林长平	推理、科幻小说
虎	20多岁、女性	公司职员	[日]宫部美雪	具有幻想色彩的现代娱乐小说
猫	50多岁、女性	代书人	[日]大泽在昌	硬汉派小说
巴哥犬	40多岁、女性	公司职员	[日]大泽在昌 [日]山本周五郎	历史小说
貘	40多岁、男性	律师	[英]罗尔德·达尔	（与法律或司法界有关的）娱乐小说
企鹅	30多岁、女性	自由撰稿人	[日]江国香织 [日]唯川惠	恋爱、商业、医疗、喜剧、社会小说
驴	20多岁、男性	公务员	[日]伊坂幸太郎	娱乐小说
鳄鱼	20多岁、男性	自由职业者	[日]万城目学	青春、推理小说

第一课

以写作为生意味着什么

出道方法

大泽：大家好，我是大泽在昌。举办这个讲座的目的，是想把我所知的有限的写作技巧，尽量以生动直接的方式传授给大家。有些内容可能会反复强调，很重要，测验时会考到，请大家牢记。

首先，我想讲讲"以写作为生意味着什么"。作家出道大体上有两种方法，一种是获得新人奖，另一种是向出版社投稿出书。要说哪种方法更好，首选肯定是获得新人奖，而且我建议尽量以"含金量"较高的新人奖为目标。

以"含金量"高的新人奖为目标

日本现在有两百多个小说新人奖，假如每个奖平均入围名额三百人，总共就是六万人，即便其中有两百人成功出道，一年后还能留在文坛的，也不过一两个人而已。至于日后还能斩获文学大奖，成为著名畅销书作家的，大概每五到十年才有一人。

想在文坛出道，请尽量以"含金量"较高的新人奖为目标。当然，这样的新人奖竞争很激烈，但只要能成功出道，不仅作为主办方的出版社会与你签约，其他出版社的编辑们也会蜂拥而至，在颁奖仪式上竞相向你约稿。当然，其中的九成都是客套话，所以可不能轻易地以为自己的作家生涯从此就能一帆风顺哦。

当然，也有人是以向出版社投稿的方式出道的，但这样的作品没有任何头衔和奖项的光环笼罩，突然出现在书店里，结果往往是无人问津。所以在我看来，这样的出道是一种"浪费"。

那么，"含金量高"的新人奖是指哪些呢？依我之见，推理小说类的是"江户川乱步奖"和"日本恐怖小说大奖"，历史小说类的是"松本清张奖"。所谓"含金量高"，是指获奖的新人日后很可能大有作为。换句话说，能闯出一条道路来，这样的文学奖，就是"含金量高"的奖。

但要注意的是，即使通过含金量高的新人奖成功出道，也不意味着未来的前途一定光明。获奖后必须尽快写出优秀的代表作，不然很难继续留在文坛。

作家的收入

假设日本现在有 500 位小说家，其中八成小说家的年收入将低于 500 万日元，甚至有的会低于 200 万日元。举个例子，如果现在要你给角川书店写一本 32 开精装本的长篇小说。既然是新人，写作怎么也得耗时半年吧？假如初版印刷 4000 本，定价 1700 日元，版税是 10%，那么你的收入就是 68 万日元。半年才赚这点儿钱，还不如在超市打工赚得多。

最近，有很多新人作家表示"年收入低于 200 万日元也没关系"，我认为不该抱这样的心态。作家同职业棒球手一样，也是分为"首发"

和"替补"的。通过有"含金量"的新人奖出道，相当于中"状元"；通过次要的文学奖出道，相当于后几轮的"选秀顺位"；至于通过投稿出道的人，则仅相当于"试训球员"。

缩小的出版市场

三十三年前（1979 年），我和大家一样，只是一个以新人奖为目标的写作爱好者，直到获得双叶社《小说推理》杂志主办的首届小说推理新人奖，我才正式出道。就当时的文艺出版界而言，该出版社的实力并不雄厚。在写出《新宿鲛》之前，我一直被称为"永久初版作家"，因为我一本接一本地写，结果出了二十八本没有再版的书。甚至在新书面世后，我去书店却没看到，仔细寻找才发现，我的书竟被垫在了人气作家的书底下。不过在那个年代，尽管书卖得不好，但我仍能接到约稿，所以不愁生计。

如今的出版市场已缩小到当年的三分之一左右了。也就是说，作家的"存活率"和收入也只有当年的三分之一了。请务必谨记，你是在这样的时代做出了成为作家的选择。

中等规模的书店，大概摆放着八到十万种书。怎样才能让读者拿起你的书，并且觉得有趣而想要购买呢？大家或许以为，作家的读者是很温暖的，能提供持续的支持，但事实上，作家对他们既不认识也不了解。随着潮流或情绪的变化，他们难保不会无情地突然

"离开"。自雷曼事件（2008 年 9 月 15 日，雷曼兄弟破产，令其发行的信贷价值暴跌，因而在台湾、香港等地引发投资者的不满和抗议。）以后，书的整体销量暴跌，有些忠实的读者为了买一本书，甚至不得不省出两顿午饭钱。也就是说，必须成为能让读者无论如何仍甘愿掏钱买书的作家才行。

想成为这样的作家，就要以通过"含金量"高的新人奖出道——也就是以成为"选秀状元"为目标，当正式出场的机会来临时，要展示出惊人的优异表现，从别人手中夺走"首发"的位置。总之，请大家成为能打"全垒"的、能赚钱的作家。

成为作家的四大要点

前面一直在说当前的严峻形势，下面我想讲讲"以写作为生"需要注意的具体要点。

①确保文字的正确性

写作时请把词典放在身边，哪怕对某个字的写法稍有犹豫，也该翻开词典查找确认。我至今还在用笔写作，比如"忧郁"的"郁"字，写多少遍仍记不住，所以每天至少也得翻五六回词典。你们都用电脑打字，或许以为只要输入法不出现转换错误，打出来的字就一定正确。可事实上，很多人都在写错字，却自以为正确。我会在讲评时举几个例子。所以，首先请务必养成怀疑自己和勤查词典的习惯。

②写完重读原稿

我曾多次担任各种新人奖的评委，发现不少作品犯有明显的错误，这些错误其实只要把作品重读一遍就能避免。这次大家提交的作品，也有不少明显没有重新读过的。我知道大家想拖到截稿的最后一刻才重读，用尽可能多的时间写稿子，但与其做长时间的构思，不如提前写完，用最后一天推敲，这样更能有效地提高作品的完成度。而且，重读应该尽量隔段时间再进行，否则后来想出的词句会与已经写好的词句有重叠。就像要找的东西明明近在眼前，却偏偏视而不见一样，很多时候，仅靠自己的眼睛是觉察不到这些问题的，甚至会犯下显而易见的错误。因此，大家需要等冷静以后再重读，而为了留出重读的时间，就应该尽早完稿。

③坚持每日练笔

电视剧里的作家，经常在截稿前夜通宵写作，但现实中的顶级职业作家可不是这样的。要想尽早完稿，就必须养成每天写完固定篇幅的习惯。我今天来这儿之前，就刚写完十页给杂志的稿子。每天最少要写十页，多则二十页，翌日还须重读前一天所写的稿子，检查措辞，加以修改删补。只有做到日日如此、反复不辍，作家生涯才能不断向前。我每到周末都会休息，还会定期给自己放长假，但像我这样的作家很少。许多作家一年三百六十五天，几乎天天都在写作，从不休息，有的人更是一天不写就浑身难受。这就如同汽车的引擎，一旦冷却熄火，再想重新发动就不容易了。哪怕每天只写一页，日积月累的话，思维也会变得灵活，能更迅速地融入作品的世界，可见"每日练笔"的重要性。

④学会勇敢放弃

在写作过程中，有时会遇到低潮，无论如何都写不下去，想不出好的立意、刚动笔就不知怎样继续推进、找不到突破口……在这种时候，请鼓起勇气果断放弃。迂回周旋的勇气、挑战不同体裁的勇气、还有放弃作品的勇气，都很重要。很多职业作家也常会陷入低潮，进退维谷，难觅出路。迄今为止我已经出版了八十六本书，无论哪一本，刚动笔时都想写成杰作，但结果常不如意，有些连我自己都读不下去。这样的作品之所以还要出版，是为下个作品做准备。为了写好下个作品，姑且先把这个作品写完出版。悔意将化作动力，激励自己把下个作品写得更好。

作家的动机

所谓作家，就要持续写作。不是只写一部名作，而是每年都能写出高水准的作品，竭尽全力，不断冲击极限，为了超越极限而持续努力。出道以后，要成为文学奖的候选者，要获奖，还要写出畅销书，总之就是不断努力向上。因为归根结底，驱使作家不断写出更多佳作的动机无他，唯"畅销"与"获奖"耳。

【问答】

● **您出道前写了多少页稿纸？**

Q. 驴：您出道前每天大概要写几页稿纸？

A. 大泽：最早从初中二年级到三年级，我写完了一篇一百二十页的作品，高中期间大概写了一千页。二十三岁出道前，我父亲患了癌症，我每天要去医院，所以那段时间写得很少。出道后，我则按编辑的要求，每两三个月完成一篇八十页的短篇小说。

● **即使勉强也要写够固定的篇幅吗？**

Q. 企鹅：有时不管怎么努力，最多只能写出两页。在这种情况下，即使内心很勉强也要努力写够十页吗？

A. 大泽：这样的情形即使在职业作家身上也很常见。不过，报刊杂志的截稿日期很严格，而且规定多少页就必须写够多少页。越是受欢迎的作家，截稿时间就越严格，规定完成的页数也越多，所以每天必须写够一定的量。不管多么辛苦，就算"爬"也要"爬够"规定的篇幅，这就是职业作家。

●即使一篇作品写着写着觉得太差，也应该坚持写完吗？

Q. 大米：在写作过程中，我有时会觉得自己写得太差。像这样即使中途觉得不行，也应该努力坚持写完吗？

A. 大泽：嗯，但你真的确信那篇作品不行吗？写得差的小说，要么是情节差，要么是角色差，通常不外乎这两者。若是情节差，有时只要回到某个点，从那里开始重写，就能解决问题；若是角色差，那基本上就要从头重写了。你的情况属于哪种呢？关键是要找出究竟哪里不行，但找到问题关键的能力是比较难掌握的。

我写小说，在起笔阶段几乎从不考虑情节，而是会用大量时间思考男、女主人公和反派角色的塑造。因为只要角色和大概的核心情节确定下来，故事就会自行发展。反之，如果支撑情节的角色不够完善，整个故事就会中道倾塌，最终失败。

很多新人奖的参赛作品都会得到"情节的确很棒，但初中教师真的有能力跟暴力团伙火拼吗？"之类的评语，可见作者把心思都用来构思情节了。请记住，情节固然重要，但角色同样重要。

第二课

掌握第一人称的写法

跨越三个障碍

大泽：这堂课的主题是"第一人称的写作方法"。我之前布置了"以第一人称写作"的课题，大家也已提交了相应的作品，所以我就边点评大家的作品，边讲解这部分内容。首先，我来说说为什么要布置这个课题。

以第一人称写作，首先是为了消除视角混乱。"上帝视角"并不为日本人所接受，尤其是参加新人奖时，更会带来负面影响。正因为视角混乱绝对有害无益，所以我希望大家练习如何用第一人称写作，从而克服这个问题。

其次，以第一人称写作只有一个信息入口。这将成为情节发展的一大枷锁。有的作者写着写着，就会忍不住透露超出视角人物所知范围的信息，光是这一点就已经失败了。换句话说，我希望大家务必亲身体验这种写法的难处，检验自己在受限的视角中能为读者提供多少信息，能把故事框架构建到何种程度。

最后，还要看自己能把视角人物——作为讲述者的"我"——的个性向读者传达多少。由于不是第三人称，所以不能用"他（她）以前如何如何"之类的方式直接描述主人公。那该通过什么方法突出主人公的性格呢？譬如，有某个女性角色对"我"这一讲述者说出"你究竟有几个好妹妹"这样的话，读者就会觉得这个"我"很有女人缘。同样，如果有其他男性角色对"我"说："我知道你是个坏人，但没想到竟恶劣到如此地步。"就会给读者留下"这个'我'是个大坏蛋"的印象。也就是说，通过对话可以突出角色的性格。

想以第一人称写作，必须扫清上面提到的这三个障碍。这说来简单，其实很难。很多人一尝试，就会觉得很不顺手，结果往往不顾第一人称的限制，造成视角混乱，写出"某某气得面红耳赤"这样的句子，其实应该写成"某某看起来气得面红耳赤"才对。

通过"以第一人称第一视角写作"，能检验自己的写作水平，进而稳步迈入下一级别的课堂。

下面进入作品讲评环节。需要事先说明的是，尽管我起初曾表示拒绝，但编辑部仍然决定，这次讲座的讲评全由我一人负责，学生之间不做互评。我接下来的点评，有些话可能说得很重，但请大家理解，我既不是要否定你们成为作家的决心，也不是在跟你们做什么保证。受到严厉批评的人就算觉得难堪，也请不要放在心上，但一定要认识到自己的错误，不要反复犯错。我会通过课题发现大家的长处和短处，并尽量将扬长补短的具体方法教给每个人。

活用第一人称的描写

先来看虎的《晴眼》。首先请虎简单介绍一下这篇作品的创作思路。

【《晴眼》故事梗概】

女大学生真菜子双眼弱视，某次遭到了跟踪狂的袭击，幸好被住在同一栋公寓的青井所救。一天，她放学回到家里，再次被跟踪狂袭击，结果又被青井所救。真菜子向青井道谢并致歉，青井则向真菜子告白，称自己救她是出于爱慕。

虎：一听到"以第一人称写作"这个课题，我就立刻想到第一人称能对读者隐瞒信息的特点，打算设计个小诡计，以隐藏秘密的方法完成这篇作品。主人公设定为弱视，但我事先并不向读者透露，并且很小心地尽量不描写主人公使用眼睛的情景。

大泽：这正是该作品的优点，对眼疾患者的生活场景描写得非常好。

我从床上探出身，伸手够向地面，摸索了好一会儿，指尖终于触到了躲在床下的闹钟。

我读到这里，意识到主人公的眼睛可能有问题，但就算猜到，也毫无不谐调感，并不妨碍继续阅读。作者的笔力给我留下了印象。

不过作为第一人称，有些表达显得很奇怪，例如"我的神色阴沉下来""我又变得双颊绯红"等。"神色阴沉"应该是在别人看来的印象，"双颊绯红"也不是自己所能知道的，应改成"双颊滚烫"。其他人的作品也存在同样的错误，大家往往会无意使用这样的表达方式。

请对自己的措辞保持更高的敏感度。

这篇作品的缺点在于，故事情节波澜不惊，毫无转折。即使"白马骑士"就是那个跟踪狂，常看推理小说的读者也能早有预料，并不出奇，然而实际结局竟然比这还要平淡，就是白马骑士解救了被跟踪狂袭击的主人公。这会令读者感到莫名其妙，不明白作者的目的何在。既然你能把患有眼疾的主人公的生活场景描写得这么好，希望你能在故事情节的构建上再多用些心思。

大泽讲师的评价

情节：差　　　角色：优秀　　文笔：差

对话：合格　　立意和噱头：合格

第一人称只有一个信息入口

接下来是大米的《香鱼》。

【《香鱼》故事梗概】

朱浬是一条美人鱼，她隐瞒自己的真实身份，却被一位老人识破了。老人至今仍后悔当初离开自己的人鱼朋友。朱浬很想结识老人，却被青梅竹马的人鱼浬芳警告。浬芳曾被人类背叛，失去了自己的妹妹。朱浬几个月没去见老人，其间老人死在了海里。

大米： 我想写出一篇充满矛盾、令人惊讶、设有诡计的作品，偶然看见 NHK 海洋生物特集的节目，觉得很有趣，就打算以此为题材，充分利用海、陆两种环境，写一篇温馨的幻想类作品。

大泽： 作为第一人称第一视角的作品，这篇作品也有不少表达显得很奇怪。例如：

> "让你久等了，朱浬。"
>
> 突然听见有人叫我的名字，我蹲着转头看去，见身后站着一个青年。
>
> 他的刘海看起来长而柔顺，细长的双眼正紧眯着。
>
> "你迟到了，浬芳。"
>
> 我不悦地皱起眉头给浬芳看，他连忙像投降一样高举双手。刚刚还在迷恋我手指的那只猫，这回却开始在他脚边绕来转去。真是个轻浮善变的家伙。
>
> "抱歉抱歉。我请你吃好吃的，就原谅我吧。"
>
> "好吧，原谅你了。"
>
> 我嘴角上扬笑给浬芳看，然后拉住他的胳膊就走。

根据角色设定，"朱浬"是主人公，而看见认识的人，一般不会写成"一个青年"。既然他叫浬芳，就该写成"见浬芳正站在身后"才对。还有"我不悦地皱起眉头给浬芳看""我嘴角上扬笑给浬芳看"等描写，很少有人会特意把表情"做给人看"，所以应当改成"我皱起了眉头"或"不悦地说"。就算主人公是故意装作不高兴，也该用"佯装不悦地说"等其他表达方式。

大米：平时我都用第三人称写作，所以就算想变成第一人称，有时还是改不过来。

大泽："以第一人称写作"这个课程的目的就在于此。第一人称只有一个视角，即信息只有一个入口，所以会成为故事情节发展的一大枷锁，这一点应该不难理解。请大家检查自己的作品，看看是否存在不符合第一人称的描写。大米的这篇作品里，出现了不少"做给人看"的句子，这不光是人称的问题，更有可能是作者养成的习惯。所以大米你应该对这一点多加注意，以后不要再犯这个毛病。

大泽讲师的评价

情节：差　　角色：合格　　文笔：差

对话：合格　　立意和噱头：优秀

描写须符合主人公的年龄

再来看水母的作品《萤》。

【《萤》故事梗概】

四十一岁的女强人仁科惠接到了原同事兼恋人藤冈悟时隔五年打来的电话。藤冈当初为创业抛弃了惠，结果生意失败，现在企图利用与惠过去的关系，要挟惠跟自己破镜重圆。惠把藤冈叫到亡父的别墅里杀害，在花坛掩埋尸体时，才发现当初抛弃丈夫的母亲，还有夺走母亲的叔叔，都被父亲埋在了花坛里。

水母： 我开篇写得尤其用心，后来又想加入一些推理元素，就写出了这篇作品。

大泽： 不好意思，我觉得你的这篇作品的开头可能是所有作品中最差的（笑）。

我上幼儿园以后，许多事都可以做了。白天能喝一点点咖啡了，晚上的就寝时间也从八点变成了八点半。此外还有很多事，其中最令我开心的，就是我能接电话了。得到母亲的许可后，我会忐忑而激动地等待电话铃声响起，同时心里生出一种前所未有的感觉，仿佛此刻的自己比昨天有了些许不同。望着我在玄关旁的黑色电话机前走来走去，母亲和父亲都笑了。春日柔和的阳光照进屋里，把幸福的一家三口映成了一幅美好的画。听着父母的笑声，我也不禁笑了起来。就在这时，电话响了。

"你妈妈在吗？"

电话对面传来一个年轻男子的嘶哑声音。我好像在什么地方听过这个声音。

开篇首句"我上幼儿园以后，许多事都可以做了"之后的叙述——

能喝一点点咖啡，就寝时间也从八点变成了八点半——都很有意思，但后面的"把幸福的一家三口映成了一幅美好的画"，就有点离谱。刚上幼儿园的小孩怎么可能产生这样的想法呢？还有"电话对面传来一个年轻男子的嘶哑声音"，也很奇怪。无论对方是青年小伙还是中年大叔，刚上幼儿园的小孩绝对分辨不出对方是不是"年轻男子"。既然使用第一人称，就必须完全从小孩的视角出发。你为这次讲座提交的应征作品，也是开头就失败了对吧？请养成更冷静地重读作品的习惯。

这篇作品的优点在于，要挟长大后的主人公跟自己破镜重圆的原同事藤冈悟，实在是一个很可憎、很没用的男人。你将这个形象刻画得非常出色。可憎的人物其实很难写好，所以这种描写会成为你的有力武器。不过，你的描写太冒失了，或者说你对自己的文字过于雕琢了。开头的"我上幼儿园以后"之后的叙述，确实很凝练，但稍有不慎就可能引起读者反感。请仔细思考怎样表现才能更自然些。还有结尾：主人公的父亲杀死自己的妻子和与之偷情的弟弟，并把尸体埋在别墅的院子里。这个结局看似出人意料，其实不太可能，因为两个大活人近乎同时失踪，警察应该觉得蹊跷而展开调查才对，等到主人公长大了还始终毫无察觉，这就说不通了。作为推理元素，我觉得你在这方面表现得太幼稚了。

大泽讲师的评价

情节：合格　　**角色：**优秀　　**文笔：**差

对话：合格　　**立意和噱头：**差

全是好人的小说太弱

接下来是巴哥犬的《迟来的春天》。

【《迟来的春天》故事梗概】

饭田藩主堀亲长的妻子珠子因受丈夫冷遇，在十天前的大火中投身火海自尽。痛失妻子的堀亲长在绝望中，与年轻时曾任消防员的老人传次郎和孤儿金造结成至交。父亲柳田为实为阻止他们交往，在寺院里放了一把大火。堀亲长获救后才发现，金造其实是柳田为实的孙子。

巴哥犬：我调查了历史上真实存在的人物的生平、成名前的轶事、藩内纷争等事迹，打算辅以救火情节，写一部四十八话的系列作品，这篇就是其中之一。身为藩主的主人公日后成了一位很了不起的领主，人称中兴之祖，但他年轻时很没用，直到父亲切腹明志，他才终于觉醒，变成了一个好人。遗憾的是，我没能顺利写到这部分。

大泽：我觉得用第一人称写历史故事相当有难度，而你为这次讲座提交的应征作品就使用了历史题材，写得也很好，这一篇同样非常出色，看得出很有实力，情节也没什么问题。只有一点需要注意。家老柳田为实在寺院里放了一把大火对吧？无论出于什么理由，放火在江户时代都是重罪，甚至可能导致一藩土崩瓦解，可是其他父亲和藩主竟然对此毫不追究，这一点很值得商榷。除了这部分，真的写得很好。

我想在这里讲一些需要重视的问题。参加历史小说新人奖的人，有很多人都像巴哥犬一样，笔力不错，而且有能力查找资料，可以尽自己所能写出有趣的作品。所以这些人每每能进入终选，可是往往得不到奖。这是为什么呢？

巴哥犬的作品，虽然我只读过讲座前的投稿和这次的《迟来的春天》，但我发现，两篇作品里竟然没有一个坏人。这有可能成为你写作的一大弱点。全是好人、没有坏人的小说，读完固然心情轻松，但故事恐怕会显得温吞。从这个意义上讲，请务必记住，作为参加新人奖的作品，登场人物全是好人的小说太弱。这个弱点很难克服，可能经常是写着写着才发现"又写成全是好人了"。虽说并不是非得出现像前面水母所写的藤冈悟那样的可憎的人物，但即便是心怀善意的人，也会彼此产生误会，也会心生恨意和悲伤，甚至动手互殴，如此才能造成出人意料的戏剧效果。你的笔力足够，如果能在这方面多加注意，肯定会有很大的进步。我对《迟来的春天》这篇作品的各项评价没有给差评，但你要知道自己的这个大弱点，今后努力弥补。

大泽讲师的评价

情节： 优秀　　**角色：** 合格　　**文笔：** 优秀

对话： 优秀　　**立意和噱头：** 合格

不要过度依赖通过对话进行说明

接下来是企鹅的《深夜中的战士》。

【《深夜中的战士》故事梗概】

二十多岁的行政事务员今村泉水曾专注于滑冰运动，但他在一次比赛中受了重伤，只能无奈退出，此后的生活一直黯淡无光。其实，他内心深藏着成为小说家的梦想，但他每晚都会在幻觉中看见一个怪物，否定他的梦想。苦恼的今村泉水咨询了生活顾问，对方劝他相信自己，于是他开始写作。

企鹅：没错，我借这篇作品把自己二十多年的苦恼写了出来，但我不知道这样写到底好不好。本来想写得更长些，好不容易才缩减到规定的三十页，结果却显得很没意思，这是我觉得特别遗憾的。

大泽：你为这次讲座提交的投稿作品得到了最高的评价，所以我本来对这篇作品是很期待的，但老实说有些失望。正如你刚才所说的，你没能把自己想写的东西实现故事化、情节化。主人公和生活顾问的对话部分交待了太多情节。以第一人称写作时，借助对话进行说明确实很重要，但如果过度依赖于此，就会写成流水账。

你自己也意识到了，这个题材不该缩减成三十页的短篇小说。当然，我明白这篇作品表达了你想成为作家的渴望，但普通读者可不会在乎你想不想当作家。对于渴望成为职业作家的人来说，以此为小说题材是绝对不合适的。

大泽讲师的评价

情节： 差　　　　**角色：** 合格　　　**文笔：** 优秀
对话： 合格　　　**立意和噱头：** 差

主人公的年龄与叙事部分的关系

下面来看鳄鱼的《尾随少年》。

【《尾随少年》故事梗概】

俺和笠原都是高中生，以前对同班同学三秋没什么印象，但在期中考试中，他所有科目都得到了满分，所以我俩对他非常好奇，决定放学后尾随跟踪他，但我俩很快就暴露了，只好向他道歉，没想到三秋反而对我俩说起自己的事。后来他意识到自己的关西腔很奇怪，终于沉默下来，我俩对他的印象也慢慢地淡了。

鳄鱼：这个课题出现的时候，我正在读夏目漱石的《少爷》，该文使用了第一人称"俺"，于是我也想尝试这样写。还有，我想趁自己还记得高中生的感觉时写，所以就以高中生作为主人公了。

大泽：这篇作品的优点在于，对年轻人的角色刻画得很好，登场人物之间的对话很自然，角色的存在感也很强。对期中考试第一名的学生尾随跟踪，这种想法在日常生活中也很有趣。

这篇作品的问题在于，文笔太幼稚了。例如开篇——

午休时，俺和笠原在教室一角吃着冰凉难咽的便当。俺和笠原都吃不惯冷饭，所以边吃边喀喀。

喀喀是指呕吐吧？一般来说，没人能边呕吐边吃饭。

"那是挺奇怪的。但是直到今天，俺都不记得他长什么样，感觉他没什么存在感。"

这里也有点怪。在这种情况下，应该用"俺都不知道他长什么样"。

还有，作为第一人称，"俺用半是惊讶的声音"这种表达也很奇怪，因为一般不会用"半是惊讶"形容自己。这个问题在其他人的作品里也很常见。再有，很多像"笠原执拗地强迫俺""笠原戏谑地嘲弄俺"这样的措辞，都存在意思重复的问题，使用一个词就够了。在日常对话中，人们可能会在无意识中同时说出"执拗和强迫""戏谑和嘲弄"，但希望大家仔细思考一下，想想这样的表达是否合适。我先前所说的"要怀疑自己的语言表达能力"，指的就是这种情况。

此外，"用巴掌大来形容极狭小的校园"这句，把校园形容成"巴掌大"其实并不合适。还有描写商店街的"连锁店超市、汉堡店、卖乌冬面的都在这里新开了店，而那些卖帽子的、时装店、卖团子的老字号也依然兴旺"这句，突然使用"卖……的"这样的非正式口语，会给人留下很不成熟的印象。与之相反，"观念极为正直，令人联想起江户时代手艺人制作的端茶机械木偶"这句，身为高中生，不该使用如此陈旧的比喻。也就是说，整体来看，这篇作品的文笔显得太不成熟。

《感伤的街角》是我二十三岁出道时写的作品，也使用了第一人称，讲述了一个年轻私家侦探的故事。趁自己还年轻，描写年轻人的角色，或是加入年轻人的话题，确实是很好的方法。鳄鱼就把少年的心理描写得很出色。然而，即使以年轻人为主人公，也没必要让所有措辞乃至叙事部分都显得幼稚。请使用成熟的措辞。

大泽讲师的评价

情节：优秀　　角色：优秀　　文笔：差

对话：优秀　　立意和噱头：合格

专业术语的有效用法

接下来是貘的《私密》。

【《私密》故事梗概】

当了二十年律师的古野参加一次研修旅行，队员是在某项目中认识的会计、证券人等。大家在晚宴上兴致高涨，决定各自说出藏在心底的秘密。醉醺醺的古野透露了自己在重修司法课程时期的跟踪狂行为，却不料当时跟踪的对象竟是同席会计海野的妻子。

　　貘：我的基本思路，是想以一些在商界的成功人士作为主角，描写他们的世界骤然崩塌、人心之"恶"瞬间暴露的故事。

　　大泽：貘是专业人士，我很期待他活用自己的业界经验，写出有趣的小说。上次的应征作品我也读过，但这次的作品，貘的个人风格完全起了反作用。比如，"渎职将即刻面临惩戒请求和损害赔偿请求诉讼""那家事务所在进行上市子公司的非公开交易或处理 MBO 时，缺乏学说判例争议的现实问题"等句子，完全搞不懂在说什么。这些内容应该起到让读者了解主人公及其所在领域的作用，是资料和背景，所以应该再精炼些，以便突出要点。如果无论如何都需要使用专业术语，就必须写得更简明易懂才行，不然读者是理解不了的。请记住，不要以为使用专业术语能让文字显得更有价值，搞不好反会弄巧成拙，引起读者的反感。

　　在这篇作品中，旅行队员们聚在一起，决定彼此分享秘密。主人公编了个故事，谎称自己以前当过跟踪狂，却没想到有位队员的妻子在现实中就曾被跟踪狂骚扰过，而且当时的情形与主人公的形容一模一样，于是主人公受到了大家的怀疑和谴责，故事以充满讽刺意味的结局收场。貘使用了大量艰涩的专业术语，依靠主人公行业的特殊性布置悬念，吊住读者的胃口，但与之相比，故事的结局太平常了，在白领一族的世界里很普通。当然，不断布置悬念并在结尾迎来高潮的作品也是有的，但以这个结局而言，实在没必要写这么长。这篇作品的优点在于，即使存在这些问题，充满讽刺意味的结局仍然还算不错。缺点则是专业术语过多，内容与长度不符。

大泽讲师的评价

情节：合格　　**角色：**合格　　　**文笔：**差

对话：合格　　**立意和噱头：**合格

如何活用观察

最后是海豚的《皮靴女与皮包男》。

【《皮靴女与皮包男》故事梗概】

"我"在上班途中目击了一场交通事故。在过去几个月的时间里，那辆电车上一直有个"皮靴女"和"皮包男"，每次都在车门附近争抢有利位置，后来还有一个"混混"模样的人也加入了"战团"。事故发生当日，混混从车上掉了下来，而我看到，他是被"皮靴女"和"皮包男"连蹬带推才掉下车的，可这两人却只顾着对警察抱怨"因为事故导致上班迟到了"。

海豚：我刚开始写小说时，只会使用第一人称，但写着写着就发现很有难度。这次该怎么写也思前想后琢磨了很久，最后才决定使用对话的形式，或者说自白的形式。

大泽：在这次的作品里，这一篇堪称"拔得头筹"，甚至完全可作为小说杂志的"奇妙短篇小说特集"当中的一篇刊载出来。人物描写尤为出色。在满员的电车里，"皮靴女"和"皮包男"本是竞争对手，却渐渐发展出奇妙的团结感，面对突然横插一脚的不速之客，二人同仇敌忾，联手予以还击。结果对方坠车身亡，二人却异口同声、若无其事地对警察说："因为那场事故，我上班都迟到了。"读到这个结局，我也忍不住笑了。这样的情节会让读者觉得，日常生活中是有可能发生这种事的，但实际往往并不会发生，可就算发生了，肯定也是同样的情形，由此可见作者功力之深。

海豚是这次唯一一个两部作品都被评委会选中的人，而这两部作品均为黑色幽默的风格，老实说题材很普通，也没什么特别有趣的地方，但这篇作品的黑色幽默在真正意义上得到了发挥，结局也非常棒。其优点在于，对人的观察做得很好，人物描写也很出色。缺点则是，我有些担心海豚是否能写好长篇。在这次讲座中，我也会讲授长篇小说的写作技巧，那你以前写过长篇吗？

海豚：写过。

大泽：那就应该没问题了。如果换作长篇，就不能以这个结局收尾了。总之按照这次的标准，这无疑是一篇出色的短篇小说。

大泽讲师的评价

情节：优秀　　　**角色：**优秀　　　**文笔：**合格

对话：合格　　　**立意和噱头：**优秀

除了"输出"，还要"吸收"

讲完本节，第二回的讲座就结束了。最后我要说一件非常重要的事。

写作是"输出"行为。如果持续输出，自己很快就会变得"中空"，

所以请务必记得"吸收"。 无论是小说、漫画、电影、戏剧、音乐，请不要忘记持续刺激自己。

听见优美的音乐，要思考"这首歌曲能写成什么样的小说"；看到出色的电影，要琢磨"如果由自己当导演，该怎样安排素材"。此外，在接触别人的作品时，还请养成习惯，时刻研究"这份感动应该如何运用到小说里"。从前在无人指点的情况下，我看过罗曼·波兰斯基导演的电影《惊狂记》之后进行构思，让一个东京土生土长的工薪一族在大阪卷入一场麻烦，由此写出了《必须奔至黎明》（原名『走らなあかん、夜明けまで』）这篇小说。

还有，**身边要常备用来记录想法的备忘录**，想到好的创意一定要随时记下来，哪怕是睡觉时做的梦也可以记录。《天使之牙》这篇小说，就是我基于"我其实是女性，只是大脑被移植了"这个梦而创作的。梦境就算在睡醒的一瞬间还能记得很清楚，过个半天也会忘得差不多，所以要养成习惯，在枕边常备备忘录，厕所里也要放一本，一有想法就立刻记下来。记下的东西不一定立刻使用，逐渐积累，留待日后回顾翻着，或许就能很好地把某些素材组合起来，构成一个有趣的故事。

想必各位都爱读书，乘车时也会捧本书看，这当然无可厚非，但也请偶尔抬头观察一下周围的人，试着展开各种想象，比如猜测对方的职业身份、家庭环境、兴趣爱好、钱包里装着什么东西、是不是有钱人、是不是"大变态"、秃顶大叔是不是异装癖等等。除此之外，还可以揣摩对方身上最"表里不一"的要素是什么。**随时随地都可以**

观察别人，这种观察会成为人物描写的重要依据。

　　一年三百六十五天，一天二十四小时，作家是没有休息时间的。即使在睡觉时也会思考刚起笔的小说如何展开后续情节，这就是小说家。

【问答】

● 怎样描写讨厌的人物

Q. 巴哥犬：我每次一想写讨厌的人物，就会忍不住立刻想起自己认识的讨厌的人，很难冷静下来。怎样才能写好讨厌的人物呢？

A. 大泽：真正讨厌的人物，其实我以前也写不好。我能描写冷酷似机器的杀手，但我越想写好讨厌的人物，就越觉得不真实。这是因为，讨厌的人并不会认为自己是讨厌的人。例如水母写的《萤》里的藤冈悟，就是一个非常讨厌的人，但他自以为自己很有魅力。就像学校里发生的欺凌事件一样，很多时候，施暴的孩子并没有意识到自己正在欺凌别人，因为人都是会将习惯"自我正当化"的生物。我常写黑道中的人物，其实总是嚷着"我弄死你"的一根筋的家伙并不可怕，反倒是那种一面道歉说"我其实并不想这么做，但不这样做就会被大哥打，所以只好对不住了"，一面用刀把人捅死，再挖坑掩埋尸体的家伙，才更可怕得多。请不要一上来就写讨厌的人，可以让看起来并不讨厌的人逐渐显得讨厌，而且给人的感觉是他不得不变得令人讨厌，让讨厌的感觉在读者中间慢慢扩散。这实践起来很难，因为这是小说家写作秘技中的秘技（笑）。

●会把自己的实际体验反映到作品里吗？

Q. 企鹅：您会把自己的实际体验反映到作品里吗？

A. 大泽：当然会了。尤其是失恋，都反映得很成功（笑）。二十岁的失恋和五十岁的失恋，是很不同的，所以写法要改变。有时会觉得写自己的心理活动很难为情，也会不由自主地想"用在小说里"简直就是自己出卖自己（笑），但对于写小说而言，悲伤的、愤怒的、凄惨的经历要比愉快的经历更有用。那么，应该怎样描写凄惨的事呢？这与先前巴哥犬的提问有相通之处。也就是说，不要一上来就直接描写惨状，这样并不能使读者产生共鸣，反而是如果本人一点也不觉得自己很惨，但周围的人却觉得"这人真惨"的时候，更容易给读者留下深刻的印象。这就好比画星星，既可以用线条一笔画出五角星形，也可以把周围全部涂黑，凸显出白色的五角星形。至于哪种方法更能突出星星的形象，试一试自然就一目了然。

直接描写惨状，就相当于一笔画星星。与之相比，将悲惨的人的周围逐渐涂黑，借此突出中间的星形，能把这份悲惨更好地传达给读者。这是因为，读者在观看主人公的同时，也在观看其周围的人，即通过"上帝之眼"鸟瞰全局。换句话说，与其直接描写"可怜""愤怒""痛苦",不如写周围人的反应,这样任谁见了都会觉得凄惨、不甘、痛苦。这种技巧并不简单,请大家绞尽脑汁,仔细思考怎样才能掌握这种写法。

● 起标题的秘诀是什么?

Q. 鳄鱼:我一到起标题的时候就犯愁,请问有没有什么秘诀?

A. 大泽:关于如何起标题,这次讲座也会讲到,我看大家确实都不擅长起标题啊(笑)。现在只说一点,那就是要尽量避开已经被人用过的标题。尤其是长篇小说,应该考虑从来没人用过的标题,哪怕稍显俗气也没关系。但若是短篇小说,例如这次的《萤》《迟来的春天》《私密》等作品,标题很可能是前人用过的,但这样的情况难以避免,所以就没必要刻意追求特殊性了。

备忘录

第三课
如何塑造形象鲜明的角色

角色支撑情节

大泽：大家好。今天这堂课，我想讲讲"人物描写"。

前面大米提出"一部作品写着写着觉得很无趣，还应该继续写完吗"这个问题时，我曾说过，关键是要找出到底是角色不行还是情节不行的问题。有趣的小说，是角色和情节有机结合的作品。只是角色鲜明的小说并不会成为有趣的作品，而情节无论多么波澜起伏，如果角色苍白平庸，同样称不上有趣。

支撑情节的是角色。要想撑起开阔的故事，角色必须充实丰满才行。

（图1）

（图2）

如果角色像三角形的顶端一样窄小，上面承载的情节就会摇摇欲坠（图1）。要想承载饱满的情节，就必须创造出足以支撑情节的牢靠的角色（图2）。那怎样才能塑造出那么出色的角色呢？这正是今天这堂课的主题。

要善于传达氛围，不要依赖数字和固有名词

首先，描写人物不要依赖于数字和固有名词，这一点很重要。例

如，绝对不要写"大泽在昌，五十五岁，上班族"，这样会导致角色过于生硬，不够丰满，而且读者也搞不清楚这个角色是重要人物还是跑龙套的。作者之所以容易这样写，大概是因为正在脑海里创造这个角色，但形象不够具体。所以，请尽量在脑海里构思出角色的具体形象。那具体形象怎么塑造呢？答案是注意营造"氛围"。

比方说，假设大家今天与我是初次见面，并不会一下子就知道我现在五十五岁，可能会有"中年男性，大概五十多岁……感觉不像上班族，正在滔滔不绝地讲说，好像很了不起的样子"的印象。"氛围"正是通过这些信息营造出来的。不过大家想必清楚，并不是把角色的外表不厌其烦地统统描写一遍——例如身穿藏蓝色夹克、条纹衬衫和浅米色斜纹布裤等等——就完成了对这个人物的描写。诸如服装、相貌、发型等，其实并不重要。描写人物必须要做到的一点，就是寻找能使该人物的形象变得鲜明而立体的文字。

为了能够更具体地构建人物形象，我建议大家先以熟人为模特来尝试描写，不妨选择亲朋好友、同事或上司，也可以是自己喜欢的演员。但要注意，不要使用现实中的人名。像"类似松岛菜菜子""很像织田裕二"这样写，也许能方便读者想象出具体的形象，对象越是有名，角色就越容易变成附庸，结果只有作者落得轻松罢了。作家可不能偷懒放松。此外，就算没有明确写出现实中的人名，但如果轻易暴露，让读者觉得"这个角色怎么看都是织田裕二啊"，那就跟写出名字没什么区别了。要记住，过犹不及。描写人物时，参照演员的形象最多只能算是手段，而非目的。

角色登场要有理由

小说里会有各式各样的人物登场。以推理小说为例，男、女主人公和反派这三个角色是故事的主轴。若以女性作为主角，则可用男性来与之搭档。另外，有时还可能存在多个反派人物。

我写小说时，考虑最多的其实并不是男主人公的刻画，而是女主人公和反派人物的塑造。如何让充满魅力的女主人公和令人印象深刻的反派人物登场，是最令我费脑筋的。譬如反派，并不是简单写成残酷无情的恶人就行，因为实际上既有悲情的反派，也有本身并不想作恶、但其立场迫使其不得不作恶的反派。也就是说，他们在故事中的登场必须要有理由。对于小说而言，"理由"至关重要。无论男、女主人公还是反派人物，都要有登场的理由。而且不光是这三大主要角色，从戏剧效果来说，即便是"路人甲""客人乙"等无名无姓的角色，其出现也必定存在理由。

假设你是小说的主人公，此刻正在乘地铁，请观察所在车厢里的乘客，可能有中年男性工薪族、女高中生或老人。小说里的人物出现在某一场景必须存在理由——我们必须基于这一点来安排登场人物。例如，假设这辆地铁里发生了某起事件，乘客们就成了目击者。再假设目击者里有女高中生，如果事件发生在上午十一点，高中生平日在这个时间乘地铁就显得有些奇怪了。她为什么会出现在这里？必然存在理由。"因为这天考试，所以放学很早"或"因为身体不舒服，所以上学迟到了"等等。正因为存在理由，相应的人物才会出现在相应的场合。尽管这个理由不一定要在文中明确写出来，但作者必须清楚才行。

在细节上精雕细琢

"斯坦尼斯拉夫斯基表演体系"是由俄国戏剧家斯坦尼斯拉夫斯基提出的，又称"方法派表演"。

假设大家都是戏剧演员，拿到剧本，被分配了各自的角色。假设你这次的角色是和主人公谈恋爱的女白领。这时你不能光是读剧本记台词，还必须为你的角色创造出剧本上没写的人生，诸如父母是否健在？有无兄弟姐妹？家庭是否富裕？兴趣爱好是什么？钱包里平时放多少钱？每天感觉最幸福和最烦闷的时间是？……这些事导演都会逐一问起，你必须全部对答如流才行。如果你扮演的是女白领的角色，若被问到"你喜欢喝茶还是咖啡"，你回答"咖啡"，还要想到更进一步的细节，比如"放不放糖或牛奶"。也就是说，针对自己的角色，演员应该更具体、更真实地对剧本上没写的细节进行精雕细琢。这就是被称为"斯坦尼斯拉夫斯基表演体系"的方法。

对于塑造小说的登场人物，我认为同样需要如此。越是重要的角色，就越该雕琢好细节部分，否则是无法塑造出鲜明而立体的角色形象的。能否写出栩栩如生、跃然于纸上的角色，取决于该角色能否带有鲜明的个性、宛如真实地生活在你的脑海里。只要能做到这一点，即使是只有一个镜头或没有任何细节描写的角色，也能让读者真实地感受到该角色的生动鲜活。

还可以制作角色表，逐渐记下自己对每个登场人物的想法。作家写小说，通常并不是从一开始就设定好了所有角色。即便是中途登场的人物或配角，也可以通过所累积的笔记来增加人物的深度。请记住，正是人物的深度才使故事变得有趣。

一成不变的主人公无法打动人心

只要是人，就有个性。个性究竟是指什么呢？容貌？还是性格？当然我并不是说，通过一部长篇小说就能写尽一个人的性格。但无论再怎样描写"那人很认真，很淳朴，是一个极温柔的人"，都不能说描写出了性格。那怎样才能在小说里描画出一个人来呢？

在我看来，小说必须随着故事情节的发展，让角色发生变化。没有哪篇小说是主人公从头到尾毫无变化的。主人公会随情节发展而有所改变，故事情节会促使其他登场人物发生变化，这样的变化过程才能让读者投入感情。要让读者对主人公所感受到的喜怒哀乐产生共鸣，这一点非常重要。

描写人物，就是要让主人公遇到能让读者投入感情的事，并将主人公的感受准确地传达给读者，使之产生共鸣。无论主人公遭遇了何等惨事，读者如果不能对主人公的感情产生共鸣，就只会觉得主人公

"真可怜"而已。仅止于此的小说，与能让读者跟着主人公一起痛哭的小说，有着本质的差别。再比如，描写对主人公做尽坏事的反派角色时，仅仅让读者觉得"这家伙真过分"，和能让读者产生"我要变成主人公找他报仇"的想法，效果是不同的。当读者开始思考"怎样才能干掉这个坏蛋"的时候，就会渴望继续读下去。到这一刻，可以说读者已入作者"彀"中矣。

所以，我们在写小说时应该始终留意，让读者为故事和主人公注入感情。主人公从头到尾毫无变化的故事是无法打动人心的。我再强调一遍："主人公从头到尾毫无变化的故事是无法打动人心的。"大家今后在构思情节时，请在这方面多加留意，要清楚自己该让主人公发生怎样的变化。所谓角色和情节的有机结合，就体现在这里。

故事的发展与角色的变化

下面我们再来更具体地思考一下，看看怎样展开情节，才能确保主人公不至于从头到尾毫无变化。

譬如写恋爱小说，大家会从哪里开始写起？恋爱有"相遇""相恋""失恋"三个要素，一般人多会从"相遇"开始写起："雨夜里，因为没带伞而不知所措的时候，突然出现了一个为自己撑伞遮雨的男人。"如果有恋爱小说大奖的新人奖，而我又是评委的话，这样的开头会让我觉得"太模式化"。

恋爱也有开始、高潮和结束。"就算恋爱多年一直感情融洽，现在也有可能会产生隔阂。去年还想着一辈子都要在一起，今年可能就改主意了。"再比如，"刚刚失恋，非常颓丧，丧失了生活的希望，迷茫地走在街上，却遇见了某个人。"从这些地方开始写都是可以的。故事从哪里开始，是作者的自由。

故事从哪里开始写起，与角色在情节发展过程中如何变化，是有着很深的关联的。如果写作顺序是"相遇"→"相恋"→"失恋"，主人公就会发生消极的变化；如果是"失恋"→"相遇"→"恋爱高潮期"的顺序，主人公就会发生积极的变化。因此，大家在构思时，请将故事的发展与角色的变化有机地结合起来。

关于"故事从哪里开始"，我会在以"情节"为主题的讲座中做详细说明。大家现在请先记住："要让角色一出场就给读者留下深刻的印象。"

塑造令人印象深刻的意外角色

给读者留下深刻印象是指什么？是让人感到意外的人物。读者一直以为是好人的角色，其实却是坏人，这就是一种意外。只不过，这种模式从几十年前就已被写烂，早没了新鲜感。况且在推理小说的世界里，"好人一登场就该先定为疑犯"是理所当然的事。所以，"似好实坏"的人物设定并不能令人眼前一亮，也无法借此打动读者。

那么反过来，"似坏实好"的设定怎么样？让主人公吃尽苦头的人，最后却成了主人公的助力。至于个中真相，可以从各方面加以虚构，例如不是"因为是好人所以帮了主人公"，而是"讨厌主人公，但为了打败共同的敌人，所做的事相当于帮了主人公"。"似坏实好"的设定，能赋予故事以深度，也能给读者留下深刻的印象。而"似好实坏"的设定，会令故事显得平庸俗套，所以请尽量避开这样的设定，尤其是对主要角色而言。

一切从观察开始

怎样才能塑造出给读者留下深刻印象的、充满魅力的角色呢？关键只有一点，就是"观察"。观察别人，仅此而已。上回也曾讲过，请大家在公司、上下班坐电车等场合，对周围的人边观察边想象。譬如，对方是否总是穿一样的衣服？是在看书还是在听音乐？做什么工作？已经成家还是单身？……在深夜十一点多的电车里，劳累了一天的人会变得没有防备，这时就能窥见人的本质。这个人是回家后连澡也不洗就钻进冰冷的被窝，还是改换装束像变了个人一样去夜里的热闹场所游玩？请尽量想象对方的人生、背景等无形的要素，不过没必要向对方确认自己猜没猜对哦，免得被当成跟踪狂（笑）。总而言之，请尽可能地坚持观察、想象。

陪酒女郎说，要想看穿初次见面的客人，关键在于鞋子。我的工作室位于六本木，到了晚上，能看见很多年轻人。尽管他们去美容院做美发，穿着流行的西装，但鞋子总是很破旧。也就是说，他们还没有闲钱照顾到鞋。想必各位平时也经常如此吧？像今天这样的场合，会特意穿上好衬衫，想把自己打扮得漂亮些，可是鞋子还和平时一样。可以说，看一个人穿的鞋好不好，确实是判断其经济实力的关键。请大家对鞋、手表、领带等物件多做观察。譬如，看见一个中年男性身穿皱巴巴的廉价西装，脚蹬一双笨重的工作靴，腕上却戴着劳力士手表，或是只有领带显得很新很有品位，就可以想象"这个人是做什么工作的"，"他是不是在公司里跟年轻女子搞外遇"。

看看对方的视线尽头

我教大家一个观察别人的要诀，就是去看对方的视线尽头。通过观察视线，能够了解对方的兴趣所在。比如，看见一个男人目不转睛地盯着妙龄女郎的大腿，就能知道"这家伙是个色狼"；看见一个人在电车里认真阅读文化学校张贴的广告，就能想到"这个人现在想提高技能"。夏洛克·福尔摩斯通过观察，就能猜中对方的职业和兴趣。请大家也尝试仔细观察。反复训练"观察和想象"是塑造有魅力的角色的第一步。

描写强烈的情感

赋予人物以强烈的情感，也是塑造角色的一种方法。距今二十多年前（1993年），日本曾遭遇了"多哈悲剧"。在卡塔尔多哈举办的足球世界杯亚洲区预选赛上，日本对伊拉克的最后一场比赛中，日本队一直在场面上大幅占优，却在比赛临近结束的伤停补时阶段，被伊拉克队踢进追平比分的一球，最终痛失出线权。

第二天我参加高尔夫球比赛时，与作家胜目梓同乘一车，谈到了前一晚的"多哈悲剧"。当时胜目先生说："我很久没见过人们那样真正目瞪口呆的表情了。"这和我的感受一模一样，我还记得自己当时真的非常惊讶。当伊拉克队踢进追平比分的一球，响起终场哨声，宣告了日本队无缘出线的那一瞬间，所有日本球员的脸上都浮现出了目瞪口呆的表情。

"目瞪口呆"这种表达方式，我们平时用得极其理所当然，但当人们在现实中真的眼见令人难以置信的事情发生时，究竟会怎样的"目瞪口呆"，这在日常生活中往往难得一见。我还记得自己在看电视直播时才恍然大悟："啊，原来人会露出这样的表情啊。"同时，我觉得"这对写小说会有帮助"。我想，胜目先生肯定也有同样的感受。

感受到强烈的情感——如愤怒、震惊、悲伤时，人会露出怎样的表情，发出怎样的声音，说出怎样的话？例如，亲眼目睹自己的孩子遭遇车祸的母亲，会作何反应？有人可能会忍不住想写"没事吧？有没有受伤？"但在现实中母亲的反应应该是完全不同的，可能会

发出不连续的呻吟，如"什么""不会的""啊……"，也可能做出出
人意料的举动。若有机会，请大家仔细观察人在受到强烈的情感冲击
时会作何反应，然后尽力想象，并试着写出来。

现实与真实的区别

这里我想提醒大家，没必要描写现实。小说不需要现实，但需要
真实。现实与真实的区别，对于写小说格外重要。大家想想电影中的
动作场景或历史剧里的武打场景就能明白，倘若按照现实来描写打斗，
并不能吸引人，但描写也不能都像漫画一样夸张华丽。在某种程度上
不虚假，同时兼顾吸引力，我认为这就是真实。

角色描写也可以说是一样的。没必要塑造完全符合现实的人物，
但必须写得真实，不然会遭到读者的冷遇。有人爱写极其贴近现实的
人物，也有人爱写漫画式的角色，如何把握尺度，全由作家的个性决
定，但无论写什么，最好还是能意识到现实与真实的区别。

对主人公穷追猛打是作者的职责

到这里有什么问题吗？

貘：我的作品常被人评价"主人公像木偶一样"。请问主人公的

行为随故事情节发展而变化，与像木偶之间有什么区别。

大泽：打个比方，假设主人公每天的生活就是家和公司两点一线。有一天，他在上班途中遇到了某件事，但他的行为并未改变。第二天又发生了同样的事，可主人公还是只在家和公司之间来回。这就是木偶。如果在那件事的影响下，主人公上班之前在别的车站下了车，就不再是木偶了，因为他应对事件而有所变化。一般来说，人就算遇到一些事，也不会在第二天就立刻改变习惯，所以要由作者来创造局面，对主人公穷追猛打，使其自身渴望改变，或是不得不改变，这是作者的职责。只要主人公做出相应的反应，就不是木偶，而是发生变化了。关键就在于，主人公是否经过思考后再行动。

主人公≠作者

在这里，我先对"主人公思考"这一点稍作解释。当主人公思考时，身为作者的你应该也在思考。如何行动？忍到什么程度？选择哪种方法？作者必须与主人公感同身受，一同思考，因为这关系到主人公的性格和角色刻画。

然而，没必要让"主人公＝作者"。主人公的性格不等同于作者的性格，不然我非得死过一万次不可（笑）。作者必须先决定，主人公是被打一拳就立刻还手的人，还是会在被打第二拳时再还手，或者被打十拳他仍会忍耐。被打十拳仍不还手的人做主人公也是有的，但作者需要解释主人公为何能忍耐到这种程度，要提供能让读者产生共鸣的恰当理由。

例如，主人公以前是拳击手，曾在赛台上打死过人，现在则放弃拳击，当了上班族。这样的一个男人，有一次在街头被地痞纠缠，挨了好多拳，却毫不还手。这是理所当然的。因为他曾用拳头打死过人，所以只能忍。但在周围的人及读者看来，他是因为怯懦而甘愿挨打。当读者得知主人公的过去，理解主人公只能忍耐时，主人公在读者眼里就会变得与先前的印象截然不同。这就如同前面所说的"似坏实好"一样，角色塑造也需要让人物形象有一定程度的反转。

小说里的规则

现实中的人做事，其实经常是"不合逻辑"的。平时讨厌吃甜食的人，偶尔看见别人吃饼干，说不定也会拈一块尝尝。但在小说里，如果出现讨厌甜食的登场人物吃蛋糕的场景，就必须说明理由才行。小说的登场人物必须符合逻辑，而且其逻辑要求具备一贯性。如果逻辑崩溃，必定要有理由。也就是说，故事需要理由。

这也可称为"规则"，但只是小说世界里的规则，并不同于世间的普遍规则。例如，故事可以是宇宙飞船降临新宿，主人公与外星人展开战斗，这没什么，但如果主人公明明讨厌甜食，却一直吃蛋糕，就说不过去了。我的小说《新宿鲛》的主人公鲛岛，与各种各样的罪犯战斗，但如果敌人中出现外星人，那就无疑写失败了。因为读者一直将《新宿鲛》当作真实的警察小说，如果出现外星人，原本真实的世界也就崩溃了。

无论多么荒唐无稽的故事，都得有规则才行，否则任何事情都可能发生，那样的话，只要弄出一群超人来就行了，故事也就没意思了。没有规则，世界混乱，是小说世界所不允许的。

游走在规则边缘

角色也一样，不能违背既定规则，否则读者会觉得"这人不应该做这种事啊"，那样就失败了。这也是一种较难掌握的技巧，但作者可以耍耍小花招，故意让角色游走在规则的边缘。

仍以拙作《新宿鲛》为例，主人公鲛岛是个直面黑道不妥协的铁血刑警。这样的一个硬汉，却要为摇滚歌手阿晶写歌词。这就是游走在规则的边缘（笑）。尽管如此，我毕竟认真构思了以下情节——阿晶尚未正式出道前，二人相遇相识，鲛岛见她为了创作歌词而苦恼，觉得"这不如用我的讲话风格来写"，于是提供帮助……而鲛岛也确实认真地考虑了歌词，我觉得像这样"游走在规则边缘"是没问题的。

让主人公游走在规则的边缘有什么好处呢？答案是能迅速增加角色的深度。意外性常能增加深度。让主人公"不应该做这种事，但又并非绝对不会做"般游走在规则的边缘，能瞬间彰显存在感，迅速拉近角色与读者之间的距离。这是一种冒险，做得过火可能会激怒读者，觉得作者是在胡来，但意外若是用得好，就像做菜时添加香料一样，能使角色的形象变得鲜明立体，效果值得期待。

同样地，如果想让某人物给读者留下深刻印象，与其啰里啰嗦地描写服装或发型，不如让该人物表现出意外性。譬如，主人公走进咖啡店，看见一个外表邋遢的中年男人，突然发现他端着咖啡杯的手的指甲很干净。当主人公惊讶地看着对方的手指甲时，读者的视线也会随之聚焦。通过意外性，这个人物就给读者留下了深刻的印象。越是登场画面很少的人物，越需要冲击力。因为角色越有深度，支撑情节的部分就会变得越发坚实厚重。

如何生动有趣地描写人物的过去和背景

还有其他问题吗？

鳄鱼：为了使角色更有深度，我想交待该人物的过去和背景，但不管怎么描写都显得很无趣，像说明文……

大泽：最简单的办法是不要让该人物自己讲述过去，但通过"叙事"来讲述呢，就容易变得像说明文。一般来说，回忆场景任谁来写都很难做到有趣，因为读者会在"叙事部分"看见作者。如果场景突然暂停，作者突然现身，说明"其实他有这样的过去，因此这件事成了他的心理创伤"，肯定显得很没意思。这部分越长，越会使读者感到不耐烦。看来鳄鱼害怕这样的局面。那该怎么办呢？只要把回忆场景安排在"对话"里就行了。

要做到不在"叙事部分"进行长篇大论的说明，而是通过"对话"揭示主人公的过去，有两种方法。

一种方法是塑造善于插话的对手。插话者可以是主人公的恋人，也可以是刚认识的朋友。这个角色问"你是不是有什么心事"，主人公就可以回答"其实……"。当然，如果主人公也一直啰哩啰嗦地长篇大论，就跟"叙事部分"的说明没区别了，所以要让另一个角色在适当的地方插话，一边同时描写两个角色，一边推动对话。

另一种方法是在对话进行到一定程度时插入叙事部分，稍作补充说明，然后再次回到对话。也就是说，最初的对话只是进入回忆场景的前序，叙事部分才是重点。不过，叙事部分过长同样会显得无聊，所以写一段后还要安排角色插话，回归对话。这种方法对技巧的要求很高，但能使回忆场景变得不再拖沓，给读者以新鲜感。

仍以《新宿鲛》为例，主人公鲛岛本是资深警官，却中途离队，现在成了新宿警署的刑警。他在床上向恋人阿晶解释工作原因的场景，就是进入回忆的契机。阿晶发现鲛岛后颈的伤疤，问他"脖子上的伤是怎么回事"，鲛岛回答是被日本刀砍的，阿晶又问是不是黑道砍的，鲛岛回答"是警官"。看到这里，读者就会产生疑问："啥？警官被警官砍伤？这是怎么回事？"然后场景切换，进入回忆。在这个故事里，光是回忆就长达一章，所以并不能立刻回到对话，但总而言之，进入回忆场景的契机很重要。关键是要创造这样一个切入点："我其实并不想说，但既然你问了，我就不得不说了。"

通过措辞表现角色的个性

接下来讲讲角色的措辞。我读新人奖的参赛作品，发现很多人都爱把不同角色的对话堆在一起，叫人分不清是哪个角色的台词。要知道，角色与对话是不可分割的。面对不同的对象，角色的措辞和讲话方式会发生变化，在不同的状况和情绪下也会发生改变。同一个人物在与上司和朋友对话，措辞是不同的。例如，有的人跟同事或后辈交谈时，措辞粗鲁随便，但跟上司交谈时，就会变得无比谦恭，甚至到了卑躬屈膝的程度。如此仅仅通过对话，就能使一个角色的形象跃然纸上。关于"对话"，我会在下堂课上再讲，这里就不多说了，总之请大家务必明白，通过"俺""老娘"等第一人称的称谓，或是对话，能表现角色的个性。

不要通过叙事描写性格

新人的作品，经常出现通过叙事部分描写人物性格的情况。其实，与其在叙事部分中写"他是一个没骨气的人"，不如通过对话表现该人物"低三下四"的态度，这样更能打动读者。同样地，不要直接写

"他是一个正直的人"，应该通过该人物做出的行为，或他与别人的对话，让读者自己觉得"这个男人真正直"。通过叙事部分写一个人物如何如何，尽管方便推动情节发展，但从写小说的角度来讲，作者这样做只是在偷懒，相当于放弃了故事技巧。我再强调一遍，描写人物不能贪图轻松。若想把某个人物写成讨厌的人，请多花些心思，构建能让该人物显得讨厌的场景，或者通过该人物与别人的对话，使其令人讨厌的部分自然地呈现。

前面已经说过，主人公不等同于作者。其实不仅限于主人公，所有登场人物都不等同于作者，所以每个角色的世界观都各不相同。二十多岁的女性创作以五十多岁的男性为主人公的小说时，作者与主人公的世界观应该是不同的。在作者看来，四十多岁的男性就算是大叔了，但从主人公的角度去看，四十多岁还很年轻呢。倘若意识不到"作家的视角与登场人物的视角"之间的不同，写作过程中就会发生混乱。如果年龄、性别均不相同的角色们的世界观与作者的世界观一致，也就意味着所有登场人物的个性统统一个样，那这故事肯定特别无趣。世界上有各种各样的人，自然也有各种各样的世界观。有人觉得买一万块钱的手表太贵，也有人觉得太廉价。所以大家在写作时要时刻谨记，角色眼中的世界是因人而异的。

拥有自己的"剧团"

作为塑造角色的方法之一，我希望大家能拥有自己的"剧团"。

没必要事先确定演员的年龄和性别，只要把七八个富有个性的角色分配给每个演员，再根据需要决定男女老幼即可。这是因为，这个剧团全是超级名演员，无论角色是男是女，是老是幼，演起来都没有问题。也就是说，只有角色的价值观、立场、思想、个性等是确定的。然后只要根据故事里的角色类型、登场的场景来安排年龄、性别、职业即可。由此可见，基于年龄、性别、职业的人物描写是很无聊的，对角色起不到半点说明作用。

但请注意，有一点对于角色塑造很重要，那就是"特长"。你们中的多数人想必已经工作了，肯定有些事是"正因为从事这份工作才能做到"的，比如精通电脑、能看懂设计图、熟悉法律等等，你们各自都有职业所带来的特长。在写小说时，没有理由不活用这种特长，而职业与特长密切相关，所以是塑造角色的好素材，即便是曾经的职业或学生时代的课外活动经验也可以。

在哪里、如何活用这些特长，也是很重要的。前面提过"被打十拳也不还手的男人其实以前是拳击手"的设定，如果他一出场就突然痛殴对手，这个设定就毁了。那么，这种特长应该用在哪里呢？不如始终留着悬念，直到最后一刻再营造痛殴对手的场景，这样也能达到使读者宣泄情绪的效果。

"原以为毫无作用的特长却在出人意料的地方大放异彩"——这是江户川乱步奖的作品所常用的模式，用得好了，也能为作品增添趣味。打个比方，假设现在有一群武装恐怖分子闯入这幢大楼，将大家绑为人质。这里有一把枪，谁来持枪跟恐怖分子战斗呢？要是有谁以前当过警察或自卫队员，那就简单了，可惜这里没有那样的人。但再一问，有位女性参加过全国运动会的射箭比赛，还有位男性虽然没用过手枪，但对枪的结构很了解。在这种情况下，比起了解枪械的男人，或许让擅长射箭的原全国运动会参赛选手来教大家如何射击，会更容易击中。也就是说，通过巧妙运用特长，能使角色栩栩如生地大展身手，给读者留下深刻的印象。

写推理小说须具备常识

最后再说一件很重要的事。

打算写推理小说的人，必须具备常识。无论是写"本格推理小说"还是"硬汉派推理小说"，作者必须大概读过古今中外的名作和经典，本格推理必须具备布置诡计的知识，警察小说则不可缺少警察的专业知识。以阿加莎·克里斯蒂的《东方快车谋杀案》为例，因为这部作品非常出名，而且已被拍成电影，所以我在这里就不怕剧透了，它的诡计就是所有嫌疑人都是罪犯。如果大家没看过这部作品，在完全偶然的情况下写出了计谋一模一样的小说，那就算为自己辩解"我又没读过，不能算剽窃"，也是行不通的。光是"没读过"这一点，就说明你已经失败了。至少得读一千部前人的作品，才有资格参加推理小说文学奖的竞争。请大家记住，推理小说这种体裁，没有基础知识的人是写不好的。各位平时读书吗？有每月读书少于十本的人吗？真有啊，那可不行。

当作家就像杯里的水——读书量越来越多，最后才会溢出，才有写作的热情。半杯不满的人就算勉强写，空出的部分也填补不上，总有一天会遇到无力跨越的障碍。当然，杯子的大小是因人而异的，而且并不是说读书多就一定能写出好作品，但是情节的发展、人物的塑造、意外的安排，都需要阅读大量的书才能把握好。

我读书最多的时期是在高中二年级，一年读了一千本书，每天三本，从图书馆书架的一端开始读了个遍。在成为作家之前，每年也读了五百本到一千本，标准的推理小说自不用提，新晋作家的作品和优秀的非虚构类作品也读了不少。通过阅读各种作家的各种作品，我掌握了自身经历以外的知识，也拥有了对于小说的直觉。我认为，这些东西总有一天会成为下一部作品的素材。请大家阅读大量的书，再当作家吧。

【问答】

● "随波逐流型的角色"与"有所变化的角色"有什么不同？

Q. 虎：关于角色随情节发展而变化这一点，请您再具体讲讲。这跟"随波逐流型的角色"不一样吧？

A. 大泽：以容易随波逐流的人为主人公，描写其悲伤、苦闷或丑态，也是小说的魅力之一。但是所谓变化，并不只是由随波逐流引起的，例如失恋、失去亲人，都可能成为变化的理由。关键在于，要"有变化"。如果不管发生什么事，主人公从头到尾都毫无变化，这样的书读者会想看吗？有句话叫"有失有得"，一个人有所失去，又有所得到，才成为一个故事。读者想看的不正是这样的故事吗？

● **没有达到情绪宣泄的目的，是因为角色缺乏深度？**

Q. 大米：别人常说我的作品"达不到情绪宣泄的效果"，我以为是情节方面存在问题，一直为此苦恼，其实是不是由于角色缺乏深度造成的呢？

A. 大泽：这个问题涉及角色与情节的相互关系。不管故事多不起眼，比如"孩子把路上捡到的钱包交给警察"这种情节，该产生情绪宣泄效果时自然就会产生，不该产生时就不会产生，很难用一句话解释其中的区别（笑）。关于这个问题，我会在以"情节"为主题的讲座中进行说明，所以这里暂且先举个简单的例子。

（图1）　　　（图2）　　　（图3）　　　情节的发展

先经过几个小山头，最后奇峰突起，是娱乐型故事的基本结构（图1）。如果开头就是高峰，然后越来越低，读者是无法感受到情绪宣泄的（图2）。反之，如果一路平坦，最后迎来一座小山，则不管那山多么小，读者仍能感受到情绪宣泄（图3）。

关于情节的结构，我先提前稍作解释。首先，一千页的长篇小说与三十页的短篇小说，其结构原本就是不同的。一千页的长篇小说，如果前八百页一路平坦，走到最后才见到一座小山头，读者是不会接受的，因为他们期待"在长达一千页的小说里读到波澜起伏的故事"。反之，若是三十页的短篇小说，完全可以在前二十页平淡无奇，到第二十五页再生出风波，第二十八页迎来高潮，第三十页落下帷幕。前二十页的助跑是有价值的。故事的长度与情节的结构有着重要的关系，二者之间的平衡很关键。

新人奖的征稿事项大多数都规定作品页数为八十页，但有相当多的人，把只需四十页就能写完的故事硬生生拖成了八十页，这些无疑是糟糕的作品。偶尔也有把一百页的故事压缩成八十页的，这还是有可能做到的。当然，把四十页"掺水"弄成八十页，如果文笔格外优美，达到能让读者光是阅读字句就能感到幸福的水准，那自然另当别论，但这样的新人极其稀少。如果规定是八十页，请先构思六十页的情节。剩下的二十页用来干嘛呢？用来修饰文字，给故事里的各个场景增光添彩。关于这一点，在关于"文字"的讲座里会作更详细的说明。

总而言之，小说其实有很大一部分像数学，或物理学。然而，并不是说只要经过精细计算，制作完美的设计图，就能写出有趣的小说。前六十页有设计图无妨，但其余二十页应该靠感性去写，相当于给作品润色。

● **身为名侦探的主人公，在故事里难道不是没有变化吗？**

Q. 巴哥犬：我想问一个关于主人公变化的问题。侦探小说的主人公身为名侦探，在故事里似乎并没有变化呀……

A. 大泽：看来你不大看推理小说，现在很少有人还讲"侦探小说"了。你所说的以名侦探为主人公的小说，属于"本格推理小说"；以警官或私家侦探为主人公的小说，则是"硬汉派推理小说"。推理小说大体上分为这两类，但二者在结构上其实是完全不同的。

"本格推理小说"的名侦探，的确很少发生变化。名侦探只要发现证据，就会对案情了若指掌，像神一样直截了当地准确指出罪犯。"本格推理小说"的重点多在于诡计的描写而非角色的变化。相反，"硬汉派推理小说"的主人公无疑是变化的。私家侦探会走进人物的个人的生活，化解他们人生中的某些问题，最后找到真相，所以主人公必须有所变化。不过，"本格推理小说"的侦探遇到案件后是否应该发生变化，也是一大论题，人与诡计的问题长年争论不休，至今尚无定论。这并非好坏的问题，只是喜好的问题。

● **业余写作爱好者也能进行采访吗？**

Q. 水母：我写小说还没做过采访，业余写作爱好者也能进行采访吗？

A. 大泽：无论是业余写作爱好者还是职业作家，只要诚恳地拜托对方，表达想将其用作小说素材的诚意，一般人都会接受采访的。你可能害怕遭到拒绝，这种心情我能理解，但那些创作非虚构类作品的人，就算是职业作家，也都不怎么出名，可他们都做过扎实的采访，写出了优秀的作品，所以我想肯定还是有人愿意合作的。

采访的重点是询问细节部分和主干部分。假设去采访手艺人，问对方"早晨起床后做什么？大概几点去工作室？先从做什么开始？……"这样的问题，就是采访的细节部分，而"做这份工作有什么意义？哪方面最辛苦？"就是采访的主干部分。采访尽管要同时注重细节部分和主干部分，但实际上，能够被小说所用的趣事往往介于二者之间。不过，这部分采访不能全部写进小说里。关键在于，自己想写的故事占六成，采访到的素材写进去四成即可，如果百分之百都用上，那就不是小说，而是非虚构类作品了。请大家务必牢记，取材十成，能用的不足四成，就算想用也不要高于四成。

●结局出人意料却被指责为投机取巧怎么办？

Q. 大米： 我想让结局与前文自然衔接时，却总是显得很突兀，而想让结局出人意料时，又被指责为投机取巧，到底该怎么办才好？

A. 大泽： 哈哈哈，没错，悬崖峭壁般的突兀结局不行，强行反转的结局也不行。这两种结尾的效果都不好。

要想做到成功的反转，伏笔很重要。应该在前期就埋好伏笔。这样对读者公平，而且如果伏笔埋得好，还能让读者赞叹："啊，原来那里是伏笔啊，太精彩了！"上回课题中提到的虎所写的《晴眼》，就是一篇伏笔出色的作品。女主人公在开头一幕伸手够闹钟，读者会以为她睡迷糊了，但其实是她眼睛有毛病，所以只能用手摸索着寻找。

这就是伏笔。像这种小伏笔，不要等到故事讲了一半再埋设，应该尽量在不到四分之一的阶段就埋好。而且为了强化伏笔，还应该在中间阶段再埋下一道。如果故事过了一半，读者就能对整体情节有大概的认识，这时就存在达不到反转效果的危险，所以需要特别注意。重读时如果觉得伏笔不够，可以过后再补充，因为只要一行字就够了。

为了确保对读者公平，小说需要一些伏笔。如果没有任何前兆或伏笔，就突然告诉读者"这里是大反转"，那纯粹是投机取巧。大家不妨看看自己喜欢的小说里是否有"大反转"的小说，可以尝试对其结构进行分析，以小说整体为范本，查看作者在哪里埋设了怎样的伏笔，这是一种很好的学习方法。

第四课

对话部分的秘密

"实际的对话"与"小说的对话"不同

大泽：今天这堂课的主题是"对话"。根据我此前对大家的作品的印象，虽说并不觉得大家的对话写得特别差，但既然大家今后想成为职业作家，那么有些地方就必须多加注意。

首先，请大家思考"现实中的对话"与"小说中的对话"的不同。

大家应该清楚，现实中的对话如果直接写成文字，很多部分会显得毫无意义。现实中的对话有以下特征：省略主语，有很多重复的内容。如果直接写进小说，会显得很琐碎。

那么，是不是让所有登场人物的对话只涉及必要的信息就可以呢？如果这样做，读者会说："这是在写说明文吗？"信息不断涌现的"说明式对话"，固然效果立竿见影，但不符合实际。对话应该足够普通，让读者觉得不虚假，也就是要按照"在某种程度上贴近实际对话，同时省去实际对话中的多余部分"的标准适当安排，这一点至关重要。

符合角色的对话

小说里会出现男女老幼等各式各样的人物，作者必须让这些人物进行合理的对话。一般来说，登场人物的对话最好趋于保守，但在描写异性时，尤其是男性作者描写女性角色时，这种保守倾向往往过于明显，以至于读者觉得"哪有女人会像这样讲话"（笑）。现实中的自我介绍，年轻女性并不会说"小女子名唤某某"，岁数大的人也不会说"老夫乃某某是也"，但如果所有登场人物千人一面地说"我是某某"，就无法区分性别和年龄了。那怎样才能分别写出男女老幼的语气呢？大家写完一段对话，请试着读一读。一定要让自己融入角色，读出声来，就能知道"这种口吻像不像老年人""听起来是不是女性的台词"了。

只有两个登场人物时，对话会以"A""B""A""B"的形式进行，但登场人物如果多于三人，作者就必须设法让读者清楚哪句台词属于哪个角色。例如有两个男人和一个女人，女人的台词就该写得带有女性口吻，这样不用反复写"某某说"，读者也能明白。像这种情况也不能过于保守，而且有时女性也会直接说"我是某某"，所以需要作者同时配合角色塑造，仔细考虑符合该人物的说话方式和口吻。

如何通过对话介绍人物

对话是传达信息的重要手段。习惯在叙事部分不厌其烦地进行说明的人，请务必学习如何通过对话进行说明。在叙事部分进行说明，确实条理清晰，但那还能叫"小说"吗？针对"故事反转"的课题，大家都提交了自己的作品，若能在对话中完成这种"反转"，就能给读者留下更鲜明的印象。反之，如果在叙事部分完成反转，读者可能会觉得故事的发展完全在按照作者的设计顺利进行。

在"如何塑造形象鲜明的角色"的讲座中已经说过,描写主人公——即视角人物——是一大难题。视角人物好比照相机的镜头,摄影师一般不会拍到自己,作为小说,也不能以"我是一个四十五岁的上班族……"这样去写。请大家记住要通过别人的嘴透露"有女人缘"或"没女人缘"这样的信息,而不是通过叙事部分去写。

例如描写视角人物 A 时,让 B 说"读他写的东西还以为他是个岁数很大的人呢,没想到这么年轻",就能让读者知道 A 是个年轻人。像这样通过与他人对话使读者了解视角人物的技巧,请大家务必学习掌握。

"隐藏对话"的技巧

今天关于"对话"这一主题,希望大家尤其要记住"隐藏对话"的技巧。

假设 A 和 B 正在交谈,A 身上有秘密,但既然是小说,就不能直接写出来,所以作者必须将其巧妙地隐藏起来。方法就是"隐藏对话"。是否让读者知道 A 身上有秘密,可以通过控制 A 和 B 之间的对话来把握。

如果视角人物 B 向 A 提出关键性的问题,A 却露出不愿回答的表情,或气氛变得很怪,B 就会察觉出 A 在刻意隐瞒。在这一刻,读者就能知道 A 身上有秘密。写推理小说，应该在故事发展到百分之八十左右时，通过对话让读者知道秘密的真相，而在故事的前半段，如果作者想在揭晓谜底前再留些悬念的话，就应该使用隐藏对话。

隐藏对话①

"隐藏对话"该怎么写？下面举几个例子。

首先是"沉默"。很多人误以为，对话过程中的双引号里一定要有台词，其实不然。不过，过多地使用省略号也不好，所以请在表现沉默或不作回答的叙事部分多花心思。

并不是只有藏着秘密的人会沉默，这一点想必大家都清楚。有的人一时想不出合适的措辞，所以会沉默；有的人不善言谈，也会选择沉默。小说的登场人物容易太过健谈，作者想让他们多说话，但如果没有人问，就不要让角色喋喋不休地说个不停。

还有一种方法是"岔开话题"。被问到决定性的问题时，就转而谈论天气，闪烁其辞。为什么要特意这样做呢？这是因为，当读者对故事有疑问时，视角人物自然也应该有同样的疑问，但总不能直接问"你是凶手吗"，然后对方回答"是的"（笑）。正因如此，才要搪塞、隐瞒、撒谎。视角人物被蒙骗时，读者也被蒙骗了。在这种时候，作者也必须做出被蒙骗的样子。尽管只是装模作样，但这样一来，读者就不会意识到自己受骗了。记住这种"沉默"或"岔开话题"的方法，就能不断推动故事发展。而且，这也关系到小说是否真诚的问题，所以请认真理解。

隐藏对话②

侦探正在追赶罪犯，罪犯突然窜入小巷，不见了踪影。侦探问小巷口的算卦先生："刚才有没有一个男人跑过来？"算卦先生回答："没见过男人跑过来"。或许这个例子并不太恰当，但算卦先生的意思其实是"没见过男人跑过来"（但见到女人了）。这就是通过"隐藏对话"布置的诡计。

不仅限于推理小说，日常生活中也常出现语言圈套，例如误解了约会的地点或时间等等，过后想想或许是很普通的事，但当时出于对信息的把握不足，就会导致双方的交谈出现"隐藏对话"。说"没见过男人跑过去"，但没说"没见过女人跑过去"——这只是个简单的例子，但这种"隐藏对话"若是用得好，就能给故事带来悬念，当谜底揭开时，读者会由衷地赞叹："啊，原来是这么回事。"这是一种很有效的手段，请大家妥善运用。

"隐藏对话"为何必不可少

假设主人公正在多方奔走，找人打听消息。拿私家侦探小说来说吧，例如侦探在找某个人，向别人打听"你最后一次见到那个人是什么时候"，并不是所有人都会如实相告。就算对方是警察，也不会回答自己不想说的事。但是，若是被态度强硬的刑警问起，却依然态度强硬地表示"我就是不回答"，就会立刻引起怀疑。在什么时间、什么场合、由谁进行"隐藏对话",其关键在于,并非所有登场人物都肯配合主人公。要是一本小说里的所有人物在回答问题时全都毫不隐瞒,那就太假了。

爱玩角色扮演游戏的人应该明白,假设主人公为了达到目的,正在寻找必要的道具 X。主人公知道 X 在 A 手上,就去找 A,可是 A 并没有立刻把 X 交给主人公,而是说:"你得用道具 Y 来换。"也就是说,主人公要想得到 X,就必须先得到 Y。主人公只有打败妖魔拿到 Y,并把 Y 交给 A 换到 X,才能迈入下一关。

这种游戏的结构有时也适用于小说。主人公找 A 打听情报 X,A 却没有轻易透露。主人公就想,可能必须先得到情报 Y,将其交给 A,才能从 A 口中得到必要的情报 X。像这样精心构思,让对话不会一次性结束,故事就会逐渐变得错综复杂,从而推动情节向前发展。而且,主人公认定一个询问对象,换用不同的措辞无数次反复质问,随着时间的推移,主人公就能积累经验,从而使故事更具深度和广度。因此,请大家不要让打听情报的对话一次就结束,要掌握不轻易透露情报的"隐藏对话"的技巧,从而写出复杂且有深度的故事。

有效的对话技巧

变化的对话

假设登场人物 A 和 B 正在交谈,A 是 B 的下属,那么 A 自然会对上司 B 使用敬语。可是经过某件事以后，A 跟 B 讲话时却变得很随意了。通过对话口吻的变化，能够表现二人在人际关系中的变化。例如，如果 A 和 B 是一男一女，可以写二人共度一夜后，讲话就变得随便了，或者还可以写二人共度一夜后，却仍然使用敬语，这样就能刻画人物的个性。"不过是上了一次床而已，别装得像是我丈夫一样""明明关系都变得这么深了，为什么还是像以前那样疏远？"——像这样，就能使各个人物的感情、背景、妨碍人际关系的因素等，作为伏笔浮出水面。这就是对话能达到的效果。

风趣的对话

风趣的对话，对讲故事很有帮助，但如果使用过多，读者可能反应不过来，导致冷场，所以需要注意。而且，要是让读者觉得"哪有人说话总是这种调调"，那就适得其反了。过于完美的主人公有时反而会招读者的反感，所以风趣的对话得用对地方才能见效。

色情的对话

男女间的对话，更有重要的意义。前面讲"如何塑造形象鲜明的角色"时，也曾讲过对话的重要性，当男女之间对话时，通过人物使用的措辞，能让该角色读者留下鲜明的印象。例如，你所心仪的女性对你说"抱我"和"我要"，哪个让你反应更大？我是觉得"我要"更叫人兴奋。当然，这只是我个人的意见，不同的人或许有不同的看法（笑）。那在这种场合，什么样的女人会说"我要"呢？男人也一样，说"我想抱你"还是"我想要你"，会给读者留下截然不同的印象。总之，大家应该尽力思考，找到"这个人物在这种场合绝对会这样说"的决定性台词。男女间的场景，会涉及人类的本能欲望，所以人物形象的塑造更要足够扎实，否则角色间的对话会缺乏真实性。

找到决定性的台词

正如前面所说的，我写小说时，情节常常是写到哪儿算哪儿，但在登场人物的角色塑造上，我会花大量时间，具体想象男、女主人公和反派等各登场人物的角色，直至细节部分。为此，关键的一步是要考虑人物在对话时会使用怎样的措辞。根据每个人物的角色，逐渐写出该人物该说的台词，这样用不了多久，一定能找到"这个人在这种场合只会这样说"的决定性台词。通过考虑对话和台词，能塑造出更具体、更有个性的角色。

例如，假设有 A 和 B 两个主要人物。A 说话总是十分正式，属于冷静沉稳的类型；B 则相反，虽然讲话粗鲁，词不达意，但充满激情。像这样设定二人的口吻和措辞，就能产生角色的对比。电视剧《相棒》大概就是这种感觉。二人搭档，其中一人充满知性，性格沉稳，另一人则热情澎湃，容易冲动。这是以前经常使用的一种模式。

即使是同样的对比，如果口吻郑重而冷静的一方是男人，使用粗暴措辞的一方是女人的话，氛围就会截然不同。这样的设定会带动读者思考："这女人以前遇到过什么事吧。"由此，角色的形象就会一下子变得鲜明起来。又或者，口吻郑重而冷静的人是男同性恋怎么样

（笑）？冷静的男同性恋和热血而粗暴的女人……大家不觉得光是这样的设定，就能推动故事不断发展吗？

角色塑造要依靠组合，所以不要囿于固定观念，不妨让思维变得灵活，比如让男女角色互换，或者把四十多岁的中年男性变成十五岁的美少年，应该都很有趣。

试写假想中的对话

若以冷静沉稳的男性为主人公，则反派和女主人公可以是什么样的角色呢？冷静的男人被活泼的女人"耍得团团转"，这样的场景很有趣。与这二人为敌的反派，若是设定成毫无人性的角色怎么样？比如被称为"那家伙像是有二百岁"的非凡存在，或是被称为妖怪的老人，或是拥有超能力的人，都很有魅力。笑着说"有二百年没人这么接近过我了"的反派，不是很有趣吗？

女主人公也可以设定为活泼的角色，像"核弹"一样个性鲜明而强烈，常被冷静的男主人公劝说"还是不要这样做了"。也可以反过来，将女主人公设定为比"冷静男"还要冷静的角色，经常冷冷地断言："你们在做的事，不管怎么看都是白费力气。"

大家应该假定各种各样的场景，想象角色会使用什么样的措辞，有没有口头禅或决定性的台词，并把每个角色所能想到的对话逐渐写出来，想一想"这个角色会怎么说""他是不是一定会这么说"。试想一下，在故事的高潮部分，以"闭嘴，扁你"为口头禅的活泼女主人公与妖怪般的反派对峙时，反派说"有二百年没人这么接近过我了"，女主人公则说"闭嘴，扁你"，会是怎样的感觉（笑）？我敢保证，读者肯定会喜欢这一幕。读者会开心地想："她果然说那句口头禅了。"

总而言之，大家应该勤于思考，根据不同的角色，逐渐写出相应的台词。随着台词的增多，角色的形象在作者笔下会被塑造得越来越鲜明而具体。作者塑造的角色如果连自己都看不见，是绝不会给读者留下印象的。通过思考角色在对话中会使用怎样的措辞，能够更好地塑造角色的形象。正如我多次说过的，描写人物时，也可以通过对话来凸显角色。对话是小说的重要因素。希望大家能够活用对话，描写真实的人物，为故事增加深度。

把自己完全融入角色，但不要过度依赖角色

尽管对话是传达信息的重要手段，但不应对其过度依赖。只涉及必要信息的对话，会使故事变得很无趣，所以应该使对话显得更生活化，这一点也很重要。

尤其是"隐藏对话"的技巧，希望大家一定牢记。有两种技巧，请大家务必掌握，一种是沉默或岔开话题的"隐藏对话"，一种是作者为了完成结局反转而布置的"隐藏对话"。

在创作对话时，应当让自己完全融入角色，选择合适的措辞。不

光是视角人物，涉及其余各登场人物的对话时，都应该站在该人物的立场来考虑台词。判断对话写得好不好，只要把自己融入相应的角色，试着大声读出来就知道了。

上回也曾提到，大家要做的就是吸收。除了参考书，还有电影、音乐、戏剧，什么都可以参考，请尽量接触各类作品，然后试着模拟，看看同样的题材若是自己会怎么创作和处理。如果觉得无趣，就考虑怎样才能使其变得有趣。请不要忘记这样的努力。成为职业作家其实并不太难，难的是一直以职业作家的身份生存下去。反正都决定要当职业作家，那就当一个能一直生存下去的职业作家吧。

【问答】

● 黑道的对话要通过电影等途径学习吗？

Q. 巴哥犬：您常写黑道的故事，那些人的对话是您通过看电影等途径学习的吗？

A. 大泽：我几乎从不看黑帮电影。写对话，关键在于"彻底融入角色"。我即便写女性的台词，也一定会大声读出来，有时更是边读边写。总之就是要在融入角色的基础上说出台词，这样就能知道这个角色会不会说这种话，从而确定要不要换个说法。

话虽如此，大家可能觉得，让自己融入黑道的角色很难。我也并不能完全理解黑道，但不知道为什么，不少黑道人物都喜欢我的作品。也许是因为，我并没有把黑道人物单纯当作"特定的一类人"来写。电影或电视剧里的黑道，经常被描写成无时无刻不在做坏事的恶棍。我也不赞同黑道，但不可否认，他们的组织自有其逻辑和立场，有些事不得不做。他们也有家人和爱人，也要吃饭，也会和孩子一起玩。我一直都把他们描写成有私生活的人。关于角色塑造，有一点很重要，那就是不要忘记，所有登场人物都有不在小说中登场的时间。

因此，请大家以"作为一个人类个体的黑道成员"来想一想。黑道出门威胁人时，若是在大白天，会精神十足地喊："你这混蛋，敢小看我！"而若是到了凌晨两点，就会说："喂，从早上开始工作一天，我也累了。拜托了，好吧？理解理解我，我已经受不了了。"然后猛然掏出怀里的匕首。怎么样？接下来的场景更可怕对吧？刑警也一样。即便是同一个人，一大早开始精力充沛地展开调查，与四处打探消息后身心俱疲地展开调查，氛围也会截然不同。也就是说，我们在描写实际存在但不甚了解的角色时，通过想象该人物的私生活和人生，考虑具体细节，就有可能描写并塑造出不乏真实性的对话和人物形象。

● "上帝视角"与视角混乱有什么区别？

Q. 企鹅：我的问题有些幼稚，就是"上帝视角"与视角混乱有什么区别？

A. 大泽：上帝视角在日语小说中几乎得不到认可，尽管在翻译小说及部分历史小说中还能见到，但我若是新人奖的评委，会让所有上帝视角的作品落选。

为什么上帝视角不行？因为只要是上帝视角，读者就没必要读小说了。在上帝视角下，无论结局还是谜底，统统一清二楚，所以读者无法对登场人物产生感情上的共鸣。

什么场合可以出现上帝视角呢？例如大型故事的序幕部分，就可以有。比如不明身份的人物突然现身，说几句话后又消失不见；还可以像"山里传来挖洞的声音。一个黑影费力地拖来某件重物，扔进洞里"这样描写。如果从视角人物的角度写这一幕，反而会暴露罪犯的身份。

绝大多数看似是"上帝视角"的作品，其实并非上帝视角，而是使用了第三人称的多视角。而且即便是第三人称多视角，只要存在视角人物，就不能写出该人物所不知道的信息，这一点与单一视角的情况是完全一样的。

例如，假设在讲述刑警 B 追捕逃犯 A 的故事里，交互使用了罪犯和刑警的视角。刑警 B 并不知道谁是罪犯，所以他不能产生"我一定要抓到 A"的想法。从逃犯 A 的视角来说，也只知道有刑警正在追捕自己，而不能写"刑警 B 正在追捕"。但若是上帝视角，就可以这样写了。不过这样一来，读者马上就会表示反对："扯淡，他怎么会知道陌生刑警的名字？"而且通篇均以上帝视角来写，几乎是不可能的，所以最好还是尽量避免使用上帝视角。

备忘录

第五课

如何设计情节

要清楚自己想为读者提供怎样的乐趣

大泽： 大家好，今天这堂课是关于"如何设计情节"的。事实上，我写小说基本上不对情节进行设计，所以这堂课的内容可以说是我最不擅长的（笑）。那么首先，我想讲讲情节设计中最重要的事。

大家必须从一开始就想好自己想写什么样的故事，确定你"想为读者提供怎样的乐趣"，请先想一想读者看完你将要写的东西后是否会觉得有趣。这是一道非常难的命题，即便是当了三十三年作家的我，也不清楚自己的作品是否有趣。不过，我只是怀着"如果我是读者，应该会觉得这样的小说很有趣"的信念去写，仅此而已。关于"想为读者提供怎样的乐趣"，有两种具体方法。

"变化"

一种是"变化"的小说。写惊心动魄的故事，要让读者期待"主人公接下来究竟会变成什么样""怎样才能摆脱危机"。不光是武侠小说或推理小说，就算是以上班族为主人公的小说，也可以写主人公任职的公司面临危机，或者写主人公受任负责大型项目，却因为没有经验而不知如何是好，但最后成功度过难关。任何题材均存在惊心动魄的要素。这就是有"变化"的小说。

"解谜"

第二种是"解谜"的小说。推理小说的"谁是凶手""使用了什么犯罪诡计"等，都是典型的谜题，但就算是普通小说，也是存在谜题的。人类心里都有不为人知的谜，行为也成谜。例如，可以写主人公陷入热恋，却发现自己的恋人显得很神秘，仿佛一道难解的谜，于是就想找出这谜的源头，探明恋人身上的秘密，所以通过恋爱来解谜。这也是"解谜"的小说。

"谜题"的处理是情节设计的关键

能让读者觉得有趣的小说，大体上有两大要素，分别是"变化"和"解谜"。最理想的形式是过程变化，最终解谜，即 A 加 B。当然，只有 A 或 B 也是可以的。

关键在于，无论是纯文学作品还是娱乐性作品，优秀而有趣的小说必然存在谜题。这谜题体现在登场人物的生活方式、行为或思想，以及与之密切相关的事物上。"人类本身正是最大的谜，所以我才会写推理小说"——有这种想法的作家很多。怎样把这种"谜题"放在故事里，是情节设计的一大关键。

确定好自己想写的世界后，请考虑在小说里安排什么样的谜题。首先，大家应该对"自己想写什么谜题"有清楚的认识。当然，在绝大多数场合，这个谜题仅对读者来说是谜，对作者来说并不是谜，但作者必须确保以谜的形式将其交给读者。怎样才能让读者对谜题感到不可思议？这是技巧的问题。伏笔便是技巧之一，关系到收场

的 "大反转"。

　　大家在写作过程中，或许容易把心思放在主人公如何行动等具体的细节上，但其实在动笔之前，应该先在心里定义好 "这部小说的看点是什么"，也就是要清楚地认识到小说的看点是 A 还是 B，抑或是 A 加 B，在此基础上设计情节。这一点很重要。例如看点若是 A，设计情节时就必须考虑让主人公遇到什么事，从而发生变化。

思考小说的 "形"

　　小说的情节模式确定以后，就该思考小说的 "形" 了，也就是写什么样的小说。例如，"以现代世界为舞台的'幻魔大战'小说"和 "像欧·亨利那样温暖心灵的小说""像阿刀田高那样风格诡异的短篇小说" 有不同的 "形"。首先要确定这个 "形"。在这一阶段，只要不是完全相同的情节，与其他作品的名称 "撞车" 也没关系。总而言之，关键就是要确定自己想写的作品的 "形"。

　　有了这种确信，当故事写到中间误入歧路时，就能迅速找到正确的方向。尽管暂时走上了岔路，但因为目的地很明确，所以能够有意识地朝着目的地的方向慢慢矫正。这种 "对于形的确信" 非常重要。如果大家已经成为职业作家，写过几十部作品，倒是可以在没有这种确信的情况下就开始动笔，哪怕故事的最初走向是从 A 到 B，实际上却走向了 C，反而变得更有趣，那就按这个方向继续写下去也没关系。

可是作为业余写作爱好者，写的故事本打算从 A 到 B，却在中途走向了 C，那么该作品就是失败的。为了尽快回到正轨，就需要"思考小说的形"，并且确信这种形是正确的。做到这一点，就能掌握"为读者提供什么乐趣"这一课题的具体对策了。

确定关键点

接下来需要"确定关键点"。关于这一步，不同作家的做法可谓大相径庭。有的作家会仔细地确定情节，有的作家则仅粗略地确定情节。后者大概占六成以上。原因在于，确定得过于细致，就会失去写作的乐趣，而且也剥夺了故事的扩展空间，但完全不确定情节又不放心，于是就姑且粗略地确定个大概了。

关键点可以单纯是起承转合这四个位置。开始有"起"，经过"承""转"，最后有"合"。从"起"到"承"，是以距离最短的直线连接，还是安排个隆起的小山头？在"承"与"转"之间，布置两个平缓的山头，然后直接冲向"合"的高峰，一口气为故事画上句号？

用距离最短的直线连接已确定的点，这样的小说是不可能有趣的。支路越多，越偏离正轨，小说的起伏就越大，也就更有趣。但其中的轻重很难把握，例如一部小说，"起""承""转"时起伏很小，到了"合"时却奇峰兀起，这样的作品就显得不太平衡。在故事迎来结局的大高潮之前，应该先布置若干小高潮，以确保整体平衡。这里的难点

在于，如何让读者一口气从"承"读到"转"，这也是最令作家犯难
的地方。即便是职业作家写的小说，也有很多叫读者觉得"中间真无聊"
的作品。从"承"到"转"，是需要大家绞尽脑汁的，可以布置谜题，
或者增加新的登场人物，以期能够一直吸引读者的目光。

确定路线

　　前面提过，写恋爱小说时，从"相遇""相恋""失恋"哪个环节
开始都行。例如，从①到⑧有关键点，在⑧之后迎来尾声。大家会以
什么顺序推动情节发展？或许很多人想从①开始写起，但请等一下。
例如海豚针对课题 A 提交的作品《V 字手！》，并没有从主人公接到
警局打来的电话，得知母亲与劫匪撕打时受了伤，于是立刻奔向警局
这一幕开始写起，而是从她已经抵达警局，正在等待警察对母亲的取
证，曾辅导过她的附子犬刑警赶来，跟她开始交谈这一幕写起的。也
就是说，《V 字手！》是从②而非①开始写起的，这就成功地使该作品
具有了很好的阅读效果。

故事从哪里开始

　　前面讲过，"故事从哪里开始，是作者的自由。"对一部小说最有

效的起点是哪里？按照③④①②⑤⑥⑦⑧的顺序去写是可以的，甚至可以说，把容易疲软的③④移至开头，让①②成为回忆场景，更能一直吸引读者的目光。

从哪里开始，也与视角有关。开始的地点不一定非得是主人公的视角，从别人的视角开始写也是完全可以的。小说没规定必须从一开始就仔细地描写主人公，主人公到第三章再登场也没关系。

对于长篇小说，做到首尾呼应有时能产生意想不到的作用，也显得很有格调。我的作品《恶梦猎人》，开头的一幕是主人公被送进金鱼缸般的玻璃医疗设施中接受各种检查。中间则历经各种波折，结尾又回到了金鱼缸的场景。尽管首尾近乎雷同，但这样的结构能让读者读完以后，有种一切终于尘埃落定的感觉。感兴趣的人请购买角川文库版的读一读，但并不强迫啊（笑）。

任何题材的故事都少不了高潮部分。如果结局的隆起过于突出，就应该在开头以后安排几个小的"隆起"，最好能在中间部分有个较大的"隆起"，这样读起来就不至于无聊了。这种"隆起"就是高潮。不过，大家没必要非得想象华丽的打斗场景，飙车场景或性爱场景。就算是恋爱小说或上班族小说，也有某种高潮存在。

不要害怕脱轨

在确定关键点、考虑路线时，业余写作爱好者总想迅速确定好关键点，尽快进入高潮部分，所以容易以最短距离前进。其实没必要太着急。就算偏离关键点，也能使故事变得更充实，回到关键点时产生的振幅就会增大，从而为故事增添更多的趣味，所以不能害怕脱轨。

所谓脱轨，是指在确定情节并实际动笔以后，偏离故事的部分。如果从 B 到 C 无论怎么看都只能走直线，那就走直线好了。但是，如果从 C 到 D 还想走直线的话，我希望大家能及时停笔想一想，给故事增添一些新的元素，例如推出新的登场人物，或者让主人公面临危机。

关于情节，我能说的就是这些了。我写作时几乎从不考虑情节，只要登场人物的性格和四个大致的关键点确定下来，就会开始动笔。因为只要登场人物的角色性格确定下来，他们就能自行行动，充实各点之间的部分，推动故事向前发展。所以，请大家在"思考形"这一阶段之前，先仔细地推敲角色。然后，当大家觉得故事进展总是不顺时，请注意，这是由于大家对角色还缺少准确的把握所导致的。

【问答】

● 设计情节时如何确定篇幅？总是不小心越写越多……

Q. **鳄鱼**：设计情节时，应该如何事先确定篇幅？

A. **大泽**：既然大家想通过长篇小说的新人奖出道，那么以设计六百页的长篇情节为例，只要依照五十页、一百页、三百页、三百五十页、四百页、六百页这样的结构来写，情节的安排自然而然就能明白。你觉得呢？

鳄鱼：我也试过把整体分为四块来确定页数，但总是会出现溢出的部分，页数越写越多。

A. 大泽：页数增多的最大原因，是对登场人物的安排不到位。为了推动情节发展，大家肯定总想推出新的登场人物。但是，为了在结局给每个人物做好收尾，一旦增加新的登场人物，就该对旧的人物进行处理。大家最好具备这样的意识。不要增添过多的登场人物，增添的部分要好好整理。想靠很少的人物来推动情节发展，就需要让每个角色的形象足够鲜明、立体，所以要增强主要人物的个性。用来增强角色鲜明度的逸闻趣事，就是关键点的隆起部分，即小高潮。

● 怎样才能灵活利用情节？

Q. 貘：我已经写过几十篇小说习作了，但几乎没有哪篇的情节设计值得称道。因为我只要一开始设计情节，就觉得找不到新鲜的布局。怎样才能灵活利用情节呢？

A. 大泽：我也有两个问题。首先，你以前写过长篇习作吗？

貘：写过四、五篇。

大泽：原来如此。第二个问题：你说想周密地设计情节时，就找不到新鲜的布局，那你在不设计情节时，写出过好作品吗？

貘：自己很难判断，但达到了"通过新人奖二审、差点儿进入最终候补"的水平的作品，还是有几部的。

A. 大泽：我明白了。首先，关于新人奖我得先说一句，通过二审并不代表水平高。假如有五百篇应征作品，一审通过三百篇，二审留下五十篇，终审只剩大约五篇。在这五篇作品中，或许偶有达到专业水准的，但除此之外的其他作品，其实几乎没有差别，所以最好不要因为通过了一审和二审，就觉得自己已经达到了某个水平。请记住，你们如果参加新人奖，至少也得进入最终候补，最好争取获奖，必须达到这种水平才行。

貘提出的这个问题是关于情节的。虽然你总是设计不好情节，一直觉得不设计情节反而能写出好作品，但毕竟还是没达到"进入终选"的水平。这说明你在情节设计上太弱了，所以你首先应该强迫自己仔细设计情节，在此基础上做两三次反转，充实故事。这就是我的回答。

● **应该制作作品内的时间表吗？**

Q. 企鹅：写情节应该制作时间表吗？

A. 大泽：我觉得事先制作时间表也不错，但要是时间表定得过于死板，在写作过程中就容易产生依照时间表去支配登场人物行为的倾向，导致登场人物变成只知道完成任务的死板的人偶。这一点是必须避免的。因此我觉得，最好等写完以后再追加时间表，用于确认。一开始制作时间表也不是不行，但你自己心里要清楚，不能被时间表束缚手脚。

备忘录

第六课

小说需要"刺"

虚构有趣的故事需要具备哪些条件

大泽：编辑会为作家指出各种不足的地方，但不会给出决定性的建议。他们会说"请再多用些心思"，但不会告诉你"这样写就能变得更有趣"。要是能说出来，编辑就成作家了，所以终归只能靠作家自己努力。作家的工作是孤独的。

有的人因加入各种"反转"而使情节变得过于复杂，最终导致失败；有的人则是因为故事讲得过于简单而失败。在我看来，前者更有可能成为作家。如果情节梳理得井然有序，却找不到一处有趣的地方，就算作者再怎样设法充实情节，效果也很有限。而情节处处精彩纷呈的作品，哪怕整体的"形"还不完善，也可以根据建议去改善，比如"某些部分去掉，好突出另一部分"。

如果起初创作的都是小格局的故事，就像一粒小球，固然精致凝实，但日后若想向外稍作扩展，都会感到力有不逮。但若从一开始就把故事放在一个大圆圈里去写，在圆圈里添入若干要素，不管这些要素怎样整理，外面的大圆始终都在。所以，首先请以创作大格局的故事为目标。尤其是长篇小说，应该先画出一个"大圆圈"，然后寻找大量材料，充实这个"圆圈"。其中的关键在于，这些充实"圆圈"的要素对读者来说是否有趣。

大家参加这个讲座，前后提交了应征作品一篇和课堂作业两篇，共计三篇作品。作品讲评是这个讲座的前提，所以算上其他学生、我，还有编辑部的编辑们，共有约二十人读过各位的作品。对业余爱好者来说，这应该是很难得的机会。就算大家参加某个新人奖，读过你们作品的也只有作为预选评委的编辑和作为正选评委的作家，大约十人而已，只有这里的一半。每个人的观感不尽相同，读的人数翻了一倍，观感的种类也会翻倍。一部作品，即使十个人读完都觉得没意思，二十个人读，也许就能有一个人觉得有意思。请大家随时思考自己的作品会给读者留下怎样的观感，时刻抱着如何让读者觉得有趣的意识。

大家的对手，绝非眼前的编辑，或是像我这样站在评审立场上的人。就算这里的二十个人，没有一人觉得你的作品有趣，但在外面成千上万的陌生读者里，仍有可能存在喜欢你作品的人。一百人当然太少了，但若能有几千人，或许你就能靠职业作家的身份谋生了。当然，最好能有数以万计的人认可你的作品，但每次写作都以讨好上万名读者为目标，并不是件容易的事。

发展最强大的武器

写与自身资质完全不符的故事，或写自己不满意却受大众欢迎的故事，就算强行去写，也必然会出现破绽。作家这个职业没有退休的说法，只能一直写到死，所以写不适合自己的东西，即使偶尔受欢迎，也很难坚持一辈子，因为毕竟很痛苦。

关键在于，要找到并发展自身资质中最强大的武器。这个武器可以是体裁，也可以是人物描写、对话、情节发展等等。而且在发展武器的同时，大家还必须时刻思考，当这个武器达到极限时，如何切换为其他武器。即使对职业作家而言，这也是很需要勇气的，而且必须付出极大的努力才能做到。然而，这关系到自己能否在文坛生存下去，而且事实上，只有不断努力的人，才能挖到金山。我此前反复强调的"对作家而言，维持比出道难得多"，指的就是这一点。

一旦出道就再无退路

大家可能都想尽早出道，但请仔细想一想。假如一个人的寿命是八十岁，如果在三十岁出道，就必须一直当五十年的作家。五十年啊，大家能坚持下来吗？如果在五十岁出道，则只需要坚持三十年。当然，晚出道的，作品数量会减少，但大家很可能在文才枯竭、弹尽粮绝之前就"翘辫子"了（笑）。

我在二十三岁出道，已经当了三十多年的作家。当然，文才和"弹药"都已近乎空了，但我可不是想借这次小说讲座骗财啊（笑）。即使文才和弹药少了，技巧却会随着经验和年龄的积累而提升，所以就算是简单的情节，我也能使其变得有趣，写出有真情实感的作品。而我在年轻时，是做不到这一点的。我认为小说里有某种"东西"，并不是靠故事情节去吸引读者，而这样"东西"，只有当作者积累一定的经验后才会出现。因此从某个角度讲，积累人生经验以后再出道的人，往往能写出韵味隽永的作品。

不过，大家现在不用为不知如何是好而犯愁，也没必要羡慕出道早的人。这个世界上有很多先出道的人早已销声匿迹，而且一旦出道就再无退路。能否以作家的身份生存下去，关键并不在于自己的作品能否得到编辑的喜爱，而在于能否得到成千上万陌生读者的喜爱。每一部作品都会决定作家生涯的成败。千万不要以为写出一部杰作，斩获文学大奖，成为畅销作家，就能一生高枕无忧。那些后来再也写不出作品的人，或是写了也找不到读者的人，都会被出版社冷酷地抛弃。

不要在意此时的差距

你们在座这十二个人，写作水平当然存在差距。有人无限接近职业作家，也有人在现阶段举步维艰。但正如我前面所说的，出道早并不意味着作家生涯一定能一帆风顺。有的人通过艰苦努力，自身能力会得到提升。而且，就算是能够顺风顺水的人，也必然会有碰壁的时候。请注意，在接近职业作家的水平上能够自如写作的人，很可能因为不知如何跨过这道壁障而苦恼。相反，现在不断犯错不断碰壁的人，可以认为是在经历考验，为了跨越壁障而掌握更多的资源和素材。

所以说，此时的差距不用太在意。并不是这里的所有人都会成为职业作家。我真心希望你们中能有人顺利出道，并成为红极一时的作家，但我比谁都清楚，这个世界没那么宽容。别看我现在"居高临下"给大家讲课，一旦大家出道成为作家，与我站在同一队列，我在大家眼中大概就成了"应该超越的人"。中坚也好，老手也罢，其实都同年轻作家一样——不，那些曾经红极一时，得过大奖，写出过畅销书，文才和"弹药"都已用光了的作家，必须一直付出努力才行。这种努力背后的艰辛，不下于赤手空拳开山挖河，但只能咬牙坚持，因为这就是作家的生活。

什么叫有趣的故事

有些想当作家的人，因为不明白"什么叫有趣"而烦恼不已。若有一万人读过自己的作品后认为有趣，大概就能拥有自信，但自己读来，却难以确信其是否有趣。

人们常用"有趣"或"无趣"来形容故事，那什么才叫"有趣的故事"呢？首先，如果连自己都不觉得有趣，是绝对写不出有趣的作品来的。话虽如此，其实我在写作时，也只是坚信自己写的东西应该是有趣的，并没有考虑怎样写才能取悦读者。我只是在拼命地写。只有当我尽全力写出的作品得到读者的肯定以后，我才知道自己没白拼命。所以，就算不知道自己的作品是否有趣，也没必要为此不安。请相信自己。

我在今天这堂课的开头就已说过，做不适合自己的事，就算一时受欢迎，也很难一直坚持，所以还是放弃为好。写自己觉得有趣的东西，如果有其他人也觉得有趣，就可以成为职业作家继续写下去。如果世界上没有一个人觉得有趣，就说明你不适合当作家，但我认为这种情况是不存在的。请相信自己写的作品一定是有趣的，然后绞尽脑汁，琢磨怎样才能让读者觉得有趣。例如，可以尝试"跳跃"。

什么叫跳跃

假设你想出了一个从头到尾直线发展的故事。从最初的事件开始，经历第二件、第三件、第四件事，到第五件时迎来情绪发泄，抵达终点。如果有人指出情节"缺少转折"，那么应该在哪里转折呢？最后把凶手从 A 换成 C 就行了吗？错了。所谓"转折"，到故事的后半段再转就太迟了。必须在整体的三分之一，也就是第二件事前后就开始转折。

使故事转折，也可以说是让本来线性发展的情节向旁边偏移。在这种时候，如果偏移的时机过于突然，幅度过大，读者就会跟不上。既然是让原本以直线前进的情节出现错位，就应该提前铺设好偏移的幅度。而且要在第三件事前后再转折一次，使情节进一步偏移。如此多次偏移后，故事就会来到与最初设目的地相距甚远的地方。为了产生偏移而转折的点，我们暂且称为"跳跃"。那么在刚才的例子中，故事"跳跃"了两次。这个"跳跃"具体是指什么呢？因为它与不同的故事有关，所以解释起来有些难，依我写小说的方法而言，它与角色有着很深的关联。

我在讲解"如何塑造形象鲜明的角色"时曾说过，要"拥有自己的剧团"。假如只凭现有的登场人物——即自己剧团的成员——并不能使故事顺利跳跃，就需要增加成员，为剧团补充前人从未写过的角色，并在转折点上使用该人物，以此实现故事的"跳跃"。如果需要两次转折，就需要增加两名成员。可以加入不同于之前的两个角色，也可以将四名成员 A、B、C、D 中的 A 和 D 的角色融于一人之身。也就是利用角色的两面性，或是"似好实坏""似坏实好"的模式。关键在于，要在前半段就布置妥当，不能等到故事临近结束时再抱佛脚。

当读者看到故事的三分之一处，觉得登场人物已经全部现身，自以为认清了每个角色的时刻，故事突然完成一次令读者拍案惊奇的"跳跃"。通过在整体的约三分之一处引发"本来还以为是好人呢，现在看可能是坏人啊"的小反转，达到迅速充实情节的效果。

A 以前总是帮助主人公，在读者眼里是个好人，可他却在主人公最艰难时突然表现出另一面，拒绝提供帮助。主人公苦苦恳求，A 却开始提条件。这里可以是各种要求，例如要主人公给钱甚至让出女朋友。此前的故事一直在讲 A 如何帮助主人公，可是到了这里，由于 A 的缘故，主人公开始偏离主线，走上岔路。读者看到这里，就会开始为主人公担心。主人公没想到 A 如此恶劣，可是没他帮忙又不行，无奈只能听从 A 的要求，但当故事发展到整体的约三分之二时，A 又重新变成了好人，或者为了实现更大的跳跃，让 A 变成了完全不同于从前的性格："我先前之所以采取那样的态度，是因为担心你。你一向太天真了，我一直不留余力地帮你，其实对你来说并非好事，所以我才会故意拒绝帮你。"如此发展情节，就能使故事变得更充实。

我前面曾介绍了角色扮演游戏的方法，作为"隐藏对话"的例子。为了得到道具 X，必须先得到道具 Y，将其交给对方，才能换来 X。道具 Y 的加入，就使故事完成了一次"跳跃"。增加新的角色或必要的道具，都能实现"跳跃"，这样的方法还有很多。

让主人公经历磨难

说得再简单些吧。所谓"转折"，就是让登场人物——尤其是主人公——经历磨难，不让其轻易达成目标。请仔细考虑，你若是命运之神，会让主人公经历怎样的磨难，吃多少苦，留多少眼泪，受多少伤？得到道具 X，以为终于可以进入下一关了，却发现必须得到更难获得的道具 Y，否则就寸步难行。请大家尽量设计这样的情节。

有趣的小说，无论是哪种体裁——推理小说也好，恋爱小说也罢——对主人公都是残酷的。温柔对待主人公的小说是不会有趣的。《罗密欧与朱丽叶》就是一个典型。正因为主人公们被命运无情地捉弄，故事才显得有趣。角色扮演游戏也一样。主人公干掉一个个小兵，拼命升级，最后才能通关。正因为一路历尽风雨，玩家才能品尝到"经历风雨终见彩虹"的成就感。

小说的读者不同于游戏玩家，只要读就行了，不用费力。安排一切——主人公"升级"、最终达成目标、还有一路经历的考验——并将其提供给读者的人，是作者。请让读者见证主人公是如何努力、如何忍耐、如何历尽艰辛的。

缺少"转折"的无趣的小说，主人公往往不够努力，或者作者没让主人公具备足够的忍耐力。请让主人公再多忍一忍，再多努努力，再多流些泪，再多吃些苦吧。很多读者认为，我是《新宿鲛》的主人公"鲛岛"在这个世界上最恨的人。常有人对我说："为什么每次都要让他遭遇那么残酷的事呢？""你可真忍心让鲛岛经历那么残酷的事，他可帮你赚了不少钱呢。"我也觉得真的让他受了很多罪。我为什么要这么做呢？因为越让鲛岛遭罪，大家就越会买书看（笑）。

"对主人公残酷的故事是有趣的。"这一点会在测验中进行考核，请大家务必记住。对主人公越残酷，让主人公遭越多的罪，故事就越有趣。

当然，可能有人觉得："我讨厌那样的小说，我想读更轻松、更暖心的小说。"然而，就算是乍一看显得轻松、温暖的小说，如果细细分解开来，也会发现残酷的命运无形地造访主人公，主人公也会以无形的方式挣脱命运的摆布。这也是事关"主人公从头到尾毫无变化的小说很无趣"的关键。

小说的"刺"是指什么

因为大家现在确实进步了，技巧也有所提高，所以我该和大家讲讲小说的"刺"了，小说的"刺"，也可以叫小说的"毒"。故事只要有登场人物推动情节发展，抵达作者设定的目的地，即已构成小说的"形"。然而，能赚到钱的小说和职业作家所写的小说，必然含有高于"形式完整"的某样东西，那就是小说的"刺"。虽然称为"刺"或"毒"，但并不一定会刺伤读者的心，给读者留下可恶的印象，而是能在读者心里激起涟漪的东西。

读者有自己的好恶，所以自然会对某类作品不感兴趣。就算作为文学奖的评委，很多时候也会有自己不喜欢的作品被列入候选名单。然而，无论是什么种类的作品，关键在于是否蕴含了能在读者心中激起涟漪的东西。作品要让读者产生"我要是主人公，就不会这么做"或"要是我的话，会比主人公做得更好"等想法，也就是"读者不会从头到尾只做旁观者"，这才是小说的关键所在。

人们常说"那又怎样？"有的小说形式完整，表面看起来似乎不错，但读者读完却只觉得："嗯，写得还行，但那又怎样？不上不下的，在我心里什么也没留下。"如果一部作品让读者生出这种想法，无疑意味着作者的失败。

讲座刚开始的时候，我没给大家讲这方面的内容，是因为我觉得，就算当时告诉大家"今后写作时要留意'小说的刺'""写出的小说不要让读者说'那又怎样？'"但这方面的内容还是有些难度吧。不过，我读过大家"期中测验"（描写"自己想写的世界"）所提交的作品以后，发现大家可能已经开始思考这方面的问题了，在写作时意识到了自己作品的"刺"，也意识到要写不会让读者说"So what？"的小说。可以说，大家已经进入了迈向职业作家的第二阶段。

大家提交的作品里，有不少叫人觉得"似乎缺点什么"，缺的就是"刺"。

这是一个很难讲清楚的问题，因为作者可以把自己的成长史、人生经验、个性等各种因素融入作品中，所以存在很大的个人差异。有的人初次写小说就能写出"刺"，而有的职业作家却总是写不出来。有的人明明写作技巧还算熟练，却一直红不起来，读者不见增长，作品口碑较差，原因何在？正是因为缺少"刺"。这个"刺"，也可以说是个性。作品只有具备个性，才能吸引有共鸣的读者追随。反过来说，缺少个性的作家，是不会有读者追随的。一部作品，有人讨厌，就一定有人喜欢。而喜欢的人越多，读者也就越多，当读者达到一定数量后，这部作品就能变成商品了。

问题是那些被评为"有技巧但没内涵"的作家，这些人对出版社来说也是最难办的。他们往往出不了道，就算出道了，写出几本书却卖不动。这样下去，作家的身份根本保不住。我讲过很多次了，从文坛出道只是作家的起点而已，以后如何生存下去才是关键，而"小说的刺"，就与这个问题大有关联。希望大家都能仔细思考，想想自己的作品有没有"小说的刺"，有的话具体是什么，没有的话，怎样才能拥有并将其放入作品里。

【问答】

● 为什么写着写着会变成小品文？

Q. 驴：您今天说过，就算一开始作品不够完善，也该尽量创作大格局的故事。我却一直在写小故事。尤其是写短篇小说时，只要一有想法，就会不假思索地先写完，然后才会考虑角色的性格，修饰文字，追加设定。结果在上次讲评时，我的作品被认为"格局太小"。是因为我的这种写法，才导致作品给人留下小格局的印象吗？

A. 大泽：我觉得，你是那种就算情节马马虎虎，也能在某种程度上取得一定成果的人。但是，你不光情节一直马马虎虎，人物也始终马马虎虎，所以故事无论如何都缺乏深度。因此，就算情节仍旧马马虎虎，也请在人物上多下功夫，尝试给角色增添意外性。如果角色在你心里变得鲜明生动，故事或许就能逐渐充实起来，这样就能超越当初的情节。而且就算情节有缺陷，只要角色有趣，根据角色改变情节就行了。

要更多地留意角色塑造。小说家就是作品的神，可以自由地对登场人物"生杀予夺"，怎样摆弄都没关系，没必要非得按照当初构想的情节，把整个作品写成格局狭隘的"小品文"。赋予登场人物前所未见的个性，或将你自己的个性反应在作品中，能使情节发生变化，作品格局也会得到极大的拓展。

● 引用经典需要注意哪些方面？

Q. 企鹅：我想问个关于原创性的问题。我接下来想把鲜为人知的古典故事用现代设定重写，不知可不可以？像《罗密欧与朱丽叶》《灰姑娘》等古典故事，已被重写无数次，还被拍成了电影。关于古典故事的引用和改写，需要注意哪些方面的问题呢？

A. 大泽：古典作品的数量有限，例如中国的《聊斋志异》、希腊神话等，堪称故事宝库，所以有很多职业作家的作品均是以此为题材的。这样做并非不行，但你今后的目标是在文坛出道，如果不是对古典作品喜欢到了"不可救药"的程度，或是拥有超越前辈职业作家的深厚造诣，或是具备足以媲美大学教授和专业人士的知识，我不建议你以经典故事为素材搞创作。

不管你想引为素材的作品有多了不起，这个世界上肯定有成百上千的人看过。就算能凭此出道，若是叫了解原作的人觉得"这不是照搬原作么"，作家的口碑就会变差。如果非要以古典作品为题材，最好等自己成为职业作家几年以后，想稍微改变风格的时候，或是有大量约稿齐至，其中一两本想写得轻松些的时候，再做尝试不迟。

好莱坞有个广为人知的趣闻，说《科学怪人》和《窈窕淑女》实际讲的是同一个故事——《科学怪人》是把尸体拼合成为活人，《窈窕淑女》是把卖花女教育成淑女。二者都是"创造出崭新的人格"，所以从这个意义上来说是一样的，只是一个拍成了恐怖片，一个拍成了爱情片。我认为，像这样脱胎换骨的改变是可以的，但若是以《灰姑娘》《罗密欧与朱丽叶》这样十分有名的作品为题材，必须达到八成左右的改头换貌，否则是成不了有趣的小说的。

在古典作品中，莎士比亚的作品被称为戏剧宝库，还有人说："只要学习莎士比亚，就能明白怎么写小说。"我并非莎士比亚的爱好者，所以阅读以其作品为灵感而创作的小说时，会觉得所有结局都是一个样。当然，通过莎士比亚戏剧的艺术性、情节和悲剧性，可以学到故事的基本结构，但在当代，人与事物呈复杂化，所以很难直接做到学以致用。因此我认为，你现在最好还是不要过多考虑古典作品的改写。

● **可以在小说中使用真实存在的人名吗？**

Q. 巴哥犬：在小说中可以使用假面骑士、奥特曼等广为人知的角色名或真实存在的人物的名字吗？我看佐野洋先生在《推理日记》中，就经常用拉丁字母表现真实存在的城镇名和人名……

A. 大泽：这是个很难的问题。佐野洋的确使用了"N市"这样的写法，但我要是把"新宿鲛"写成"S鲛"，只怕就没戏了（笑）。因为在《新宿鲛》这部小说里，"新宿"这个地名是不能省略的。佐野洋对匿名的执着，自有相当清晰的策略，所以对于直接使用假面骑士、奥特曼等英雄的写法，他大概会持否定意见吧，但我觉得可以视用法而定。

我以前担任某文学奖的评委时，有一篇以沉迷于机器猫的女孩为主人公的小说进入了候选。机器猫本身并未在那篇作品里登场，但在某种意义上可以说，该作通篇都在向机器猫致敬。该作者当时已经得过大奖，是颇受欢迎的职业作家。在评审过程中，评委们有两种完全相反的意见，一种认为"机器猫的形象早已家喻户晓，日本人众所皆知，所以描写酷爱机器猫的主人公毫无问题"，另一种则认为"机器猫是别人创造的角色，如果没有机器猫，这个故事就不成立，这怎么行？”我本人也觉得对机器猫依赖到这种程度，终归不太好。最终，那篇作品没有获奖。这件事发生在文学奖的评审会上，所以未必与大众的评价一致，但无论如何，那都是一篇评价呈两极分化的作品，这一点确凿无疑。

在我看来，机器猫、奥特曼、假面骑士就像烈性药物，一旦使用不当就会适得其反。若想按照这样的设定——崇拜奥特曼的主人公身穿奥特曼的服装走在街上，被卷入一场麻烦——去写的话，就没必要写出奥特曼的名字。巴哥犬所考虑的英雄，假如写成“崇拜身材矮小的‘超级圣徒’的人”，读者也能自行想象；写成“戴着假面以超音速打倒坏蛋”或“来自圣星”，读者就能知道这个人物“就像假面骑士”“类似奥特曼雄”。所以我认为，就算不使用已经存在的英雄人物也足够精彩了。

这里再稍作补充。在娱乐和体育报道中使用真实存在的人物或既有的形象，有时候能为故事增添趣味性，但这实际上是很难虚构成小说的。

假设以著名女演员为主人公写小说。直接写“吉永小百合”是最简单的，但会侵犯权利，所以不能这样写。没办法只能把名字写成“薮长百合子”，再写“百合子是 20 世纪 50 年代活跃于日泊电影公司①的大明星，曾与石本裕太郎、大林旭②等人合作演出”，可是这样写既没

_____

① 以虚构的“日泊”借指吉永小百合所属的“日活”电影公司。
② 意义同上，均为借指的虚构人名。

意思，也无意义。"薮长百合子"哭泣也好，恋爱也好，苦恼也好，只要不写成"吉永小百合"，就是虚构的。

体育界也一样。年轻的高尔夫球天才"石川辽"，在成为职业选手以前就曾参加职业比赛，并从沙坑直接击球入洞获胜。现实中的人击出这样的好球，大家都会为之感动，但在小说的世界里，无论主人公做出多么了不起的事，击出多少次"一杆进洞"，读者都知道那是虚构的故事。日本职业棒球选手长岛茂雄与金田正一的真实对决，大家觉得很有趣，而若是"金牌投手长崎光雄与世纪投手吉田公一对决"，不管再怎么写，读者也兴奋不起来。

在小说里，任何事都可能发生，所以如果以文娱界或职业体育界为舞台，反而会失去真实性。很多人为了获得真实性，就想使用真实存在的明星的名字，但在虚构的作品里，这几乎是吃力不讨好的。请大家记住，不管是多么著名的对决，多么宿命般的悲剧，若以小说的形式来展现，都可能不会有趣。

至于巴哥犬的小说，如果必须使用"假面骑士"才能成立的话，就要做好面对"双刃剑"的心理准备。如果换成虚构的英雄也不妨碍读者想象的话，最好还是使用虚构的英雄。

● 可以让主人公以外的登场人物经历磨难吗？

Q. 大米：我以前没怎么写过娱乐小说，所以在这次讲座中，我的写作比较重视立意，结果没顾得上对登场人物进行深入挖掘，所以我接下来打算把重点放在对角色的研究上。老师刚才说"要让主人公经历残酷的事情"，那可以让主人公以外的登场人物经历磨难吗？

　　A. 大泽：当然可以。比如，主人公 A 的人生没有遭遇任何障碍，但对 A 来说很重要的人物 B（亲人、恋人或好友）却承受了各种苦难，主人公很想帮助 B，为此陷入苦恼。这样的两道转折，会使故事更加充实。还有，假如主人公 A 是勇于直面苦难的性格，他一方面想帮助 B，一方面又为 B 自己不设法摆脱苦难而恨铁不成钢，两种心情纠结之下，甚至连两人之间一直和谐的关系也变得复杂起来。变得复杂，就意味着故事变得充实。因为 B 受苦，主人公 A 觉得更苦，而且 A 本身是战胜过苦难的人，所以痛苦的滋味愈发复杂。这样一来，故事就会愈发有趣。

　　为了使故事变得更有趣，可以让一直拼命支持 B 的 A，在某一天突然遭到 B 的"攻击"。例如，A 帮助了被人欺负的 B，结果自己却成了被欺负的对象，甚至连 B 也加入了欺凌者的行列。A 觉得 B 背叛了自己，为此十分痛苦。B 的真正意图何在？是真的讨厌 A 吗？还是有什么秘密迫使他不得不这样做？最后 B 还是同 A 站在了一起？就算随想随写，故事也会逐渐变得波澜起伏。

　　大米说"以前没写过娱乐小说，所以比较重视立意，结果疏忽了角色的塑造"，但为什么不立意和人物二者兼顾呢？请开动脑筋，让立意和角色都变得充实起来。还记得"支撑情节的是角色"这句话吗？角色是情节的基础，二者相辅相成，少了哪个，故事都不会有趣。请塑造丰富的角色，再在上面摆上丰富的情节。

　　下面说一件关于塑造角色的重要事项。大家知道小说的登场人物与现实中的人物有何不同吗？现实中的人物，经历过残酷的遭遇，会妥协屈服。心屈服了，人就会退出舞台。可是，小说的主人公不管遇到多么残酷的事，都绝不会、也绝不能退缩。因为一旦主人公退出，故事就宣告结束了。作者要把主人公置于绝不能退出的境地。请大家记住，故事里的人物描写得多么符合现实都没关系，但"不能从故事中退出"这一点，与现实中的人物有着绝对的不同。如果故事讲到一半，主人公就说"不行了，我要退出"，后半段一直往来于公司和家之间，读者是会发怒的。这样回答你的提问可以吗？

● 怎样才能彻底解决视角问题？

大泽：从现在开始，编辑也该回答了。各位编辑，请做好心理准备。好，请水母提问。

Q. 水母：我开始写小说没多久，跟大家比起来还有很多不足。上次关于视角混乱的问题，受到了老师的批评，但我还是不太理解。关于视角混乱，请您再指导一次。

大泽：水母的提问是"视角问题"。A君，请你从编辑的角度回答，怎样才能解决视角问题。

编辑A：可以将写好的作品搁置一天，第二天再朗读出来。

大泽：嗯，"朗读"这个方法，对于解决文字相关的问题非常有效，但我觉得不适合用来确认视角混乱的问题。当然，"搁置一天再重读"对任何作品都是很重要的。主编怎么看？

主编：要让自己完全与场景中的视角人物相融。深入场景，彻底融入角色，只写该人物所能见能闻之事。

大泽：不愧是主编。回答正确。我在水母的《秘密的复仇》这篇作品的讲评中就曾指出，在视角人物走出房间以后，出现别人注视他的背影的描写，这显然是不妥的。请水母务必记住，要让自己完全融入视角，只能写该人物所见所闻的信息。这种视角游离，其实是职业作家也常犯的错误。要想避免这种错误，就得先怀疑"这句话在视角上不奇怪吗"，然后"搁置一天再重读"。

作者就是"神"，掌握着故事的所有信息，所以一不小心就容易把自己知道的信息写出来。如果全部写出来的话，小说就失去了惊喜，而且作者的意图也会暴露给读者。

这里有个多面体（图1）。假设A、B、C、D四人只能分别从上、右、下、左的方向观察这个物体。不难看出，即使观察的是同一个物体，四个人看到的景象也会完全不同。刚才提到的水母犯的错误，就在于明明该是 A 视角的场景，却写了只有 C 才能看见的景象。

作者是"神"，掌握着物体的整体情况，但 A、B、C、D 只能得知各自视角所见范围内的信息。那么，是不是以 A 的第一人称写小说，就不能写其他视角所了解的任何信息呢？事实并非如此。可以从 B 的口中得知信息，或者找出原本只有 C 知道的信息，方法有很多种。大家应该已经知道，考虑这些方法，是进一步充实故事的重要因素。

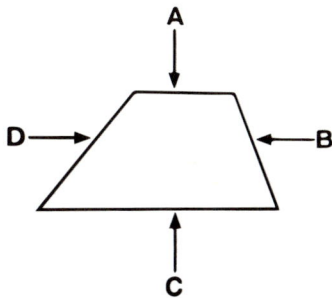

（图1）

　　总之在写作过程中，必须时刻斟酌自己写出的信息是不是该人物的所见所闻。有的人不用特别注意就能做到这一点，也有的人会像水母一样感到混乱。请水母尝试先让自己完全融入视角人物，让自己彻底沉浸在故事的世界里。

● 能完成情绪宣泄的故事需要具备哪些条件？

　　Q. 虎：我提交的《晴眼》和《饿兄弟与吹笛男》这两篇作品，都给主人公安排了残酷的考验，可最后都成了无趣的作品。请您教教我，想让故事达到情绪宣泄的效果，需要具备哪些条件？

　　大泽：通过刚才的回答，想必大家已经知道编辑有多么靠不住了，那么 B 君，关于这个提问你怎么看？

　　编辑 B：这个问题很难啊。虎的两篇作品，均以可预见的结局收尾，给人以虎头蛇尾的感觉。应该说是缺少意外性……

　　大泽：这一点她自己也明白。你的回答不行啊，B 君。那么，A 君认为呢？

　　编辑 A：故事写到最后，可以试试写出完全反转的结尾。

　　大泽：这个建议也不好说。C 君呢？

　　编辑 C：增加登场人物，以达到"跳跃"的效果？

　　大泽：主编呢？

　　主编：想使故事变得有趣，只能绞尽脑汁地思考。尽管从技巧上有很多办法，但我认为还是应该思考思考思考，然后继续思考思考思考，把自己逼得痛不欲生，最后的一个转折就会自然而然地现身了。

A. 大泽：原来如此。关于这个问题，编辑们答不上来是理所当然的。如果一下子就能准确地回答上来，你们就不是编辑，而是作家了。

怎样才能使故事变得有趣？虎很擅长塑造角色，或者说，她能塑造出比较出人意料的角色。这大概可说是虎的才能。《晴眼》中患有视觉障碍的女主人公在房间里转圈奔跑的那一幕，完全做到了从视觉障碍患者的视角出发，而《饿兄弟与吹笛男》，主人公兄弟俩的塑造也很出色。

然后是情节。先看《晴眼》这篇作品，讲的是患有视觉障碍的主人公遭到跟踪狂袭击，被白马骑士所救，最终皆大欢喜的故事。虎对角色塑造掌握得很好，但承载在角色上的故事格局太小了。那应该怎么办呢？对于只有三十页的短篇小说，"增加有意外性的登场人物"有点儿困难，至于"完全反转的结局"，最后也只是"白马骑士其实就是跟踪狂"，同样很无趣，并不比原来的故事好多少。

能否在保持登场人物和篇幅不变的前提下，使故事变得更有趣呢？请竭力思考吧。比方说，白马骑士不敌跟踪狂，患有眼疾的女主人公孤身一人对抗敌人……怎么对抗？女主人公眼睛看不见，所以就无法取胜吗？可以把这一幕设为高潮。当女主人公眼看就要遇袭时，可以有白马骑士赶来英雄救美，但只传来有人挨打的声音，然后女主人公就只能听见白马骑士的呻吟声。"怎么了？你没事吧？"女主人公询问，却没人回答。"他被打败了，我只能自己保护自己了。"刚才一直害怕的女主人公在得知爱人被打倒的一瞬间，猛然挺身而起。"我决不允许你伤害我的朋友。"女主人公摸索着找到房间的电灯开关，一下子把灯关掉了。在黑暗中，眼睛看不见的女主人公也有机会获胜。房间里黑得伸手不见五指，跟踪狂一步也动不了，而这里是女主人公的家，所以她很清楚房间的布局。"啊，他现在在厨房。"确定对方的气息后，女主人公悄悄藏进了卫生间。对方的脚步声逐渐接近，就在声音停在卫生间门口的一刹那，女主人公猛地推开门，把对方撞得飞了出去……虎，这样写怎么样？

虎：很有趣。

A. 大泽：《饿兄弟与吹笛男》也一样，想想怎样在不更改主人公设定的前提下扩充情节。兄弟俩像平时一样纯粹为了蹭饭去朋友家，不知为何，唯独今天受到了丰厚的款待。"奇怪，怎么回事？"兄弟俩很不安，仔细一瞧，透过拉门的缝隙能看见后面的小房间，只见朋友的父亲正躺在那里，好像已经死了，可朋友和朋友的母亲却仿佛父亲不存在一样，满脸笑容地招呼兄弟俩："来，多吃点，别客气。"兄弟俩就会想："这家人太奇怪了。"……像这样写，读者就会想知道接下来的发展对吧？我也想知道（笑）。

也就是要"倒行逆施"，给出不同于主人公所想的回答。或者，先写困难的状况。这其实是我写小说的方法。在把主人公囚禁在绝对逃不出去的地方时，结束这一章节，然后在下次截稿日期之前，拼命思考怎样才能让主人公逃出困境。这不能说是好方法，因为真的非常辛苦（笑）。但是成为职业作家，不断积累这样的经验，就能逐渐在截稿日期前想出好的创意来。把自己逼到这种境地，创意就会自然而然地涌现。如果不出现怎么办？那就说明自己没有写小说的才能，只能放弃。

　　自认为不会扩充故事情节的人，可以尝试逼迫自己，把故事放在像刚才那样难以置信的情况、匪夷所思的状态，然后思考如何反转。如果从一开始就先考虑反转，然后倒退着写故事，就容易写成小品文。与之相比，不给出答案的提问，最后会得到自己想都没想过的答案，所以也能让读者震惊。这是理所当然的，因为作者在写连自己都不知道的东西（笑）。

　　虽然前面说过作者是"神"，但其实很多时候，作者在写作过程中并不知道情节会如何发展，甚至写完以后才感到惊讶："啊？原来是这样？"有位编辑曾对我说："大泽先生，你写那篇作品时，是边写边构思的吧？那么复杂的情节，普通人不可能从一开始就设计好了。一开始写到哪儿算哪儿，到最后还能收拢在一起，这是大泽先生了不起的地方。"我则回答："你这是在夸我还是损我啊？"其实她说得没错（笑）。我写小说，往往先把主人公逼上绝路，然后再让其设法逃脱，并反复思考接下来怎样发展才能说得通。只要逼迫自己，逼迫主人公，并思考解决对策，一篇小说很快就能写出来了。没关系的。只要拼命思考，总能想出办法。

●怎样变换视角让人物登场？

　　Q. 秋英：我也写不好视角，写的时候总是很迷茫。我读过不少每章都变换视角人物的长篇小说，这次我打算在五十页的篇幅内，让各种人物登场，会不会令读者感到混乱？

A. **大泽**：编辑就不用回答了吧（笑）？当短篇小说存在大量的视角——超过三个——的时候，读起来就会不太顺畅。不过，如果按照我接下来所讲的手法去写，就能体现出多视角的意义。

请把小说的结构想象成五角形。从 A 到 E 的各边是视角人物所能看见的世界，A 是秋英，B 是主编，C 是中年上班族，D 是客栈老板，E 是我，大泽在昌。故事的情节是：今晚的小说讲座结束后，我突然乘坐末班车，到了北海道。第二天早晨，我的尸体在阿寒湖畔被人发现。请大家把这件事的来龙去脉，写成五十页的短篇小说。

首先是秋英的视角。你像往常一样来到角川书店，参加大泽在昌的小说讲座。大泽先生一如既往地热情演讲，以捉弄编辑为乐，但对听讲的学生却格外严厉。最后说了句"大家辛苦了"，然后就离开了。这部分写十页。

第二章是主编的视角。讲座结束后，主编问"接下来有时间吗"，大泽先生却十分罕见地表示拒绝，声称明天要参加高尔夫球比赛。可是随后，大泽先生却问了个奇怪的问题："你知道绿球藻吗？""啊？是阿寒湖的绿球藻吗？""对，阿寒湖。"留下这些意味深长的话后，大泽先生就离开了。十页。

第三章是来东京出差后打算乘末班车回北海道的疲惫的中年上班族的视角。他在羽田上了飞机，发现坐在旁边的人是一个似曾相识的中年男子。他边琢磨这人是谁，边跟对方搭话，可对方始终表现得心不在焉。然而，当飞机驶近新千岁机场时，那人突然问："在哪里能叫到计程车？""啊？你下了飞机要去哪儿？""我想去阿寒湖。""去阿寒湖的话，可以走这条路线，但你一下飞机就去恐怕不行吧？""啊，我有事必须去那儿一趟。"下了飞机，那人叫了辆计程车，似乎真的在深夜去了阿寒湖。他究竟是谁呢？十页。

第四章是在阿寒湖畔开客栈的一对夫妇的视角。黎明将至之时，外面传来行车的声音。这个时间会是谁呢？夫妇俩出门一看，只见外面停着一辆车，一个男人正呆呆地伫立在车灯的光束中，望向阿寒湖。"这个时间来，你有什么事吗？""没什么事。"说着，那人似乎慌忙把什么东西藏了起来。十页。

那男人藏起的东西，将在第五章揭晓。其实，到这里的四十页统统都是伏笔。这个故事是我刚刚才构思的，称不上是好例子。第五章是我的"遗书"。在当天的小说讲座中，某个学生提交的作品里出现了一个人名，与我以前爱过却因被我辜负而自杀的女人同名。我忆起曾经的恋人，憋闷得喘不过气，于是想在她自杀的阿寒湖结束自己的生命。十页。

使用这种手法，原本需要故事有更多的转折，但像这样从五个人的视角出发，就能完成一篇五十页的小说。或者，也可以写一家公司的五个同事参与同一个项目的故事。一开始设定充满机趣的谜题，再从多个视角"打光"，照亮谜题的整体——这是宫部美雪等作家的常用手法。也就是说，即使是写短篇小说，也可以采用多视角。只不过，这种写法要求具备相当高明的技巧。在哪个场景，以哪个视角，得到哪些信息？需要先制作精细的设计图，再像拼图一样集合所有视角，最后拼出一整幅画来。顺带一提，宫部美雪写作时是不用设计图的。

采用多视角的好处在于，<u>通过各种各样的"打光"，能使同一个事物呈现出不同的面貌</u>。以刚才的故事为例，从小说讲座的学生的视角出发，不能写到阿寒湖在这个时期的景色；为了加入"这个季节来自杀的人非常多"之类的信息，就需要有当地的客栈老板这一角色；为了表现已决心赴死的我走向阿寒湖时的痛苦模样，就应该从不知道大泽在昌是作家的人的视角出发，这样更能给读者留下深刻的印象，而不是从编辑或学生的视角出发。因此，在飞机上偶遇的中年上班族的视角就很有效。

短篇小说中出现多个视角，就得有三个以上的登场人物。有两种视角极为常见，即"侦探视角"和"凶手视角"。大家应该都知道，这样写很没意思。最失败的模式就是，前四五页以侦探视角去写，最后五页以凶手视角揭开从动机到诡计的所有谜题。

对于秋英的提问，我的回答就是：如果是五十页的篇幅，就以一个人的视角或三人以上的视角去写。不过，<u>多视角的写作要求有相当高明的技巧</u>，而且需要确认多视角的写法对该小说是否有效。请记住，如果忽视信息的进出和表现方式，就有可能引发"视角混乱"，造成致命的错误。

第七课

锤炼文字和精心描写

让文字富有节奏

大泽：大家好，今天我想谈谈"文字和描写"。但我得先说一句，讲解这个主题是非常困难的。

对于已经写出来的作品，可以评价"好"或"坏"，但是对于描写某场景的文字，如果我按自己的意见加以增删，那么我的语言表达未必是正确的。归根结底，那只是我的文字，我并不希望大家模仿，因为制造一批我的模仿者毫无意义。没准儿你们还觉得"大泽在昌的文字没什么了不起的"呢（笑）。总之，你们有自己的文风，有自己的表达方式，这既是作家个性的表现，也是吸引读者的魅力所在，所以要我教大家这部分内容，效果必然有限。因此希望大家能够理解，今天的内容会不可避免地非常抽象。

假如有两种文字，一种读来很顺畅，小说的内容能毫无阻碍地进入脑中，另一种无论读多少遍，都无法在脑中形成画面。那我认为，这两种文字最大的区别在于"节奏"。

写小说经验不足的人，经常每写完一句就换行。与之相比，熟练的老手所写的文字，上下句会衔接得很好，一个段落结束，也能流畅地进入下一个段落。

打个比方，这就像籼米与粳米的区别。籼米较干燥，每一粒互不粘连，适合做炒饭，用筷子撮不起来。粳米则有较大的黏性，水分也多，彼此粘连成块，能用筷子撮起来。籼米般的文字，每一句结束都仿佛戛然而止，读者的意识也会随之中断，所以情绪总是处于冷静的状态。读完一句，断了；再读一句，又断了——如此不断重复。相反，粳米般的文字，句与句的衔接很顺畅，读者的意识不会中断。就算一个段落结束，也能流畅地进入下一个段落，读完一句，进入下一句；读完下一句，又进入下下句。持续阅读不会感到痛苦。这样的文字堪称"粳米文字"——这个名称只是我刚才突然想到的（笑）。总之，只要能写出这样的文字，小说就会很容易读。

那么，怎样才能写出粳米般的文字呢？这就涉及节奏的问题了。节奏好的文字是什么样的呢？很难一句话概括。例如，有人认为每一句如果都用同样的语尾结束，文字的节奏就不好，换用不同的语尾才能使节奏变好。确实存在这样的例子。

然而，比如在动作场景中，接连使用诸如"击中了""跑开了""逃掉了"等短句，并且使用同样的语尾"……了"，反而能够凸显节奏感，使文字充满激情。因此，不能说重复使用同样的语尾就一定不好。譬如动作场景、性爱场景等，都是很特殊的场景。在小说的某个高潮场景中，是可以改变文风的。

所谓故事，是由"小高峰－低谷－较大的高峰－低谷－大高峰"连接而成的。为了让读者一直享受地读到最后，低谷部分至关重要，因为其中含有与下一个高峰相关联的信息。读者在这部分若是读得不顺利，就不会产生对于高潮的期待和兴奋。不过，低谷部分普遍显得疲软不着力，无论对于读或写，都是较难对付的。所以，从作者的角度可以说，这部分是比较难写的。

写出准确的文字

在这里，我希望大家再次理解一点："文字是传达信息的手段"。小说也是由登场人物和情节彼此纠缠而组成的一系列信息。因此，小说的文字也是传达信息的手段。

在日常生活中传达信息时，什么是最重要的？答案是"准确"。与某人约定会面时，准确地向对方传达时间和地点等信息是很有必要的。比如"明天中午十二点在饭田桥附近碰面吧"，光说"饭田桥附近"，称不上是准确的信息。有人可能觉得，现在人人都有手机，只要打个电话问问："我现在到饭田桥站了，接下来该去哪儿？"那就行了。可是，"饭田桥附近"这个范围毕竟太大了。饭田桥的哪个车站的哪个出口？站外还是站内？还是刚出站的咖啡店？不把这些事说清楚，就不是准确的信息传达。这种情况不光在日常生活中，在小说里也是一样。小说的文字，"准确"是最重要的。

对于小说的文字，人们往往爱使用暧昧的表达方式。因为想写令人动情的内容，所以无论如何都想使用暧昧的表达方式。然而这是一种错觉，误以为这样的表达就是文学性的表达。归根结底，文字必须写得准确才行。

还有一点很重要，那就是"逻辑性"。我从大家提交的作业中，发现有"他看起来○○，是△△，其实是□□"这样的文字，表意不清，逻辑上前后矛盾。就算是平时不会这样写文字的人，一写小说，就会莫名其妙地使用这种暧昧或矛盾的表达，仿佛这样一写，自己的文字就能充满文学气息。

大家必须冷静判断自己写出的文字有没有逻辑性,一句话中的内容是否从头到尾连贯而不矛盾,这是很容易被忽视的。当作者想尽力用语言描绘自己心里的意象时,动辄会写出缺乏逻辑性的文字。

那么,怎样才能避免这种情况呢?除了推敲别无他法。推敲是写出准确且有逻辑性的文字的唯一手段。写作过程中可以随性,把脑中接连涌现的影像转化成语言,洋洋洒洒地写出来,这都没问题,但是对于写完的文字,必须冷静地检查,看看有没有矛盾的表达,信息传达是否准确顺利。

准确的文字源自精准的措辞

措辞,对于文字的准确性很重要。例如,"红色"有多种表达方式,既可以写成"赤",也可以写成"红",还可以写成"朱"。这时就要思考哪个表达最符合自己想表达的意象。有时较难把握的是,自己想表达"红"的意象,但读者更容易想到"赤",这时作者也可以故意使用"赤",或者一开始使用"赤",最后再回到"红"。总而言之,就是要尽量选择能够准确传达自己心中意象的词语。

譬如,假设箱子里放有宝石。就算你想写的对象是宝石,但在故事伊始,也不能直接告诉读者。既然如此,首先就需要给读者留下"箱子里放有某样贵重物品"的印象,可以写"一个结实的黑檀箱,沉甸甸的，似乎是为存放某样重要物品而打制的"。如果突兀地写"有个箱子，里面放着宝石"，读者就会莫名其妙，觉得"这个人怎么从一开始就知道箱子里放有宝石？"

即使最终想传达的信息是关于宝石的，但若不先从"箱子"着笔，就无法写"宝石"。这种情况在小说里很常见。这与前面所说的"赤"还是"红"的情况一样，为了写自己最终企图传达的意象，不妨先从"箱子"着手，更能令读者感到亲切，也易于理解。我这样说也许非常抽象，大家不好理解，但这部分关系到作家的世界观，所以请务必牢记措辞的重要性。

做到"八分感性，两分理性"

小说的文字是传达信息的手段，必须做到准确且有逻辑性。这是基本中的基本，不仅如此，小说的文字还是武器，能够刺激读者的情绪，使读者惊心动魄地、忐忑不安地、充满感动地期待高潮的到来。但想必大家都知道，"充满情绪的文字"与"刺激情绪的文字"并不是一回事。

在纪实节目令人感动的氛围中，如果解说员边哭边讲解，观众反而感动不起来。解说员用淡淡的语气，反而能勾出观众的眼泪。小说的文字就如同纪实节目里的解说员。无论面对多么激动或悲伤的场景，如果作者在叙事部分也跟着一起感动、哭泣、恐惧，反而不能把这份感情传达给读者。在写作过程中，作者需要在脑海里常存一个"第三者的自己"，能够冷静地观察，判断自己最想传达的信息能否通过笔下的文字，以最有效率的方式传达给读者。

其中的比例大概是"八分感性，两分理性"。八分可以依自己的感性随性书写，其余的两分则要冷静地观察，判断自己的措辞能否准确传达信息。也就是要做到八分热情，两分冷静。先以百分之百的热情写作，再以百分之百的冷静推敲，几乎是不可能做到的，大概只能冷静到百分之三十。剩余的百分之七十里，就存在不准确的文字和低效率的措辞。这是错误。为了避免这样的错误，从写作时就要保持两分冷静，根据自身的能力和所掌握的语汇，尽可能冷静地选择正确的词语来描写。为此，就要像我无数次强调的那样，要怀疑自己的母语能力，要勤查词典。

描写要注意张弛缓急

比喻，能把原本需要三行文字才能解释的事，用一行文字就生动地表达。但需要注意的是，如果比喻使用不当，小说可能会以失败告终。人们常说"要避免使用老套的表达方式"，但并不是说无论什么都能用比喻来解释。有时用比喻只需一行文字，其实却恰恰应该用二十行文字做详细说明，所以要在必要的部分灵活使用比喻，关键场景则要做细致地描写，不能用比喻一带而过。也就是需要把握张弛缓急。

正如前面所说，小说有峰谷，有缓急。用颜色来比喻，就是有浓有淡。人们常说"浓墨重彩的描写"，业余写作爱好者的描写往往缺少浓淡之分，无论什么场景都用同样满满地上色。因为他们很不安，想尽可能多地塞入信息，希望读者尽量理解自己，所以才会这样去描写。

例如，主人公和朋友走进咖啡店，进行了十到十五分钟的交谈。假设此时需要插入一条重要信息。在这种情况下，重要的是信息本身，而不是咖啡店的地板颜色，也不是唱片的曲名或菜单的内容。然而，心怀不安的作者常会忍不住对这些无关紧要的事物做非常详细的描写，例如逐一列举"摩卡马塔里、危地马拉咖啡、巴西咖啡"等咖啡品种……他们以为，通过这些细致的描写，能增加场景的真实感，使读者意识到这个场景的重要性。但实际上，效果可能适得其反。

场景的舞台好比容器，必须明确交待，但若是短篇小说，完全可以用"二人走进咖啡店"这样的一句话简单交待，然后即可进入对话。就算是长篇小说，用"二人走进站前那家有着三十余年历史的咖啡店。地板散发出被烟草和咖啡香气长年浸染的味道，十分古老陈旧"来描写也足够了。"容器"和"内容"——也就是"咖啡店"和"重要信息"——如果用同样的力度上色，二者就没有差别，难以让读者明白哪一方才是重点。请尝试让自己的描写有浓淡之分，以突出场景中最重要的事物。

用一句话表现人物

越是长篇小说，作者越会认为必须加入大量的信息，于是不厌其烦地描写人物的相貌和着装。然而正如前面所说，"人物描写并不能靠年龄、职业、服装、相貌而成立"。请大家试着用一句话来表现自己的好友，或孩子、妻子、丈夫、宠物等。可以是"我爸是个很有趣的人""我父亲很特立独行""我丈夫是个正经得有些古板的人"……虽说这些表现都不怎么样（笑）。总之，因为是自己熟悉的人，所以才能用一句话来表现。想介绍陌生人，字数就容易增多。然而即使费尽千言万语，也算不上是好的介绍。大家若是熟悉自己塑造的角色，就算完全不描写服装或相貌，只写该人物的谈话方式、走路方式、在街上遇见某人的场景，该角色也会栩栩如生地浮现在读者的脑海中。若能做到这样的描写，才是最理想的。

比喻要有品位

"五官端正"、"体型纤巧匀称"，或"一看就是很受异性欢迎的类型"之类的描写，都是没问题的，但大家应该知道，诸如"长得很像织田裕二"这样的描写是不行的。

比喻对作者的品位有着较高的要求。请避免使用老套陈旧的表现方式，尽量使用有独创性的表现方式。但要注意，如果比喻过于独特，也会消减读者的热情。在京极夏彦的《南极系列》中，有"如同肠扭转的海象跨坐在三角木马上呻吟般的悲鸣"的比喻，我就不明白这是怎样的声音。这是登场人物在闲聊时的台词，作为语言游戏是挺有趣，但如果在普通小说里突然出现"肠扭转的海象"，一定会给读者留下印象，但很难理解。请大家记住，不管再怎么有原创性，都是存在限度的。

很多人认为"不能使用四字成语"，但实际上，四字成语也有能用与不能用之分。例如，日语中"当意即妙"是表达"临机应变"的四字熟语，其含义用日语中的其他措辞很难表达，所以直接用"当意即妙"是可以的。那么"豪华绚烂"呢？描写结婚典礼的场景，写成"这是一场非常豪华绚烂的宴会"，读者会感到一头雾水，不知道哪里豪华，为何绚烂。写成"这里是一流酒店的最大的宴会厅，摆满了高级料理，盛装打扮的男女齐集，氛围十分奢华"——尽管我不会这样写，但比"豪华绚烂"要好。再比如，写成"这是一个弱肉强食的世界"，会显得极其无趣，就像说"乌鸦是黑色的"一样。小说所需的文字不是这样的，而是要让读者脑海中浮现出"豪华绚烂的宴会"的具体形象，让读者具体明白"这确实是个弱肉强食的世界"。

描写的三要素

所谓描写的三要素，就是"场所""人物""氛围"。小说就是围绕这三个要素展开活动的。登场的人物在哪里？是谁？现在是什么状态？负责向读者传达这三个部分的内容就是描写，而支撑描写的就是文字。这其中不能只突出描写某一方面，但也正如前面所说，以同样的浓度给三者上色也是不行的。

例如在某个场景中，"场所"的说明占40%，而由于"人物"此前已经登过场，所以只占5%就可以了。但是，如果那个舞台很特殊，剩余的55%就应该用来说明"氛围"。可能有人觉得自己早就知道，但实际上，这是非常容易出错的。有些人一旦开始动笔，就会变得头脑发热，不停地说明"场所"，反复介绍读者早已了解的"人物"。

很多时候，就算心里知道，一不小心也会忘了必要的描写。请大家注意，在"场所"的说明中，光线、温度、气味等问题都是很容易被忽略的。该场所是亮是暗？是暖是冷？是香是臭？这些设定都不要忘记。

严冬期的二月，A和B冒着凛冽的寒风，在摩天大厦的天台上决斗。在这样的场景中，如果对寒冷程度完全不做描写，是很奇怪的。因为氛围很紧张，也许二人无暇感觉到寒冷，但如果作者忘记描写寒冷，读者就会觉得"喂喂，难道那里一点儿也不冷吗？"一旦作者脑中只有"黑白"的场景，就会造成这样的失败。请大家记住，在进行场景设定之前，应该先详细设定好颜色、亮度、温度、气味等因素。

"场所""人物""氛围"描写的比例分配，关键在于要有轻重之分。轻重有度的文字，是指在应该说明的场所，对应该说明的事物，做恰到好处的说明。而且，文字最好能有节奏感，让人阅读起来毫无

阻碍，作者想传达的信息就能够顺畅地流入读者的脑海。为此，作者
必须达到"写前有心，写时无意"的状态。这样的文字会与情节和角
色共同构成有机的整体，创造出足以打动读者心灵的故事。

拟声词和外来语

描写开枪的场景时，大家会怎么写？可以在叙事部分写"传来
'砰'的一声枪响"，也可以分成两行写："'砰！'// 传来一声枪响"，
还可以换个拟声词，写"传来'嘣'的一声枪响"。再比如历史小说
的武打场景，主人公一刀斩杀对手后扬长而去，形容刀砍中身体一瞬
间的声音，如果写成片假名，总觉得不大符合历史小说的氛围。所以
最好写成平假名，或者直接使用对应的汉字。不同的表达方式，会使
读者产生不同的阅读感受。

作者在小说里就是"神"，所以对于刚才提到的刀砍中身体一瞬
间的声音，可以直接使用对应的字，而不要写成片假名，不然读者会
觉得很不谐调，从沉浸的状态中脱离出来。当然，这个拟声词的对应
汉字可能很生僻，所以也有与使用片假名同样的危险，但没准儿也会
有读者觉得这样写很帅气，觉得"这个作家真不错"。这就要看作家
的智慧。使用准确的措辞是大前提，但若能进一步选择有个性的文字，
进行有逻辑的描写，就能让读者有"我想读这个人的作品"的想法，
由此成为能给读者留下深刻印象的作家。

外来语的问题，也是避不开的。比较常见的是写成汉字，再用片假名标音，但这样做太死板了，最好避免。若想使用片假名，就直接写成片假名好了。另外，如果这个片假名是某个简称，不要直接在后面用一大串片假名写成全称。如果想添加说明，可以在叙事部分使用"○○是 XX 的简称，是指△△"这样的形式，能给读者留下清晰利落的印象。

用片假名标音，或者罗列外来语，有时或许显得很酷，但文学奖的评委不会这么想，反而会觉得作者幼稚。请怀着"读者是比自己年长的人"的心态去写小说。三十岁的作者应该假定读者超过四十岁，四十岁的作者应该假定读者超过五十岁，要写出这些人读来不会扫兴、不会讨厌、不会烦倦的作品。

然而，并不是说设定了年长的读者，就可以使用老套的写法。其实越是上了年纪的人，越会追求新鲜事物。我在十多年前曾思考过，那些年近花甲的"团块一代"①会喜欢什么样的小说和英雄。当时我以为，以老年人为主人公的小说会大受欢迎，老年人硬汉派小说和老年人武打小说会很流行。可实际上，读者并不想读老年人作主角场的小说，而是希望看到二三十岁的年轻主人公大展身手，希望自己被刺激得热血沸腾。一旦看到六十多岁的老年人登场，他们就会失望地想："搞什么啊，和我一样是个糟老头子。"

人在读小说时，会忘记自己的年龄。因为自己是成年人，所以主

① 指日本在 1947~1949 年间出生的一代人，是 20 世纪 60 年代推动日本经济腾飞的主力。

人公如果全是成年人，反而会觉得没意思。在《虎胆龙威1》里，布鲁斯·威利斯大展神威，怎么跑也不累，可是到了《虎胆龙威4》，他跑两步就已经气喘吁吁了。当然，这种情况有时也是值得回味的，但就现在来说，还是杰森·斯坦森看起来更威风。

日本文学与外国文学的区别

日本小说与外国小说相比，在文字表达上存在很大的区别。外国的文学作品，文字就像油画，厚厚地涂抹颜料，一层又一层，描写到极致。此外，在描写中运用大量独特的比喻，在外国——尤其是英美——被视为文学性强的体现。而日本文学，则如水墨画，一点点地删减不必要的表达。例如"举头望月"这样的表达是否正确？通常情况下，月亮始终都在人的上方，"望月"必然"举头"，所以只写"望月"就已足够。总之就是删减。

或许是因为已经达到了淡泊的境界，越是惯于"码字"的老练作家，越是很少用精细的比喻和描写，文字非常简单清爽。但是，他们的文字像"粳米"而非"籼米"，所以就算简单清淡，读来也富于韵律。业余写作爱好者就算写出类似的文字，也没有同样的味道。好比功力深厚的画家一挥而就的涂鸦画作，与小孩照葫芦画瓢所作的画，二者会得到不同的评价。梦枕貘的《阴阳师》这部小说，其文字就显得非常平淡，却有独特的韵律。在淡淡的文字中，安倍晴明与博雅的关系跃然纸上。正因为梦枕貘这位作家经过长期写作，已经达到某个境界，所以就算文字清淡，也能直入人心。业余写作爱好者就算模仿，也写不出同样的文字。

在日本小说的世界里，作家趋向于轻描淡写，而非浓墨重彩。当然，有的人不管到了多少岁，都喜欢写色彩浓重的文字，但多数作家随着年龄和阅历的增长，会逐渐减少比喻和形容词，文字变得简单清爽，以最低限度的词语向读者传达准确的信息。这样的变化并不是在别人的指点下完成的，而是自然而然完成的。当然，某方面可能是因为作家每天写大量文字，所以想用尽可能少的词语达到偷懒的目的（笑），但实际上，经过长年的写作，以最少的词语传达最多的信息这一技能会随之提高，结果就会使文字变得简单。为了达到这样的水平，只有不停地写写写，然后反复推敲推敲再推敲。这样坚持努力几十年，文字就会逐渐变得敏锐起来，从而能够删减多余的元素和词语，以很少的词语和文字，最大限度地准确把信息传达给对方。

换行的技巧

虽然说文字是刺激感情的武器，但绝不能写感情用事的文字。再强调一遍，在故事的高潮部分——真相被揭开，或是某人死了，或是打倒了敌人——绝不能感情用事，但改变文风是可以的。可以根据场景增强速度感或改变节奏，激发读者的好奇心，或是勾起读者内心的悲伤。请大家仔细思考，找到适合不同场合的文风。有时，完全不换行的长句子会起到很好的效果；有时，频繁换行致使后半页显得空荡荡的句子效果更好。

　　大家此前提交的作业，应该都是凭自己的感觉进行换行的。如果完全不换行，整页全部塞满文字，黑乎乎的一片，感觉会怎么样？大家不妨试试，看看作品的氛围有没有变化，这样的尝试也是很有趣的。换行是为文字创造节奏的为数不多的技巧之一。如果前后文字总是保持同一种密度，想强调的句子就会被埋没其中。如果换行很少，但两个长句之间突然插入只有一行的短句，这个短句就会给读者留下深刻的印象。

　　写 A 和 B 的对话时，一般来说，两个人是按顺序轮番说话的，所以就算不逐一写"A 说道""B 答道"，读者也能看出哪句是 A 说的，哪句是 B 答的。然而，在非常重要的场景——例如 A 向 B 告白示爱，B 做出答复——只写"我一直很喜欢你"，读者也能知道这是 A 的告白，但若特意加一行"A 说道"，就相当于告诉读者，这句告白意义重大。这是很讲究技巧的，若能掌握有益无害。

用普通的词语实现有新意的表达

　　使用生僻的词语，能提升小说的格调——我想大家现在应该已经不会有这样的误解了。小说《雪国》是川端康成的著名作品，我在成为作家第二年的时候，发觉这部小说写得实在太棒了。开篇著名的"穿过国境长长的隧道，便是雪国"已经很好，随后的"夜的底子白了"
更是棒极了。"夜""底子""白"都很常见，没有一个生僻词，但这
种前所未见的表达透出无法形容的情感，使川端康成的世界一下子铺
展在眼前，给读者留下深刻的印象。

老实说，我在写小说以前，并没觉得《伊豆的舞女》和《雪国》
有多出色，直到我开始"码字"以后才觉得，像"夜的底子白了"这
样的句子，我这辈子或许都写不出来。况且这还只是引子部分的场景，
读得不仔细就会一眼掠过。小家子气的我甚至还想，要是把这句用在
更高潮的部分就好了（笑）。大概，那个时代的小说家会无数遍地推
敲修改，把自己的语感锤炼得极其敏锐，才能在故事开篇就写出如此
了不起的名句。要向读者道歉的是，我没有这样敏锐的语感。一旦临
近截稿的日子，我就想赶紧完稿，所以在措辞上没那么细致。

但在写高潮场景时，我会想"这里应该稍微斟酌一下措辞""使用
能烘托氛围的表达吧。至于是什么场景，由于太难为情，我就不透露
了（笑）。因为不少业内人士在听这个讲座，我不想让他们指出我说
的是什么地方。高潮部分也好，引子部分也好，在自己觉得应该着重
表现的场景，请尽全力选择措辞。

掌握自己的文风

今天这堂课，我想大家即使听了，大概也会似懂非懂。关于情节

设计和角色塑造，九成是不会错的，但关于文字，并没有所谓的正确答案，而且不同的人的文字各有魅力。有多少个作家，就有多少种小说的写法以及文风和个性。

例如，雷蒙·钱德勒是我很喜欢的作家，他文字的魅力在于优美的比喻，读来非常舒服。然而，我自己并不打算写与之类似的文字，我也写不出来。还有，北方谦三的初期文风是断断续续的，就像一个个疙瘩，运用大量一般人忌讳的体言结句。然而在动作场景中，短而有力的句子，既有节奏感，又炽热灼人，读来甚至能感受到肉体上的疼痛。这就是所谓的"疙瘩派"的文风。另外，说到文笔上乘的当代作家，浅田次郎等人的文字也是个性十足。在某种程度上形成自己的文笔和文风，也是作家成熟的证明。

但可怕的是，文字风格既能成为武器，也会成为障碍。读者一旦觉得"这样的文字真讨厌"，不管内容怎样，都不会再想读下去了。所以请记住，文字风格也会起反作用。

在我年轻时刚出道那会儿，生岛治郎先生曾对我说："作家的进步，在于写出多少能赚到钱的文字。空写出成百上千页文字，并不会进步，只有写能赚钱的稿子，才能怀着必须好好写的心态，从而逐渐进步。"先生没教我任何写作方法，却教了我身为小说家应有的姿态。当然，北方谦三或许对此有不同看法，他曾威风十足地说："我写的废稿摞起来比我还高。"（笑）但不管怎样，不写是不会进步的。事实上，通过完成我留的作业，大家确实都进步了。

编辑对新人作家有怎样的期待

大泽：今天的最后，我们来问问编辑对新人作家有怎样的期待。主编，请你先谈一谈？

主编：我跟其他编辑也常谈论这个话题。首先，我还是想看到有新意的作品，不想读跟以前一样的东西。什么叫有新意呢？比如各种小说写过无数次的"婚外恋"，尽管这个题材并不新鲜，但只要创意新颖，或切入点另辟蹊径，或文字表达不落俗套，都能写出有新意的作品。就算是随处可见的素材，也能以自己特有的关注点写出来——我希望接触这样的作品，遇见能将普通素材精雕细琢的人。

其次是热情。为什么写小说？为什么想写这样的作品？我希望见到有创作热情的人。我觉得，想写小说的人，有着异于常人的感性。我希望他们绝对相信并永远拥有这种感觉。不过，文字表达不能光靠热情，还要同时保持冷静，这样的人很稀有啊，但我真的很想读他们写的作品。

大泽：原来如此。摘取主编话里的关键词，应该就是"创意"、"好的着眼点"、"热情"。其中，"创意"是一次性的，而"专注"和"热情"则会成为该作家一直拿在手里的武器。

所谓"创意"，就是想法、主意。"这个创意很有趣，一定要用在小说里"，但用一次就完了。这次讲座开始前，大家都写了应征作品，其中有篇作品叫《家庭内的流浪者》，讲述了母亲放弃家务，在家里做了个纸壳小屋，把自己关在里面的故事。这个创意非常独特，很有趣，但只能用一次，总不能下次还写父亲变成流浪汉的故事吧？所以说，创意是"一招定胜负"。

与之相对地，"着眼点"显示了自己在世界上处于什么立场，以怎样的方式看待这个世界，对待工作也好，对待异性也好，总之就是该人是否拥有自己特有的世界观。只要找到"着眼点"，凭此就能写出无数小说。清水义范写过一篇名为《国语考试题目必胜法》的小说，从如何分析各种考试题目开始入手，故事逐渐变得有趣起来，是一篇很搞笑的小说。只要有了这个"着眼点"，无论是英语、社会还是数学，什么都能写。

这种着眼点、世界观、切入点，即如同庖丁手里的菜刀，刀刃的形状不同，切割下来的肉的形状也会截然不同。就算切取同样的素材用于小说，用锯齿状刀刃切的人，与用波形刀刃切的人、用普通直刃切的人，阅读方式会完全不同。觉得"这种锯齿状的粗糙感真有趣"的读者，就会在一段时间内追读该作者的小说，所以"特殊的刀刃"成为该作者的强大武器，但如果总是写千篇一律的作品，读者很快就会厌倦，不能长久。

还有"热情"。自己心里有没有渴望诉诸笔端的东西？我个人很喜欢硬汉派小说，也特别想写硬汉派小说，不想写其他东西。所以我至今仍一直在写硬汉派小说，当初的"热情"过了三十多年仍未衰退。杂志《小说 野性时代》后面载有横沟正史推理小说大奖的参赛事宜，评委驰星周在其中写道："我们不需要想当小说家的人，只欢迎会写小说的人。"不是"想当作家"，而是"特别想写小说，一直写一直写，结果就成了作家"。想写的东西如山之多，不管怎么写都不会厌倦，还想继续写，相信自己还能写出更好的作品，于是不停地写——只有这样的人，才能成为职业作家，才能作为职业作家生存下去。

【问答】

● 人物描写的诀窍是什么？

Q. 巴哥犬：前两天读古井由吉先生的书，看到这样一句话——"不要加入任何人物描写。"因为人物描写一旦开始就停不下来，作者会逐渐被掩埋，不得脱身。请问这样说对吗？

大泽：描写角色时，不需要加入年龄、职业、相貌、服装等多余的信息。在这一点上，古井先生和我都是赞同的。那么除此之外，还有哪些方法能够表现登场人物的个性呢？古井先生的小说偏重文学性，极少出现离奇的角色或超级英雄，而是常以市井小民作为登场人物，以他们之间发生的不可思议的小变化为素材，所以或许没必要对角色做过多说明。

但在娱乐作品中，有时会出现极具个性的人物或男女英雄。例如以恶魔般的女人为题材写小说，当女主角登场时，如果只用"那里有个女人"一带而过，是无法给读者留下深刻印象的。不过就像"豪华绚烂"一样，不能直接写"有个恶魔般的女人"哦（笑），必须让读者自己觉得"这家伙真是个恶魔般的女人"才行。为此，作家需要尽全力选择措辞，在表达上下狠功夫。我认为，写娱乐小说需要这样的努力。

● "尽量不要插入副词"是对的吗？

Q. 巴哥犬：我曾看过几本《文章读本》一类的书，记得有本书里写着"尽量不要在句子中插入副词"。我还没按它说的去做，只想问问，新人奖的评委们在评价作品时，会依据这个观点吗？

大泽：不会的。评委评价一篇作品，并不会从解析语法的角度出发，看你用的是副词、形容词还是接续词，而是会看文章读着舒不舒服。例如野坂昭如先生的文章，风格独特，几乎不换行，高村薫等人亦是如此，整页文字堆得密密麻麻。这样的文风，喜欢的人会喜欢得不得了。况且从语法的角度去看，这样的文章或许有些问题，但从小说的角度去看，则是没问题的。正如前面所说的，小说的文字，只要确保表意准确，逻辑上不前后矛盾即可。

所以与其在意副词多用少用，不如从文章读着舒不舒服的角度出发，仔细检查自己的文字。如果对某段文字的好坏没有把握，不妨大声读出来，这也是一个办法。尤其是长句，首尾很容易自相矛盾，请务必读一遍，读出声。

如果只写短句，就不用在这方面有过多担心了，但长句子其实有个好处，就是能把信息一整块地抛给读者。接连投掷"小石子"，与一把抛出巨大的"岩石"，读者的接受方式是截然不同的。看到沉甸甸的一大块"岩石"抛过来，读者会聚精会神地摆好架势准备接住，于是对小说的印象也会骤然一变。这种技巧用在故事发生转折的场景中非常有效，请大家记住。

●场景切换的要点是什么？

Q. 虎：我总是把握不好场景切换的时机，请问有没有什么要点？

大泽：我认为这是因人而异的。以我来说，会在故事有大变动或时间过去很久的时候切换场景。若是从头天晚上变到第二天早晨，我有时只是换行写句"天亮了"就完了，有时则会用"到了第二天早晨"另起一章。都是随机判断的。

如果场景切换过于频繁，甚至每次都要另起一章，小说就会显得非常烦琐，读者也会感到眼花缭乱，仿佛只是在看故事大纲一样，所以很多时候只需空出一行继续写即可，不要随便另开新章节。在某个重要的场景中，如果已经用最少的文字最大限度地传达完应该传达的信息，接下来只要把附加信息用令人印象深刻的措辞描述一下，就可以切换场景了。最简单的衡量标准是文字量。以长篇小说而言，四百字的稿纸写完五到十页，就可以空出一行或直接另起一章了。如果每写三页就开新章节，会显得过于杂乱，读着也不舒服。我认为，大家不妨以十页为标准。

●推敲有哪些方法？

Q. 水母：请教我如何推敲吧。比如数百页的长篇小说，是应该从头到尾反复读很多遍呢，还是应该以五十页为单位，或者边写边推敲呢？老师您是用什么方法推敲的？如果年轻时和现在的方法不一样，请都告诉我。

大泽：首先，我推敲的方法始终没变过，只是视一次完稿还是连载而有所区分。基本上，我在开始当天工作之前，一定会重读上次写的部分。不管是五页还是三十页，我一定会重读一遍，加以推敲，然后才开始写当天的部分。而且对于当天写完的部分，我是不会去推敲的。也许第二天，也许下一周，直到继续写的时候，我才会对上次写的部分加以推敲。因为有时间间隔，更容易做到冷静地推敲。

然后，等全部写完做出校样时，我会再从头读一遍。我的推敲，大概就这两次。所谓校样，是指作家原稿的试印样张，供校阅者或编辑用红字或铅笔在上面标注自己的疑问或意见，作家再根据这些批注订正错误，润饰文字。我的小说的校样，一般都是原封不动到我手里的，几乎不会有标注。因为我羞于提交需要别人批注的校样，而且需要核对的部分越少，校样就能越快交回给编辑。当然，这种事是因人而异的，不同的作家有不同的看法，有的人认为，原稿就应该迅速写完，到了看校样的阶段再仔细修改即可。我个人还是想让提交的原稿尽量接近最终成品。

推敲一旦开始，就永无止境。有的作家甚至会把以前出版的作品全面重写，但这样一来，一些以前买书的人就会觉得"原来我读过的是半成品啊"。我二十三岁出道，靠的是二十二岁时写的作品，现在再看那时的作品，觉得很难为情，然而迄今已有数十万人花钱买去看，所以我觉得事到如今已经没法重写了。更何况，有些人就是喜欢二十二岁的年轻人凭感性写出的文字，出书后看了以后，就喜欢上了大泽在昌这个作家的小说。而且奇妙的是，我的读者多为胸怀宽广之人，自我还很幼稚时陪我一路走来，他们会边读边说："大泽也有很大进步啊。"所以，我也不想让这些人失望。啊，好像突然变得一本正经了（笑）。我早期的作品——包括出道之作——很多都选进了角川文库，感兴趣的人不妨一读。大家也许会觉得"写得真差"，但没准儿也会觉得"没想到二十三岁的年轻人竟能认真地写出这样的小说"……哎呀，实在太难为情，大家还是别读了（笑）。

第八课

挑战长篇小说

设计图和比例分配

大泽：大家好。话说我现在已渐渐没什么东西需要教给大家了。后面的讲义主题，我只想到"挑战长篇小说"和"出道后的心得"，剩下的就要靠大家自己实践了。今天要讲的是关于长篇小说的写法。

以四百字满一页的稿纸换算，迄今已完成超过三百页作品的人，请举手……有六个人。刚才举手的这六个人，有谁参加过文学奖？都参加过？原来如此。也就是说，此外的六个人还没完成过三百页以上的作品。嗯，就算以前没写过长篇小说，也不用过于担心。我自己在出道前就已写过很多篇作品，但其中最长的也不过一百二十页而已，第一部长篇小说是出道后才完成的。也就是说，出道以后总会有办法的。

我第一次写小说时考虑最多的，就是设计图和比例分配。当然现在写作已经不想这些问题了，但任何人写头两三本书，大概都得事先做好设计图才行。

例如写四百页的长篇小说。从开头到结尾，故事整体若可三分为"序破急"，可四分为"起承转合"。但希望大家不要误解，并非三等分——每份 133 页——即成"序破急"。同样地，也不是四等分——各一百页——就是"起承转合"。

正如以前多次说过的，小说是信息的传达，所以关键在于，不论是"序破急"还是"起承转合"，都得在相应的部分妥善地传达必要的信息。只要能做到这一点，"起"占 50 页、"承"占 200 页、"转"占 50 页、"合"占 100 页的结构也无妨。总之需要考虑在各部分加入某些信息，这即是粗略的设计图。

据说，有的作家会以五页稿纸为单位确定要写的内容——从第一页到第五页写故事，从第十五页到第三十五页写轶闻。不是说像这样谨慎地制作设计图不行，但设计图越细致，作者的意识越容易被束缚。譬如，有时作者想插入一段情绪化的文字，或对某个场景做更深入的描写，但碍于设计图的规划只能强行收笔。当故事准备充实扩张时，过于精细的设计图反而会成为障碍。当初预计用大约十页写完的部分，如果动笔后发现越写越多，各人物你方唱罢我登场，对话也无法轻易结束，想对该场景做更深入描写的时候，不妨继续写下去。当然，参加新人奖的作品有规定的篇幅，必须遵守规则，但对于因收不住笔而扩张出来的部分，只要在推敲阶段，视整体平衡加以调整即可。

开篇场景要反复重写

动笔之前，对于起、承、转、合各部分的故事流程有了大概的决定以后，就要开始写开篇场景了。开篇场景最好多次反复重写。因为，开篇二十页可谓小说的"命"。

开头泛泛而后渐入佳境的作品自然是有的，但大家既然想当职业作家，就必须让人在书店里拿起你的书，随便翻看前几页，就立刻觉得"啊，好像很有意思"。请记住，能否给读者留下"似乎是部有趣的小说"的印象，正是由开篇的二十页决定的。新人奖的参赛作品也一样。当然，就算一篇作品开头没意思，预读的编辑也一定会读到最后，但不管怎么说，开篇部分就很有趣的作品，更能给编辑留下好印象。

我很少重写自己的原稿，只有《新宿鲛》的开篇场景重写了五遍，因为我想让这篇小说从开始就牢牢抓住读者。《新宿鲛》是我第一次以刑警作主人公的小说，正因如此，我才不想从警署办公室开始写起。我反复思考以什么场景开头才能吸引读者，就一遍遍重写。尤其是前十行最犯愁。尽管读过的人应该都知道，但还是把它作为例子讲讲吧。

让主人公给读者留下深刻的印象

主人公鲛岛为追捕罪犯木津，在新大久保的桑拿房里埋伏。在那个男同性恋聚集的场所，鲛岛为了得到木津的情报，会如何行动呢？开篇第一句话我重写了无数遍，所以至今仍还记得。

"就在鲛岛把脱下的牛仔裤和马球衫叠起来时，一声惨叫传来。"

一个年轻男子流着鼻血跑到鲛岛身后，另一个中年男人在后面追赶，于是自然形成了鲛岛仿佛要保护年轻男子的局面。中年男人挑衅般地问鲛岛："你有什么不满的吗？"直到此时此刻，我丝毫没交待鲛岛的职业。其实，鲛岛和中年男人都是刑警，鲛岛一见到对方，就从发型、皮肤颜色还有态度，猜到了对方的职业，但对方只以为鲛岛是个"毛头小子"，去储物柜拿来警官证以后，突然要扇鲛岛的耳光。鲛岛一把抓住对方的手腕说道："省省吧，那玩意儿没什么稀罕的。"

直到这时，读者才会恍然大悟，鲛岛原来也是刑警。当然，稿子印刷成书以后，腰封和封面上已经标明"鲛岛是刑警"，但抛开这点不谈，读者会想："鲛岛是何方神圣？""对方也是刑警吗？但他真是个坏蛋啊。"见鲛岛面对凶恶的刑警也毫不畏惧，读者能从中得到一丝快感。开头的几页只能对读者做到这一点。

以此为例，也可以从鲛岛走进桑拿房的门口开始写起，例如"在门口付钱才能入内。这里是男同性恋的聚集地，鲛岛是为了打探消息才来的……"这样进行说明，但我省略了一切说明，因为开篇进行说明往往会起反效果。如果故事的设定非常与众不同或极端脱离常识，可能不得不从相关的说明开始写起，但若是以现代社会为舞台的普通小说，开篇场景尽量不要进行说明，这样才会有趣。

写前二十页乃至前十行时，应该尽力思考，怎样才能在不做说明的情况下，让主人公给读者留下深刻的印象，让读者感受到主人公的魅力，在达到这个目标之前请反复重写。当然，如果始终只顾着修改开篇的场景，作品就永远也完不成了，所以姑且不妨先继续往后写，等到全部写完回头重读时，如果觉得开篇场景写得太弱，再绞尽脑汁，构思更好的场景。

塑造多个"强"的角色

我刚才用"弱"形容开篇场景，这个"强""弱"是重要的关键词，既可以用来形容情节，也可以形容角色，尤其在形容角色时，男、女主人公或反派"弱"的小说是下乘之作。这不仅限于推理小说，在描写商业或恋爱情景时，男、女主人公和反派这三个角色也不能塑造得"弱"。请尽力把这三个重要人物塑造成"强"的角色。

《新宿鲛》的设定，男主人公是背景复杂的鲛岛，女主人公是丰满的摇滚歌手阿晶，反派是私造枪械的男同性恋木津。这是三个基本的角色。此外还有鲛岛的上司桃井。桃井在一次交通事故中失去了儿子，又与妻子离了婚，被同事们戏称为"死人"，是个意志消沉、颓废沮丧的中年刑警。但是，他在某方面又同鲛岛一样，拥有一颗火热的警察之心。这个桃井是第四个"强"的角色。还有，新宿警署辖区内接连有警官遭枪杀，从总署来了一队精英刑警调查此案，其中有位名叫香田的资深警官，跟鲛岛是同届。他就是另一个反派。

鲛岛发现，私造枪械的木津似乎与连续枪杀警官的凶手有关，他跟桃井在警署内的食堂谈论这件事时，香田也带着下属过来，把鲛岛臭骂了一顿。桃井之前听见了香田和下属的交谈，他用只有鲛岛才能听见的声音说道："罪犯不能交给他。"至此，这个一直显得无精打采的中层管理者"死人"角色，瞬间变得充实起来。读者一下子就会被吸引，觉得"这个人说不定也很强呢"。

事实上，在被木津囚禁的鲛岛处于危险中的千钧一发之际，桃井赶来开枪打死了木津，最终救出了鲛岛。一般来说，让主人公鲛岛独力打败木津，自己逃出监禁场所，会显得更帅气，但作为警察小说，这样不真实。在双手反剪被铐住的状态下，不可能轻松打倒握着手枪的对手。

正因如此，如果此前仅仅把桃井作为上司——即"弱"的角色——去描写的话，到了这里，读者就会觉得作者是在投机取巧。但是，前面描写过相关场景，鲛岛和读者都知道"桃井并不是死人"，所以当孤立无援的鲛岛自忖必死无疑的紧要关头，桃井赶来救援才显得真实。桃井开枪打死木津后，对鲛岛说："你还活着吗？咱们组里有一个'死人'就够了。"读者读到这里，自然会觉得"桃井太帅了"（笑）。

主人公"威风八面"的小说，很难激起读者的热情，要让反派、主人公的恋人乃至配角都显得很帅气才行。不光是桃井，高级警察精英香田作为一个绝不让步的"强"的角色，也在整个系列里贯穿始终。香田和桃井这两个人物，为小说整体增加了热度，也使得《新宿鲛》成为能让读者感到有趣的小说。我可不是在为《新宿鲛》做宣传哦（笑）。我只是希望大家能意识到，《新宿鲛》之所以受到读者的喜爱，其中一个理由就在于，故事里出现了五个"强"的角色，即男、女主人公、反派，再加上香田和桃井二人。

能让角色给读者留下深刻印象的台词

主人公的角色当然要强，因此反派也得够强，那么主人公的恋人呢？除了这三个主要角色以外，是否还有强的配角？首先请用心塑造强的角色。只有塑造出强的角色之后，才能考虑能否通过前二十页和前十行，让角色给读者留下深刻的印象。

怎样才能让角色给读者留下深刻印象呢？正如先前所说，开篇场景的说明有时会起反作用。假设我要写一个孤军奋战、万夫莫敌的刑警鲛岛，他无视任何既有的规矩，一个人冲锋陷阵，新宿警署里没人和他搭档。当我想描写这样的主人公时，如果第一行写"鲛岛是个不向任何人妥协的刑警"，读者就会扫兴地想："知道了，又是千篇一律的老套路。"然而，一开始就让主人公在男同性恋聚集的场所保护一个被打的年轻人，读者就会惊讶地想："啥？难道鲛岛是同性恋？"然后再让主人公以毫不畏惧的冷静态度面对一个似乎很强很坏的刑警。看见对方拿出警官证，主人公回应道："那玩意没多稀罕。""别仗着它在别人的地盘上耀武扬威。"这句台词告诉读者，鲛岛不仅是刑警，而且还是新宿本地的刑警。接着是二人的对话——"我、我以为那个混蛋在顺东西，就想查查……""在所有人赤身裸体的桑拿房里摸包儿？""顺东西"和"摸包儿"是黑话，用在对话里，一下子就能体现出二人都是专业刑警的身份，而且也能衬托出鲛岛的魅力，从而给读者留下深刻的印象。

我想大家已经明白，在开篇部分必须绞尽脑汁才行。要让读者只看开头就觉得"很有趣""还想往下看"。可以说，在开头做得好，小说就成功了一半。

最后一幕顺其自然

不管谁写最后一幕，都会仔细考虑，怎样才能有个帅气的结尾。

大家也想写出令人印象深刻的最后一幕吧？然而，最后一幕能给读者造成的冲击，其实并没有作者想象的那么强烈。当然，如果是有出色的大逆转自然能给读者造成强烈的冲击，但"最后一行令读者流下眼泪"的情况，作者往往算计不到这一步。如果故事是活的，在结束之前一直精彩地"起伏承转"，那么作者自然而然就会知道必须在哪里收尾。

不好意思，仍以《新宿鲛》为例，最后一幕是鲛岛向桃井做完案件汇报后，走出警署办公室，与等待他的阿晶之间的对话——"你在跟谁说话？""警察。""这我知道，我是问哪个警察。""新宿警署最棒的警察。"可能显得有点儿做作，但比起开篇场景，我写最后一幕时真的没考虑太多，只是觉得该写的东西都已写完，故事应该结束了，于是就自然而然地想"用这个对话结束吧"。写故事的时候，会有那么一瞬间，自然而然地明白"写到这儿就到头了"。如果迟迟无法顺利收尾，总是觉得"还不能结束，还不能结束"，就说明"结束"的部分有问题。也就是说，该写的东西还没全部写完，否则故事就该像耗尽电量的机器一样，立刻结束。

中途解开谜题，防止后继乏力

开头与结尾至关重要，其好坏无疑决定着长篇小说的成败，但实际上，开头和结尾是任何人都能写的，最重要的问题在于约占整体三分之二的"承"和"转"如何写好。因为所有种类的长篇小说,都容易在这部分呈现出疲软的状态,讲起故事来没完没了。

开头是故事的开始,也是对登场人物的介绍部分,所以必须绞尽脑汁地设计场景,让主人公和主要角色给读者留下深刻的印象。为此,就需要某种惊喜。结束时有惊喜是理所应当的,但开头也是需要惊喜的。然而,这种惊喜却往往很难移至"承"和"转"里。可以说,怎样在故事的中段维持悬念,让读者不至于感到无聊,是写长篇小说的关键所在。

这个关键一言以蔽之,便是"解谜"。前面已经讲过,不管是推理小说还是普通小说,都必然存在谜题。推理小说有各种各样的谜题,如凶手是谁,凶器是什么,如何制造不在场的证明等等;普通小说也有谜,如恋人身上的小秘密,公司内部的秘闻等等。有的推理小说在"开头"提出谜题,在"承"和"转"没完没了地进行说明,然后在结束时解开谜题,真相大白。这样的小说有意思吗?当然没意思。这样的小说只读前五十页和最后五十页就够了,完全成了智力竞猜,算不上是小说。

那该怎么办呢?应该把"开始"提出的谜题,在从"承"到"转"的过程中逐一解开。解开旧谜,浮现新谜,然后再去解开新谜,继而又浮现别的新谜,然后再解。在这个过程中,高效地推动信息的进出,就能一直让读者保持兴趣。

构思"起承转合"的情节时,大家可能只想出了一个谜题,并且打算到结束的部分再解开主人公在开头遇到的谜题,然后迎来大团圆的结局。但是，我希望大家在这里跳跃一次，把原本打算到结尾才解开的谜题，在从"承"到"转"的部分——即故事整体的约三分之二处——先逐一解开。

解开第一个谜题，再制造新的谜题

大家或许会产生疑问："那么早就解开谜题，剩下的故事怎么办？"既然大家会产生疑问，那么读者也一定会产生疑问。本以为看完故事才能了解开头提出的谜题，却没想到谜题在看到的三分之二时就已经解开了，读者会想："啊？这就结束了？可是后面还有这么多页呢，这是怎么回事？"因此，请制造出新的谜题。也就是说，让故事成为有两个"结"的双重结构，把先打的结解开以后，再打个结，然后再去解。只有一个结的长篇小说，难免显得单调，而且很难把悬念一直维持到最后。而在中间把结解开，然后在快到结局时再打一个结，就能让故事出现两个高潮。

仍以《新宿鲛》为例，我们来看桃井救出陷入穷途末路的鲛岛的场景。若是普通小说，这里就是高潮了。可是这个时候，连续枪杀警官的凶手尚未暴露。后来，鲛岛前往凶手居住的公寓调查，发现凶手的下个目标竟是阿晶，作案时间是阿晶所在的乐队"Foods·Hany"现场公演的日子。这一瞬间，鲛岛和读者的心底都会立刻有"阿晶有危险"的紧张感。这就是第二个高潮。

准备两波高潮

《新宿鲛》的第一个高潮——追踪私造枪械者木津却反遭其囚禁的鲛岛在千钧一发之际被桃井救出——安排在从"承"到"转"的部分。第二个高潮——连续枪杀警官的凶手想要鲛岛恋人阿晶的命。这样，小说从头到尾都能保持一定程度的紧张感。

如果起初设计的情节是把一开始制造的谜题在结尾解开，那么不妨尝试改变一下，在三分之二处就先解开，然后思考接下来会产生什么样的谜题。这样一来，故事就能增加深度，还能防止后继乏力。这里的关键仍在于角色的塑造是否过硬。在《新宿鲛》中，要是没有鲛岛恋人阿晶这个个性鲜明的角色，企图杀死阿晶再自杀殉情的凶手这个角色也不会如此栩栩如生。如果阿晶是个普通女子，读者就会怀疑"凶手是怎么找到鲛岛的女朋友的"。正因为故事把阿晶设定为拥有狂热拥趸的摇滚歌手，而且由鲛岛为她提供歌词，以阿晶为目标的凶手的行为和心态才显得足够真实。阿晶这个角色对于第二个高潮起到很大的作用，这使故事一下子变得动感十足。说到这里，我想大家应该已经明白角色的设定有多重要了。

尝试解析自己喜爱的长篇小说

"开篇多下功夫"、"塑造三到五个强的角色"、"准备两波高潮"——这三点是写长篇小说的关键所在。但对从没写过长篇小说的人，也许很难理解究竟应该如何实现信息的流动，如何推动故事发展。

我建议，大家可以尝试解析自己喜爱的长篇小说。我有生以来读过的第一部无比震撼的长篇小说，是阿里斯泰尔·麦克莱恩的冒险小说《纳瓦隆大炮》。可以尝试把自己最喜欢的长篇小说进行十等分，比如 350 页的小说，十等分就是每份 35 页，然后写出每个部分的情节梗概。当然，不必丝毫不差地确保每份一定是 35 页，大概十等分即可，然后查看每个部分传达了什么信息，以及信息是如何流动的，就能明白作者在各部分想要达到的目的。

正如前面说过，"不要制作细致的设计图"，自己写小说时我不建议你们这么做，也没必要。然而，解析自己喜爱的长篇小说，研究什么信息是在什么情况下出现的，对于今后写长篇小说必然会有帮助。分解并研究自己至今觉得最有趣的小说，将成为大家写长篇小说的勇气来源。

实际写小说时，完全没必要遵循这样的步骤。正如我无数次所说的，依照过于细致的设计图写小说，故事是不会得到充实、扩展的。想必大家已经明白，小说写得像制作塑料模型一样，各部分粘合得很仔细，没有哪个部位出格，也看不到胶水，上色均匀漂亮，但小说未必有趣。小说要有出格的地方才有趣。请记住，应该写 10 页的部分如果写成了 12 页，多出的两页或许就含有能吸引读者的字句或场景。

让自己尽情享受

大家既然想成为小说家，应该都特别喜欢写故事。我想这里应该没有不喜欢的人，如果有人觉得写故事很痛苦，还是退出为好。当然，思考是很辛苦的，但写作应该是快乐的。在写作的过程中，请保持两分冷静，余下的八分就让自己尽情享受吧。对于正在写的场景，瞬间自然浮现的词语应该是最好的。也许并非百分之百都好，但六七成应该是选用了最好的词语，至于另外的三四成，只要通过推敲，使之变为更好的字句或更易传达的场景即可。我觉得，在最兴奋时所写的文字，基本都是佳句，还有很精彩的对话。

《新宿鲛》被拍成电影时，剧本由著名剧作家荒井晴彦先生负责。我至今仍记得我俩初次见面时，他对我说："对话部分令我望尘莫及啊。"也就是说，他写不出比这更好的对话。当时我想："啊，赢了。"

因为登场人物们在什么场景说什么话，已经被我写得最合适、最恰当，所以剧作家对小说里的台词无从下手。我想，自己之所以能写出如此"鲜活的对话"，正是因为我在写的时候很快乐，很享受。而且我在享受的同时，还不忘时刻摸索，寻找更爽快的、更能直入人心的对话。这里又提到了"强""弱"，希望大家在构建场景时，能够留意设计出"强"的对话，这一点很重要。

当然，如果整体强得完全一致，毫无区别，小说就会很乏味。前面已经讲过，描写不能均匀涂色，要掌握好轻重抑扬的平衡，该重的地方浓抹，该轻的地方淡画。不过，在至关重要的场景，要记得安排有力的对话和描写，而且不要忘记塑造强的角色。

把喜欢的长篇小说分解进行个案研究，对于学习很有意义。即使在阅读过程中觉得是完美无瑕的小说，在解析时也会发现"原来这个场景完全多余"，或者与之相反，发现先前以为很乏味的场景，其实竟是重要场景的铺垫——用过山车来比喻，这就是慢吞吞地向上爬升的助跑部分。铺垫的部分不管是读起来还是写起来，都很痛苦，但正因为有这一部分，当故事随后开始骤然加速时，才能一下子达到高潮。

暂未出场的人物也在活动

大家所解析的长篇小说，作者是否在写之前就有明确而细致的规划，答案恐怕不一定。写推理小说的诡计和解谜部分，确实必须进行细致的思考，但关于每个人物，如果事先就已完全确定在哪个场景做出哪种行为，简直就是细致到了病态的程度。所以我认为，大家都是只考虑个大概吧。

不过，小说的篇幅越长，大家越要记得，所有登场人物都是活动的。比如说，大家现在都在一起，但出了这里，就各有自己的安排，会以自己喜欢的方式生活。小说的登场人物也一样。请务必记住，他们也有各自的生活和时间，会出门与别人见面，会吃东西，总之就是每个人物时刻都在活动着。

　　大家在描写重要场景时，想必会把全部力气都用在塑造登场的人物上。请停下来想一想，在同样的时间，其他角色也在其他场所、以其他方式进行活动。若能想到这一点，或许就能找到前面所说的制造"新谜题"的契机。如果在故事的三分之二处解开最初设计的谜题，却不知道如何制造新的谜题，请想想上面的话。当故事进行到三分之二时，既然其他角色也一直在活动，就有可能发生新的杀人事件，或者出现别的问题。如此一来，不就能源源不断地设计出新谜题了吗？

推敲前让作品沉睡一段时间

　　作品写完以后，接下来的重要步骤就是推敲。推敲的关键在于，要尽量放一放作品，忘记这是自己的作品，然后再冷静地重新审视一番。这样一来，不光是文字问题，哪个部分过长或过短也能看得一清二楚。参加新人奖时，也应该尽量确保写作时间宽裕，并且一定要在推敲前让作品"沉睡"一段时间。我认为，篇幅越长，让作品沉睡的时间也该越久。八十页的短篇小说，隔两三天即可开始推敲，而四五百页的长篇小说，隔一个月或许太久了，但至少也要间隔一周。在这段时间里，可以写其他作品，或者阅读别人的小说，总之要把该作品隔离在自己的意识之外，彻底忘记。

　　以我为例，前几天，我在杂志《小说 新潮》上连载了近一年的小说终于完结了。那是一部近七百页的长篇小说，预定于明年（2013 年）

一月以单行本的形式出版，但按照日程安排，我将在今年八月末或九月初拿到校样，在十一月末寄回给编辑。也就是说，明年一月份就要完稿的连载小说，校样在今年八月末才能到我手里。那我什么时候读校样呢？大概要到十月以后。在此之前，就算我已拿到校样，也完全不会翻看。当然，因为有其他事情要忙，的确也抽不出时间读校样，但更大的原因在于，我想在推敲前尽量空出一段时间，以便能用新鲜的眼光面对自己的作品。间隔一段时间再做推敲，就能像阅读别人的文章一样重读自己的文章，从而发现字句、情节和角色的不足。大家如果参加新人奖，写完应征作品以后，要是间隔九个月再做推敲，可能会赶不上当年的新人奖，但总之要记住，一部作品写完，应该让其沉睡一段时间，篇幅越长，沉睡的时间就该越久，然后再做推敲。

描写困难时的秘籍

关于长篇小说的写法，我能讲的大概就这些了。最后作为赠品，我想把我刚开始写长篇小说时为避免描写单调浅薄而思考得出的座右铭——或者说是秘籍——传授给大家。那就是"天、地、人、动、植"这五个字。

"天"指天气、气候。是热是冷？是晴是雨？如果只关注人物描写，就很容易忽略这些信息。当然，如果在高潮部分有描写台风的场景，自然是会涉及这些元素的，但即便是以东京为舞台的普通故事，也离不开春夏秋冬、冷热寒暑。如果故事的时间跨度在一周以内，季节不会有大变化，但天气是雨是晴，是昼是夜，是凌晨还是傍晚，都能给人留下不同的印象。能想到的元素很多，例如光线、风、空气、声音、气味，等等。只要在适当的位置对天气或气候稍作描写，就能使场景给人以全然不同的感觉。

"地"指地理位置、地形。如果以东京为舞台，故事从头到尾只发生在繁华的原宿区内，这样的小说到底好不好？我觉得有待商榷。我写小说多以六本木或新宿为舞台，但在《新宿鲛》系列中，我并没有只写新宿区，还写到了江东区、荒川区、葛饰区。和地理相关的部分，也应该适当变化。还有地形，要考虑场景是在高楼大厦的天台上，还是在背阴坡路下的昏暗公寓的某个房间里。大井町的酒吧街旁有条铁路，铁路对面有个位置，能看见广阔的东京城南区。我非常喜欢那里。自己喜欢的场所，可以用于令人印象深刻的场景。请记住，利用地形能给场景加分。

"人"自然是指人物。人有各种，男女老少。就算是以公司为舞台的故事，也并不是所有人都一样。公司既有二十出头的新职员，也有即将退休的年届花甲的老员工。主人公成没成家？有没有朋友？有没有孩子？大家应该仔细考虑类似的各种因素，予人物以变化。

"动"指动物。登场人物当然有可能养猫或养狗，或者可以写心绪烦闷的主人公走在街上，忽然看见路旁有只缩成一团睡觉的猫，觉得"那只猫就是我"。不要直接说明某个人物"正在沮丧"，可以借小动物使描写富于变化。

"植"指植物。盆栽、树木、长在路边的蒲公英、杂草……加入对这些植物的描写，能给场景增添变化。即使是只为传达信息的场景，也可以通过加入动植物或天气、地形条件，使描写变得更充实，给人的印象更深刻。"即使寒冷的北风呼啸，蒲公英仍从沥青的裂缝中探出头来，摇晃欲折。这就是如今的自己吗？然而，它绝不会折断。到了春天，它还会开出花来，散飞绵毛。我还能奋斗……"尽管这样的描写有点儿老套，但大家只需记住，灵活加入"天、地、人、动、植"的元素，能使场景富于变化。

描写的关键在于，脑中要有一个独属于自己的"电影院"，专门上映你要写的故事。电影院里有声音、有光、有气味、有人物、有氛围。大家应该记住有意识地描写氛围。如此一来，"天地人动植"的元素就能自然而然地融入故事中，构成令人印象深刻的场景。

读者是"受虐者"，作者是"施虐者"

如果故事情节十分有趣，谜题层出不穷，解谜者乐此不疲的话，"天、地、人、动、植"的描写可能反而会让读者感到碍眼，觉得"太啰嗦了"。但在这种情况下，作者其实还可以故意绕圈子，刁难读者，让读者心焦难耐，从而对后面的故事有更多的期待。这种技巧相当于打一棒子给个甜枣，再打一棒子再给个甜枣。我已经说过很多次，无论对于主人公还是读者，作者都必须刻意刁难。刁难得越残酷，读者就越开心。可以说，读者是"受虐者"，大家都是"施虐者"。这跟实际生活如何是没有关系的。只要身为作者，就应当具备施虐者般的残忍。

但并不是说，连故事的结尾也要采取"施虐"的方式，让读者产生厌恶的情绪。也许有的人会写这样的小说，也有喜欢这样小说的读者，但我并不喜欢那样的小说，所以我的小说都会在最后让读者有个轻松的心情。

听到这里，大家可能会惊讶地觉得："作家写作竟然要考虑这么多东西啊。"在我想来，绝大部分作家应该都能自动做到这些事，像呼吸一样自然，这就是职业作家。

拟定有力的标题

下面讲讲如何起标题。首先，长篇小说和短篇小说的标题必须有所区别。短篇小说的标题没必要太长，使用人尽皆知的简短单词，组成"○○的△△"或"X 的 Y"之类的词组即可。至于长篇小说的标题，则需要多下一些功夫。最近的年轻作家起的标题，往往叫人一看就觉得很无聊或毫无新意。请大家务必在起标题上多花心思。可以准备一个"标题手册"，平时想到适合当标题的词或好的短语，就记录下来，如此积少成多，等到一篇作品写好以后，就可以从中挑选合适的标题了。

标题应该在什么时候起呢？这是一个很恼人的问题。以我为例，现在写的小说基本上都是连载的形式，所以我必须在连载一开始就起好标题。有时时间会很仓促，到出版成书时，可能觉得"这个标题太弱了"，就会临时更换。这里也用了"强""弱"来形容，关于起标题，拟定"有力"的标题也很重要。我看过很多业余写作爱好者提交的应征作品，都是一上来就开始考虑标题，并且沉醉于自己所起的标题，自以为很棒，但事实上，那些标题往往并没有其本人所以为的那样酷。建议大家先问问值得信赖的朋友："起这个标题的小说，你会买来一读吗？"如果对方回答："不，我不会买。"你就应该重新考虑。

还可以像《新宿鲛》那样，造出前所未有的新词来吸引眼球。不过，这种方法就像烈性药物，用得好自然很有效，可一旦失败，作者在读者眼里就会变成一个傻瓜，所以要提前做好心理准备。在参加文学奖时，由于写得不好就无出头之日，所以把宝押在标新立异、稀奇古怪的标题上也是可以的。我想，比起稳妥无奇的标题，编辑们大概也会对不知道该怎么读的稀奇古怪的标题更感兴趣吧。当然，在成功出道并出书以后，如果起的标题连读者和书店店员也不会读，那就麻烦了……

怎样才能让编辑发来长篇小说的约稿

大泽：本次讲座临近结束了，尽管有些突然，但我想让各位编辑谈谈"长篇小说的约稿"。请从主编开始。

主编：因为我目前正在评审新人奖的参赛作品，所以特别赞同大泽先生今天讲的内容，尤其是关于很多作品都把所有谜题留到结尾这一点。当然，在中途就解开原本打算留到最后的谜题，进而再构思第二个谜题，是非常困难的，但既然是长篇作品，读者要花上更多的钱，以及更多的时间，所以作者必须要有服务意识，要确保读者享受阅读的过程。也就是说，对于写完的作品不要轻易感到满足，要努力写得更有趣，更出乎读者的意料，有更多更精彩的后续展开。这是很重要的。

编辑 A：大泽先生说过，开篇二十页要写得足够吸引读者。几年前的我跟作家们就长篇小说写作进行商讨时，一直说"请在五十页内抓住读者"，现在则说"不能在十页内抓住读者的长篇小说是不行的"。我觉得现在的出版界和读者就是这么严酷无情，所以希望大家也能认识到开篇场景的重要性。

大泽：你好像在夸自己是非常优秀的编辑一样（笑）。那么 B 君觉得呢？

编辑 B：我曾听儿童文学作家角野荣子说过，她在创作《魔女宅急便》时，完全没考虑过写续作或系列，只是全身心地去塑造琪琪这个角色，使出了百分之二百的气力，所以在放下笔的那一刻，感觉自己已经被掏空了，面对读者和编辑希望写续篇的请求，她也只能表示"我已经什么也写不出来了"。也就是说，她对眼前的作品投入了全部精力，结果写出了足以发展成系列的优秀作品。所以我认为，一开始不要谋求其他可能性和发展，首先应该对眼前的作品用尽全力，毫不吝惜的投入一切，这才是最重要的。

大泽：我特别理解 B 君的这番话。作家就是这样，这好比只有把房间的每个角落统统查看个遍，觉得再没有任何值得查看的地方了，另一扇门才会打开。或者随着角色塑造得越来越完善，才会发现有些东西还没写出来。因此，把当时想到的东西统统用尽全力写出来，是非常非常重要的。

不能让读者冷静下来

大泽：下面有请 C 君谈谈。

编辑 C：写长篇与写短篇有着本质上的区别，单行本畅销是大前提，所以作者必须思考怎样才能牢牢抓住读者，怎样才能写出畅销书。为此，能够吸引读者的有趣开篇是必不可少的。然后，若是短篇小说，还可以通过创意、描写等吸引读者，但长篇小说的关键，无论如何都在于角色的塑造和登场人物的深度。即使在"起承转合"的"承"或"转"卡壳了，只要角色塑造得足够扎实，就能促使读者思考"这个人物会怎么做"，"这个人物或许能有意外的行动"，从而推动情节向前发展，让作者脱离困境。所以我认为，关键还是要塑造出扎实的有力的角色。

大泽：作者写故事时的状态，就好像深深潜入水中屏息畅游一般。在"承"或"转"时卡壳，相当于慢慢浮到了水面。这时候作家必须明白，读者也已浮到了水面。这是非常危险的状态，所以不能让读者冷静下来，必须一直拽住读者，不能让读者从故事的世界中跳脱出来，可一旦作者把头露出水面，读者自然也就无法维持紧张感了，结果就是"去趟厕所"，"今天就先看到这儿吧，剩下的可以明天再读"或"今晚还是去喝酒吧"，这说明这本小说的吸引力还比不过酒精（笑）。如果感觉在"承"到"转"的过程中卡了壳，作者必须意识到自己和读者都在接近水面，必须思考怎样才能再一次把读者深深地拽回水中。请多花些心思，在一个谜题解开的瞬间，写下新的谜题，在一波高潮的后面准备更出人意料的另一波高潮，一直吸引读者读到最后。做到这一点，就能写出足以让读者彻夜不眠"不忍释卷"的故事。

编辑 D：我也在阅读新人奖的参赛作品，发现很多作品都存在"中途疲软"的问题。我明白作者的意图，大概在最初就已定下故事的走向，如何结尾也已经想好，但中间衔接的部分实在太无聊了。我想，一部分原因也在于这些参赛作品是一气写成而未经考虑的缘故吧。比如在《小说》上连载的作品，每次刊载的情节往往能有所起伏，结尾也能让读者产生期待感。所以我想，以后汇总成单行本出版的时候，这些故事应该就能做到张弛有度，也会有紧张感了。所以我认为，在一口气创作长篇小说时，也应该有意识地做到写几页就布置一次悬念，这样的作品应该是能够吸引读者的。

大泽：D 君刚才所说的悬念，便是所谓的"欲知后事如何，且看下回分解"。这种技巧很重要，但也很难掌握。比如报刊连载的小说，每次只有稿纸两页半的篇幅，但有时作者被迫要做到"每次都必须制造一个高潮"，就算没那么严苛，也会收到"希望每三天有一次高潮"的要求。若是周刊杂志，每次刊载的篇幅大概相当于十五六页稿纸，有的编辑会要求"在每周制造出一个高潮"，或是"高潮过后也别放松，请在最后两页留下悬念"（笑）。大家的创作形式基本上都是一气写完而非连载，所以若能有意识地做到写几页就制造一次高潮，布置一个悬念，当然也是很好的。

那么，这样的悬念应该怎样布置呢？不一定非得是登场人物身上发生什么事，比如科幻类故事的设定有时本身就是不解之谜。若是写上班族的小说，作为舞台的公司也可以藏有谜题。例如公司的创始人死于二十年前，但至今仍没人知道公司的创立资金从何而来；或者创始人的死因是谜，有人煞有介事地传言，称其死于谋杀；或者传闻称现任社长其实并非创始人妻子的儿子，而是小妾的孩子……换句话说，在从"承"到"转"的过程中，通过解开虽与主要情节无关但包含在故事中的谜题，能够引起读者的兴趣。也就是说，运用布置悬念的技巧，可以随处布置小型谜题，然后随时解谜，以此来持续吸引读者。

注入时代气息

编辑 E：我也担任了多年新人奖的评委，要说最不喜欢的作品类型，还是角色浅薄的小说。想让角色具有足够的深度，一定要注入时代特征和气息，让读者觉得"这个人是真实存在的"。尤其是长篇小说，在这方面的描述必须做到不厌其烦。当然，并不是写得长、写得多就好，而是需要在文字上尽量精简，做到字字珠玑，并且在交待周到的同时，避免琐碎的表达。

大泽：E君的话也谈到了一个要点，那就是娱乐小说应该注入时代气息。故事里打动人心的元素是有普遍性的，无论是几百年前的作品还是当代作品，令人心悸、感动、欢笑的东西，其实并无多少不同。然而，读故事的人毕竟是生活在当今时代的，所以就算是历史小说，如果故事发生在所有人都铺张浪费、奢靡成风的时代，现在的读者也无法亲身体会。因此，把舞台设在自然灾害频发、民众忍饥挨饿的时代，或是经济受限、生活困苦的时代，更容易使读者产生共鸣。即使以当代为舞台，人物描写也不要让读者觉得"这是哪个时代的故事啊，现在哪有这么悠闲的上班族"。光看新宿的街道，现在和十年前就已截然不同。所以应该在故事中稍微加入一些与时代相关的元素。

前面曾经说过，大家的读者，应该是比你们岁数稍大的人，大概还有已经退休的老人。这些人会喜欢什么样的小说呢？我认为，很多人并不想看写乡下悠闲度日的老人的小说，而是想了解发生在当代社会前沿的事件，想通过小说进行间接的体验。时代感并不是简单地添加新信息或新风俗就可以，当代读者如果不能在故事里体会到自己正在呼吸着故事中的空气，是无法产生共鸣的。令读者觉得"挺有趣，但不是现在的故事"的作品仍是失败之作。请大家记住，新人奖的参赛作品如果叫评委觉得"不是现在的故事"，就会落选。

池井户润的《下町火箭》写于日本大地震之前，并不是基于地震后的日本状况而创作的。这部作品在获得直木奖之后，日本发生了大地震。就在所有日本人开始失去勇气时，小说中的街道工厂与大企业抗争的情节激起了众多日本人的共鸣，于是本书一举成为畅销书。这件事叫人不得不联想到运气对作品的影响。《下町火箭》里描写的平民区街道工厂的故事，其实在十多年前就有了，但该作中洋溢的气息与经历过大震灾的当今时代的气息产生了奇妙的化学反应，于是便有了足以感动读者的力量。若是出于算计而这样写，有时可能会因为耍小聪明而失败，但也有可能撞上大运。换句话说，有的小说正是因为巧妙地吸入了时代气息，才变得畅销。

使信息成为自身的血肉

编辑 F：我接下来想说的内容，跟刚才提到的时代氛围也有些关系。我认为，通过阅读长篇小说来获取自己不了解的知识或信息，是一个不错的渠道。看着卷末排列整齐的参考文献书目，想到作者经过了大量的学习，并将其用于创作，作为读者的我也能自然而然地开始学习，以便进入那个世界。我认为这是长篇小说的优点，我想读那样的作品。

大泽：有趣的小说，作者已经将信息化为小说的血肉。新信息如果突然凭空加入作品里，是没有那种氛围的。只有先将其纳入自己的身体，经过咀嚼，是技术员就让自己彻底变成技术员，是刑警就彻底变成刑警，是白领就彻底变成白领。然后再切入故事，就能形成相应的氛围了。假设在一百年后写东日本大地震的故事，像"2011 年 3 月 11 日，东日本遭遇大地震，死亡及失踪人数多达上万人"这样写，百年后的人顶多只会"哦"一声。怎样才能让一百年后的人对我们经历过的悲剧感同身受呢？不能只靠数字、数据或状况描写，必须写出能撼动人心的东西。也就是说，要写出任何时代的任何人都能产生共鸣的痛楚，比如失去双亲的悲痛，以及瞬间失去一切的绝望感。是否具备从这一点切入故事的意识，也关系到能否使知识和信息成为故事的血肉。

最后还有一点，也许本不必说，那就是——以自然灾害或犯罪案件等真实事件为题材写小说时，不要忘记现实中存在因该事件而留下痛苦回忆的人们。即使处理的是真实事件，作家也是在用虚构的故事"以假讲真"，所以当然不能光写好事，否则当事人或受害人就可能觉得"说得不对"。因此，作者需要采用能让对方理解的写法。处理杀人事件时也一样，如果是变态者随机杀人，那没办法，但如果是叫人觉得杀人者的杀人动机十分不可信，那在写之前就有必要慎重考虑了。

读者阅读小说是为了理解小说的世界。能否理解登场人物的行为原理，跟读者能否进入小说世界大有关联。主人公、反派、恋人乃至所有人的行为，都应该让读者认为"这个人物只能做出这样的行为"。当然，并不是说要让读者百分之百地理解所有登场人物，那是不可能的，而且所有人物都能被百分之百理解的小说是不会有趣的。应该设定任何人都能理解大约百分之十的角色，而且要站在该人物的立场，做好理论武装，一旦别人问起这个人物为什么会做出那样的行为，要能答得上来，再开始动笔。

【问答】

● 适合短篇的标题和适合长篇的标题是指什么？

Q. 鳄鱼：标题有适合短篇与适合长篇之分吗？还有，按照中短篇的篇幅写成的作品，能扩充成长篇吗？

大泽：标题确实有适合短篇与适合长篇之分。至于原本打算写成短篇的作品能不能写成长篇，我是没这么做过。我写短篇，会自觉地在该结束的地方干脆地收尾，把笔下的世界彻底关闭。不过，我有的作品是因某个角色比较适合继续发展而扩充成系列的。

仍以拙作为例，《魔女的酒窝》系列作品即属此例。该系列讲述了一个名叫水原的女子拥有"能看穿所有男人真实身份"的奇异功能，并借此能力找出并杀死连环杀人犯的故事。我当初只打算写一篇短篇小说，后来谜底揭开，原来水原是风尘女子，能通过精液的味道分辨男人，所以能看出谁是杀人犯。尽管这个故事有点儿"重口味"，但在娱乐小说月刊杂志《全读物》上刊载时，有读者表示水原这个角色很有趣，希望能看到更多的以她为主人公的作品。于是我又写了若干个短篇，以及《魔女的盟约》这部长篇。所以说，如果在短篇小说中塑造出了有趣的角色，是可以基于该角色发展成系列故事，或者写成长篇的。

不过，若是角色不够有趣，是无法支撑起长篇的，而且只靠一个角色很难写出一部长篇小说，所以必须安排其他视角人物，或者下功夫塑造其他登场人物。安排在主人公周围的人好似"反光板"，因此各个板的角度应该各不相同，不然就很没意思了。也就是说，应该设定多个角度、"凹凸有致"的角色才能"反射"出不同的影像。

还有以前谈到对新人作家的期待时，主编曾说"希望读到有新鲜感的作品"。我记得曾告诉大家，这种新鲜感来自创意或切入点。创意只能用一次，如果想把短篇中用过的创意用来写长篇，就需要放弃该短篇，努力扩充成为长篇。而在短篇中用过一次的切入点也可以继续用于长篇。

● **所有想到的东西都应该写进作品里吗？**

Q. 企鹅：写长篇小说时，与主题不符以及过于冗赘的素材自不用说，令我感到苦恼的是，我不知道其他元素、场景、对话、角色等随时想到的东西是否应该全部写进作品里。还有，在参加新人奖时，或成为职业作家以后，应该根据出版社或作品的不同而在写作力度上有所改变吗？

大泽：关于出道后的心得，我本打算放在最后一堂课讲。根据作品或出版社的不同而在写作力度上有所改变是不可能的。应该对眼前的作品投入全力。如今的出版界没那么好混，不可能给你"这次稍微偷点儿懒，下次再尽全力写"的机会。最早完成的三部作品会决定你们以后能否以作家的身份继续生存。首先，只有尽全力写好首部作品才能出道，第二部作品必须更加出色。请大家记住，这是相当不容易做到的。

参加新人奖比赛，可以说在获奖之前，时间是不受限制的。今年获奖也好，明年获奖也好，五年后获奖也好，可以认为获奖之前的所有时间都倾注在那一本获奖作品上了。就算提交十部作品，有九部落选，最后一部得了奖，一样可以说所有时间都倾注在了第十部作品上。然而一旦出道，被要求创作获奖后的处女作，大家的时间就会受到限制。就算时间再长，创作时间最多也不超过一年吧。而你在这一年时间里创作出的作品，必须比自己以前花十年时间写出的最好的作品还要出色才行。如果做不到，就无法以作家的身份生存下去。以前有的小说讲座会指导大家"把最优秀的作品留着，用第二好的作品出道"，但我可说不出这样的话。大家必须时刻以写出最好的作品为目标，然后继续写出超过上一部作品的作品，否则是当不了职业作家的。

那么，关于是不是所有想到的东西都应该写进作品里？若是不适合的素材，就没必要写了。比如想到了两个素材，可以用其中一个写出最好的作品，另一个留到出道后再用。或者，如果前九部参赛作品都落选了，靠第十部才出道，则可以向前九部作品各自加入一些新想到的素材，扩充成完全不同的有趣作品。但我希望大家不要误解，并不是说应该把失败的九部作品存起来，留待出道以后再使用。如果那样做，等到存货用光，大家就一无所有了。那是很可怕的。应该尽量抛弃旧作，勇于面对新作。当真的束手无策时，是可以打开旧抽屉的。不过，在职业作家身上可不能出现"真的束手无策"的情况，所以要时刻记得给自己充电，比如读书或看电影，以便随时都有新"抽屉"可供打开。这一点至关重要。一旦出道，就意味着永无尽头，因为这要求你到死都得维持作家的身份。

●塑造角色时需要顾及情节吗？

Q. 驴：写长篇小说，在塑造角色时，应该在多大程度上顾及情节？是应该先设计好情节，"准备谜题，这样展开，这样结尾"，然后在一定程度上配合情节来塑造合适的角色？还是应该在完全不考虑情节的情况下先塑造出角色，然后再设计故事情节呢？

大泽：在完全不考虑情节的情况下塑造角色，反而不容易。当然是在考虑到谜题、事件、故事核心以后，才能确定什么样的角色身上会发生什么样的事件。例如，倘若抛开有杀人动机的凶手的角色，就无法设计杀人事件等情节。角色是出于复仇而杀人的杀人犯，还是恶魔般的变态杀人狂，故事性质是完全不同的。如果是以复仇为主题的情节，正因为杀人者曾经有过残酷的遭遇，所以才会复仇杀人，那么情节和角色自然大有关联。也就是说，角色塑造和情节设计不应该有先后之分，二者是时刻联系在一起的。

但希望大家注意，"没有悬念的角色犯下没有悬念的罪行的小说是不会有趣的。"假如凶手的家人当初死于交通事故，肇事者逃之夭夭了，因此凶手选择复仇杀人——如果凶手在开篇以这样的状态登场，就算角色设定是凶手现在一个人孤零零地住在公寓里，读者也不会感到震惊和意外，只会觉得"那样生活真辛苦，嗯，知道了"，故事很无趣。与之相比，不如写一个看起来很阳光很开朗，总跟身边人开玩笑，却在不经意间露出阴郁神情的男人。然后有人发现："说起来，这家伙从没说起过自己的家人呢。"再后来发生了杀人事件，那个男人成了嫌疑人之一。总是显得很开朗的男人，其实心底一直藏着失去家人的痛苦，直到遇见夺走家人生命的肇事者，终于完成复仇。这样的故事显然更有冲击力。不要塑造像笔直的隧道般从入口能一眼望见出口的肤浅角色，应该塑造有所隐藏的角色，使故事读来更有趣。但要注意，不能把角色塑造得过于曲折，否则读者会觉得"这家伙搞什么鬼，简直莫名其妙"。总之，角色塑造和情节设计是密不可分的，都需要绞尽脑汁思考才行。而且，如果先想到了好的角色，就应该拼命构思让该角色最大限度地大展身手的情节。

● 如何描写完全陌生的世界？

Q. 巴哥犬：写长篇小说，我觉得需要对作品中的世界进行相当具体而细致的描写，可又总觉得这样一来，就只能把这个世界设定在自己现实生活中所见所闻的范围内。至少我是这样的，没时间从头开始调查自己完全不了解的世界，这不现实。写新人奖应征作品时，应该怎样看待这个问题？

大泽：这个问题跟"推敲"一样，要求具备"以他人眼光看待自己作品"的客观性。至于巴哥犬你,由于从事和法律相关的职业,有丰富的素材可用,能写出普通人不知道的趣事或是在那个领域里属于常识,但在其他领域的人看来却感到不可思议的事。在这种情况下,你使用专业术语似乎是理所当然的,但其他人可能根本不明就里,所以需要加以说明。反之,若是普通人都了解的东西,就没必要写得太详细了。

关键在于,你需要同时具备两个人的视角,一个是在自己的世界里浸淫日久的你,另一个是身为普通人的你。具备专业知识的作者最容易陷入的误区,就是以为特定领域中的东西能让普通人感到不可思议,因此将其用作故事的谜题或核心。这样做是不会受到读者欢迎的。例如以优秀的外科医生为主人公的小说,如果写"主人公治好了一种非常罕见的怪病",故事是不会有趣的。读读手冢治虫先生的《怪医黑杰克》就能明白,该漫画的看点并不在于天才外科医生黑杰克完成了高难度手术,而是在于由此反映出的人生百态。

你的情况也是如此。你必须意识到,不管罗列多少法律世界里的趣事,这些趣事本身并不能成为小说的加分项。它们作为素材确实有很多用途,但要想让读者觉得有趣或为之感动,必须赋予故事人类的普遍情感,让不了解那个世界的人读来也能感同身受。光说"这个世界有这么有趣的事情哦",不如去写纪实文学。既然是写小说,就不能让读者止于"哦,原来如此,但那又怎样"的程度,要在情节中加入你以一个普通人的角度看来觉得"有趣"的东西。若能拥有这样的视角,你的作品应该会有改善的。

●应该从头开始按顺序写吗？

Q. 大米：我觉得，写长篇小说应该从头开始，按"起承转合"的顺序写，但我经常在"承"和"转"的部分卡壳，想不出有趣的故事，于是只好先完成想写的结尾，然后再回到"承"的部分，考虑"登场人物数量是否不够""是否还需要更多的轶闻趣事"等。我是否应该从头开始按顺序写呢？

大泽：有的作家似乎也爱把想写的场景先一气写出来，然后再补充中间的情节。但我认为，成功的小说应该都是从头按顺序写的。当然，有时的确会像你说的那样"中途卡壳"，知道"结尾"怎么写，却不知道"转折"该如何发展，职业作家也不例外。在这种时候应该怎么办呢？

从我自身的经验来说，就一个字——写。只要一直写一直写，在支配登场人物活动的过程中，就会出现连自己也没注意到的谜题，或是登场人物做出连自己也没想到的举动。这就是所谓的"推动故事"，总之就是要生出事端，加入出人预料的事件、麻烦、敌人、反面人物。尽管这样做可能导致"结尾"的改变，但不要害怕。自己最初预想的"结尾"未必是最好的。通过推动故事，就算着陆点严重偏离最初的预设，故事本身也是完全有可能得到扩充的。就算在"承"或"转"的阶段卡壳，也不要立刻开始写"结尾"，可以努力思考如何引发新的事件。

●如果中途方针有变，应该从头开始重写吗？

Q. 巴哥犬：写短篇小说可以一气写完，但写长篇小说有时需要临时翻查资料，或者中途受到干扰，导致当初预想的情节或角色逐渐改变。尽管回头重读时，明显不妥的地方会重写，但结果反而会变得更加面目全非，愈发不可收拾。在这种情况下，是否应该从头开始全部重写呢？

大泽：这个问题很难啊。先说答案，我觉得还是应该全部重写。小说家必须靠自己维持情绪上的张力。我如今绝大部分时间都在外面的工作室度过，而我刚结婚时，每天都要从家出发去工作。当时，我曾对妻子说："今后在我出门去工作的时候，不要惹我生气，也不要逗我开心。"也就是说，我希望她能让我在情绪上保持稳定。人类是情绪化的动物，所以遇见很厌恶或很开心的事，情绪难免会发生变化，也就难以进入笔下的幻想世界了。说得极端些，我写小说时如果电话铃响，听见"我是'野性时代'的某某"，情绪就会一落千丈（笑）。

写作时的状态，犹如屏息潜入海底深处，一旦因为某件事而突然迅速上升，脑袋露出海面，再想到"还必须潜下去"，就会变得兴致全无。时刻维持恒定的"张力"是很辛苦的。尤其是写长篇小说，耗时最短也得两周，长的话需要好几个月，所以在此期间维持不变的"张力"是非常困难的。

很多作家有举办"执笔仪式"的习惯。例如，喜欢音乐的人决定以某只乐曲作为小说的主题，一定会边听该音乐边执笔创作；或是把钢笔清洗干净后再填充墨水，然后才开始动笔；或是把所有铅笔削好，摆成一排……总之会找到某种方法，努力维持自己的情绪和感觉不变。我唯一的方法是——除了写稿子，其他时间绝对不进书房。我的工作室里有客厅和卧室，还有摆放着书桌和资料的书房。坐在书房里的书桌前，就代表"写作时间"到了。我绝不会在那个房间里阅读文学奖的候选作品，或者用电脑查阅资料。只要坐在书桌前，眼中便只有稿纸和笔。此外，我平时会准备好一个环境，以便随时进入"自动写作"的状态。还有，我会重读上次写的部分，同时逐渐融入那个世界。比如周刊杂志的连载小说，每回的字数大约相当于十五页稿纸，这大概是我每天的写作量。尤其是在我一口气读完上次写的十五页，到写完今天的前三页之间，绝对不希望受到任何打扰。一旦这个时候有快递送来，或是有电话打来，好不容易开始构建起来的框架就会轰然崩塌。这是最头疼的。在这种时候接电话，我的声音想必是很恐怖的，编辑也会战战兢兢（笑）。不过在这种时候，我真的不想受到干扰，也绝不想离开书桌，所以在中元节、年底等快递频繁的时期，我有时干脆搁笔不写。

巴哥犬你可能也需要找到一个办法，让自己在写长篇小说时，能维持恒定的张力。还有，当你无论如何都觉得写出来的东西很没意思时，继续写下去会很痛苦，而且也写不出好作品，所以不妨暂时抽身离开，可以写写其他作品，过段时间再重读当初的作品，如果还是觉得不行，就直接放弃吧。如果觉得"等等，换个手法或许会很有趣"，就可以继续写下去。大家最好能有这样从容的态度。

第九课

描写强烈的情感

编故事的技巧是教不了的

大泽：大家好，本次讲座已近尾声，后面要请大家各自努力开辟道路了。只有开辟出属于你们自己的道路，才能以作家的身份继续前进。

这一年来，大家的"写作技巧"已有很大的进步，但以我看来，大家在"编故事"上还不合格。虚构从来没人想到过的故事，或自己以前没想到的故事，或"旧瓶装新酒"，让一个老故事变成新故事——如何拥有创意，这是没人能教的，只有通过读书、看电影积累自己的经验才行。

说得更直接些，没有创意的人是成不了职业作家的，就算偶然成了职业作家，也不会受欢迎。只会写似曾相识的故事，是收不到约稿的。必须有"写只有自己能写的作品，讲只有自己能想到的故事"的自觉，否则很难一直写下去。

只有当角色和情节有机地组合起来，小说才会有趣。而角色和情节的创意，必须从零开始。"从零开始"的创意，可不能让人感觉"似曾相识"。

在这个意义上讲，今天这堂课对大家的要求会很严格。但这次讲座结束后，大家又会分开，怀揣着成为职业作家的目标开始孤军奋战，没人会给你指点。针对自己构想的创意、角色和情节，必须时刻想着"这样还不够""能不能再充实一些""应该还有更好的创意吧"，自己指点自己。所以，我希望大家要有"永远怀疑自己的作品"的气度。

坚持"想当作家"的人生

假设你们没人能在近期出道，但是，大家"想当作家"的愿望还会继续，所以今后还可以继续写作，参加新人奖。在这种情况下，大家需要的是尽力"学习"。总之就是大量读书，仅此而已。我通过此前与大家交谈，阅读大家的作品，觉得你们的读书量远远不够。自身的"积蓄"、可用的"抽屉"实在太少了。你们要是知道职业作家的读书量，恐怕会大吃一惊。他们都读过很多书，而且眼下也在继续阅读。你们要想跻身其中，闯出名堂，读书量和"抽屉"数绝不能比他们少。

或许有人不读书也能想出好的创意。在先前的课题中，有几个人就得到了"创意佳"的好评吧。可是，有人敢说自己能源源不断地想出好创意吗？上一个课题想到好创意的人，下一个课题的创意大概就会逊色许多。如果"抽屉"够多，创意积累如山，就应该每次都能想出好创意来。但实际上，大家的创意总是时有时无。也就是说，大家只不过是偶尔才能想出好创意罢了。

职业作家没有"偶尔"。"偶尔想到了就能写出好作品，偶尔想不出就只能写出差作品"的人，称不上是职业作家。无论在哪个领域，必定能拿出有水准的东西，这是专业人士的先决条件。厨师也好，匠人也好，作家也好，在这点上都是一样的。"不敢说一直都能想出好创意"——仅此一点，就足以证明大家还没达到职业作家的水平。请大家更多地审视自身，了解自己的武器，扬长补短，尽全力开动脑筋。

如果大家成为职业作家，要写的小说就不止一两部了，必须写数十部才行，而且每一部作品都决定着你们写作生涯的成败。身为职业作家，必须时刻要求自己写出优于前作的作品。请大家扪心想想，自己能不能做到。没毅力的人是无法在文坛生存下去的。正如我在第一堂课上所讲的，这是一个竞争十分激烈的世界。

作家的人生也是多种多样的

今年（2012 年）获直木奖的叶室麟，五十五岁出道，六十岁获直木奖。他是通过我当时出任评委的"松本清张奖"出道的。他这样的经历，也是另一种人生。

想当作家的人，大概都想尽早出道。我以前也是这样，觉得自己的决心很坚定。然而，如果觉得自己还没到那个程度，还有很多不足之处，就绝没必要太心急。请充实自己，多读书，增加自己拥有的"抽屉"。人是变化着的，所以在短时间内骤然一变而写出有趣作品的例子也是有的，但"抽屉"如果太少，不管再怎么努力，都无法短时间就有所改变。让抽屉增多、变大，是很花时间的。

我出道是在二十三岁，比在座各位都要年轻，但我在出道前所读过的书，应该要远远多过你们。正因如此，我才能在二十三岁出道，并以职业作家的身份走到今天。你们目前的读书量实在太少，这是非常遗憾的事，但人生很长，从现在开始也为时不晚，所以不必着急。

想当作家的人，应该是特别喜欢读书的。"讨厌读书却想写书"的人，还是放弃为好。特别特别喜欢读书，结果变得想自己写书了——只有对自己的这种心态有充分认识的人，才能成为作家，才能以作家的身份生存下去。成为职业作家以后，仍想了解陌生的世界，仍想阅读新作家的作品——请记住，只有以这样的心态持续读书，"抽屉"才能增多。

不要害怕绕远

其实有很多人，成为职业作家以后，由于"抽屉"太少，不得不费尽心力。这些人所写的小说即便进入文学奖候选名单，或许也会被评为"还是有欠缺"。这样的评价是彻头彻尾的否定，对职业作家来说非常丢脸，而给出评价的人也不好受。读书少，积累少，"抽屉"少，就想等成为职业作家以后再学习，可是一旦以职业作家的身份出道，"输出"所占用的时间就会远多于"吸收"，所以读书量必然减少。反之，还有人像现在的各位一样，正以成为职业作家为目标拼命读书。也就是说，有的人用于阅读的时间远远多于写作时间，不停地读书，不停地增多抽屉，扩充创意。并不是出道得早就有好运气，如果成为职业作家以后，才意识到自己的不足，结果会很不幸。任何作家都可能在出道后陷入这种状况，这是很可怕的。这样的作家只会被淘汰，而且事实上，像这样消失的作家简直数不胜数。近十年内，以作家身份出道的人应该多达数百，但正如我在第一堂课已经讲过的，"消失"的人要比留在文坛的人多得多。

　　成为职业作家以后，也必须继续读书。如果光是输出而不吸收，自己很快就会变得"中空"。为了避免出现这样的情况，可以从现在起大量读书，以五或十年后再出道为目标。就算有些"绕远路"，只要其间一直刻苦学习，成为职业作家以后也许就不至于尝到屈辱的滋味，能够成为逐渐进步的作家。没必要急着出道——关于这一点，请大家再用心思考一下。

如何弥补不足

　　今天是关于小说写法的最后一堂课，我想对大家说："你们都有很大的进步"。但事实上，正因为有了很大的进步，才更能了解到不足。而且从本质上讲，有没有这些不足，是能否成为职业作家的分水岭。尤其是接下来的讲评，得到"抽屉不够""有欠考虑""创意过于模式化"等评价的人，希望能够认真思考，这样下去是绝对成不了职业作家的。职业作家的世界里，有太多水平远高于你们的人，而且所有人都在争先恐后地爬向更高的位置。希望大家明白，从中脱颖而出有多困难，需要多么出众的才能方可办到。

　　想必大家从一开始就明白——"没有才能是成不了职业作家的。"最后不得不说的结论仍是——"没有才能是不行的。"这个讲座刚开始的时候，大家并没有真正了解"才能"的含义，但跟着我一直走到今天，完成了那么多课题作品，想必你们已经清楚知道自己有哪些不足，知道自己与职业作家的差距何在。正如只会背乘法口诀的小学生不会分解因数一样，没有"抽屉"的人就算绞尽脑汁，也想不出有趣的创意。我认为，如何弥补自己的不足，是值得大家用漫长的一生去解决的问题。

技巧可以教，才能没法教

创意属于"才能"，把创意用最佳的形式写成小说则是"技巧"。通过本次讲座，我教给大家的是"技巧"，但孕育创意的"才能"是没法教的。而没有创意，即等同于没有成为作家的才能。当然，我不会单方面地断定"你没有才能"，但在没有创意就没有才能这一点上，希望大家能对自己有清醒的认识。如果觉得"我没理由做不到，无论如何都要成为作家"，那么就算把牙咬碎，也要编出从来没人写过的故事。至于将其写成情节的技巧，我已经教给大家了。大家今后必须要做的，就是坚持"绞尽脑汁"地编故事。

我敢自信地说，这一年来教给大家的内容，哪怕再过十年二十年，也绝不会变得没用。技巧一旦掌握，就不会轻易丢掉，哪怕一时忘记，只要翻看笔记，也能重新想起。可是，如果没有抽屉，想不出好创意，再怎么努力也没用。技巧掌握得再多，如果从未实践过，还是写不了小说。请增多抽屉，充实自己，灵活运用学到的技巧。如果多次重读讲座笔记对小说创作有所帮助，那么写两三本书就变成大作家，或是在出道后的短时间内即跻身顶级作家行列，也并非绝无可能。

下次是关于"成为作家后的心得"的最后一讲。我想基于此前作品的评价，为每个人提供建议。今天的话讲得很重，希望大家不要太过消沉。

【问答】

●可以从结局开始倒着写吗？

Q. 企鹅：我曾想到一个"燃烧婚纱"的结局，就从后往前倒着写，结果那个作品很失败。我想问的是，可以从结局开始倒着写吗？有哪些危险和问题？

大泽：很多本格推理小说的作者喜欢这样写。必须注意的是，这样写存在使人物变成牵线木偶的危险。譬如"点燃婚纱"，一般来说，婚纱是不易燃的，所以大概要先安排把酒洒在婚纱上的情节。可是这个桥段一写出来，人物的立场就会暴露。如果情况是"暴露就暴露吧，他是不允许穿婚纱的人幸福才点火的"，那完全可以直接泼汽油。所以为了伪装成偶然事件，作者不得不强行安排若干个非偶然事件。如此一来，就必然会出现不自然的场景，使读者觉得"这个人完全没道理这样做"。怎样才能巧妙地掩藏这个问题呢？对于本格推理而言，高明的人直到最后也不会让读者感到任何不妥，不高明的人则会让读者觉得"人一般不会做这种事吧"。从后往前倒着写本身是毫无问题的，但必须事先想好理由，以确保人物的行为不至于太过突兀刻意。

●由短篇扩写成长篇的作品，能申报参加其他文学奖吗？

Q. 猫：把短篇小说奖的参赛作品扩写成长篇，如果故事梗概相同，二者算是同一个作品吗？

大泽：我认为，把短篇扩写成长篇，不该让故事梗概相同。你大概是想问，能不能用这样的短篇和长篇分别参加不同的文学奖吧？首先要知道，任何文学奖都不会只靠故事梗概去评价作品。那为什么还要求作者随作品附上故事梗概呢？是因为编辑要阅读数百篇应征作品，在从中遴选出十到二十篇的阶段，还会针对每篇作品展开讨论，以确定该作品是否达到了入选最终候补的水平。而这时需要回想起每篇作品的内容，所以需要参考故事梗概。

不过，在推理类的重要新人奖评比时，通常会有职业评论家提前预读，所以只通过故事梗概也能看出"这个人的同一篇作品也参加了其他文学奖"。这就会带来不折不扣的负面印象了。一稿多投等于失去资格，就算没这么严重，评论家也会做出"这人只会写千篇一律的东西"的判断，所以最好还是避免出现这种情况。至于你的提问，把短篇扩写成长篇行不行，我认为是没问题的。因为短篇小说新人奖的目标读者多为公司内的编辑，与长篇小说的读者不同。当然，用同一篇作品向不同的文学奖投稿，是绝对不行的。这种事肯定会曝光，到那时就算已经获奖，也会被取消资格，所以请务必注意。

Q. 猫：其实，我把作品投给某家出版社，已经过去一年半了，至今仍未公布结果，很为难。在这种情况下，能把作品收回吗？如果再向其他文学奖投稿，算是一稿多投吗？

大泽：你所说的，应该是"欢迎随时投稿"的那种出版社吧。可能编辑部人手不够，没能及时处理。但正如你所说的，那篇作品如果向其他文学奖投稿，就会变成一稿多投，所以目前来说确实不好办。你投稿的那家编辑部里有我认识的编辑，我私下说一声，希望能尽快处理。

备忘录

第十课

出道后如何继续生存

职业小说家的心得

大泽：本次讲座除了面向你们在座的十二人以外，还面向那些渴望成为作家的读者，我已将我所能教的技巧倾囊而授。今天的主题是"以作家的身份出道后，如何在残酷的出版界继续生存"。如果你们当中没有一个人能出道，下面的内容或许就没什么用了，但我还是想为那些读过本书后想成为作家的读者讲一讲。当然，我衷心期望今天这堂课能在未来的某一天给大家提供帮助。

在文坛出道有几种方式，其中有代表性的两种分别是获得新人奖和向出版社投稿。我在第一堂课上已经说过，建议大家尽可能通过获得"含金量高"的新人奖的方式出道。

出道以后，首先面临的问题是专职写作还是兼职写作——是一边继续从事现在的职业一边以作家的身份写作，还是辞去工作，完全靠笔杆子为生。编辑一定会建议兼职，因为就算成功出道，也不知道能有多少约稿；就算有约稿，也不知道能不能接；就算接下约稿写出好几本书，也可能完全卖不动。而到了那个时候，重返原职场的可能性已经非常低了，就会陷入没有收入的困境，而出版社不会连作家的生活也要照顾，所以编辑的建议也是合理的。

但我认为，这个建议只说对了一半。目前，职业作家有的是兼职，有的是专职，有的则是从兼职变为专职，但据我所知，很少有人能以兼职作家的身份闯出名堂。相比之下，还是专职作家的作品更出色。理由很简单，因为专职作家会拼命。手头这部作品如果不受欢迎，自己就很难出头了。说得更直白些，就是会陷入走投无路的困境，即使靠这次的稿费能支付下个月的房租，也无法保证下下个月的房租。所以，专职作家必须写出受欢迎的作品才行。在这一点上，兼职作家的想法则是"就算这次写失败了，下个月还有工资撑着，可保家人衣食无忧"。显而易见，背水一战的工作与留有退路的工作，其品质自然不能相提并论。

话虽如此，如果刚出道就突然辞职，打算从此靠写作为生，是非常有风险的。我说过很多次，在这个领域，每年有近两百人出道，能留下来的却极少。我推荐的做法是，找到从兼职转向专职的好时机。一种方法是定下期限，三至五年内尝试兼职，等读者确实逐渐增多，获得了某个文学奖，作家的地位得以巩固时，哪怕收入不高，也可以考虑转向专职了。另一种方法是定下目标，比如写出十本书，或是获得某个文学奖，总之由自己决定目标，若能实现，就可以转向专职了。

怎样跟编辑相处

出道后的关键问题，在于如何建立人脉。一种是与编辑打交道，另一种是与同行——即其他作家——打交道。

这个讲座每次也会来很多编辑，每位编辑大概都要同时负责十五到三十个作家，这个数字依编辑职位的区别而稍有不同。

刚出道的作家，每个出版社大概只会安排一名责任编辑，但随着作家生涯的延长，即使是同一家出版社，也会有单行本、文库本、杂志编辑部等不同的负责人。由此可知，合作的出版社越多，接触的编辑也就越多。我现在合作的出版社约有十家，所以责任编辑约有三十人，如果出现把小说改编成漫画之类的企划，人数还会增多。责任编辑一多，就容易发生像下面这样的"著名事件"——六本木的某家俱乐部在同一天收到了来自五个编辑部"接待大泽老师"的发票，会计问"哪个才是真的"（笑）。

那么，编辑是如何决定自己该负责哪个作家的呢？比方说，犹狳获得了某个新人奖而成功出道，主办该奖的出版社的负责人是自动确定的，但后来有其他出版社的编辑读过你的成名作，跟你面谈以后，觉得你很有前途，就会主动表示"我想当你的责任编辑"。也就是说，你的第一个责任编辑是第一个认可你才能的人。

不过，编辑和作家都是人，是人就存在性格是否合拍的问题。有些人在一起喝酒吃饭，可能觉得彼此很投缘，但也可能恰恰相反。而我希望大家注意的是，并不是说对方与你性格相投，就一定是好的负责人。性格不合的人在一起工作未必不行，而跟一同聊天非常愉快，能当朋友的人一起工作，也未必一定顺利。只有一点可以肯定——没有哪个编辑不希望自己负责的作家闯出名堂。所以，如果自己负责的作家得了奖，编辑会非常开心，会盛大地为作家庆祝一番。可是这样一来，作家就容易误以为"收稿是编辑的工作，他们为此做什么都是应该的"。这种想法是错误的。作家相当于承包商，一旦出版社决定"已经不需要这个作家了"，作家就会立刻遭到抛弃，瞬间失去工作和经济来源。请大家不要忘记，这就是作家所在的位置。

那么应该怎样跟编辑打交道呢？答案是"不过度依赖"。虽说出版方是承包商，但没必要低声下气，但也不能觉得"找我收稿是编辑的义务"，否则对方会离你而去，因为没有人愿意跟这么令人不快的人打交道。大家现在或许不可能对编辑持那样趾高气扬的态度，可一旦出道成为作家，身边就会围满编辑。任何人在宴会会场看见众多编辑手持名片在自己面前排队，都有可能产生误解。但请大家记住，那样的想法是错误的。关键在于，即使受到编辑的重视，也要尊重对方。既不献媚邀宠，也不狂妄自大，形成互相尊重的合作关系。

编辑也是人，有的可能会喝着喝着酒就崩溃了，或者向作家倾诉自己被性骚扰的遭遇。像这样的编辑，不妨直接拒绝吧。存在愚蠢的作家，也有愚蠢的编辑。如果遇到最坏的情况，可以要求其上司换人，但那样做搞不好会招来仇恨，引起不必要的麻烦，所以这是一个难题呀。不过呢，现在没有像以前那样奇怪或豪放的编辑了，所以没必要过于担心。

怎样跟其他作家打交道

作家是很孤独的职业。若在深夜两三点钟，仍独自坐于书桌或电脑前工作，会产生"在这个瞬间，只有施工现场的工人和我在工作吧"的情绪。想不出好创意，写得很痛苦——所有作家都会经历这种漫长而痛苦的过程。我给大家的建议是，找到自己的竞争对手。素不相识、从未谋面的作家也可以。将与自己年龄相仿的、出道时间相近的、或是作品风格类似的作家作为对手，最好是比自己领先一步半步的人，以激励自己奋力赶超。如果轻松超过，就再找新的对手。

小说类杂志的截稿日期大都在同一天，例如每月十号截稿的话，在八、九号那两天，每个作家都会怀着"无论是那个讨厌的家伙，还是那个很畅销的作家，此时此刻都在咬紧牙关写稿子，我可不能输给他们"的心情，气喘吁吁地奋笔疾书。这就是找到对手的好处。而且不可思议的是，一直作为竞争对手的作家，会成为你最好的朋友。再过二三十年你会发现，最了解作家辛苦的并不是编辑，而是你的对手。当然，编辑也明白作家的辛苦，但他们只会问"稿子写得怎么样了"，并不会替你写。真正流汗折腾、咬牙切齿坚持码字的，是作家本人。如此辛辛苦苦写出的作品，可能会在文学奖的评审中被贬得一钱不值，或者被尖酸刻薄的前辈作家评为"你的作品完全不行"。作家必须忍受这样的苦。编辑不了解这种苦，也无意了解。在这种时候，对手的存在就是最大的帮助。

我还没成家的时候，经常在半夜三点接到类似的电话——"喂，我是北方（谦三），你现在干嘛呢？""这个时间在家里，自然是在工作喽。""还差几页？""四十页。""我还有一周时间，差两百页。""太拼了吧。"一个人写得太痛苦了，就想听听别人的声音，最合适的对象还得是同行。而且，我在挂断电话后，会油然生出"那家伙正在努力，我也不能停笔"的写作热情。所以说，希望大家也能找到好的对手。

积极参加聚会

为了形成良好的人脉，请积极参加聚会。这不光是为扬名，也是在同行和编辑圈内多交朋友的好机会。不过，参加聚会得先受到邀请才行，因此建议大家——尤其是专写推理小说的人——加入日本推理作家协会。该协会的现任（2012 年）理事长是东野圭吾先生，理事也均为当下的畅销作家，每年都有新年会、日本推理作家协会奖颁奖仪式、夏季恳谈会、江户川乱步奖颁奖仪式等多个聚会，现役作家、历届获奖者和评委、各出版社的推理类责任编辑汇聚一堂，是结识作家和编辑的好机会。会员会收到请柬，所以只要交纳会费就能参加。顺带一提，成为日本推理作家协会的会员，需要提供著作，还需要理事和会员各有一名推荐人，但推理小说新人奖的获奖者是不需要推荐人的。

加入日本推理作家协会还有一个好处，就是可以购买"文艺美术国民健康保险"。对专职作家来说，普通国民健康保险的分期付款会随收入滑动，金额较大，而"文美保险"只要过了某个阶段，就会比"国保"便宜，所以也有人是抱着这个目的加入日本推理作家协会的。

不管怎样，出席各种聚会能交到很多作家和编辑朋友，这是毋庸置疑的。即使起初只跟一家出版社打交道，也会有责任编辑向其他出版社的编辑引荐："这是这次从鄙社出道的某某。"不过，跟前辈作家处好关系，并不会有特殊的获益。就算得到前辈的青睐，进入文学奖候选时对方也绝不会有所偏袒。我以前就曾多次淘汰跟我关系很好的作家的候选作品，因为能不能得奖终究得看作品本身，不能因为是朋友就特殊照顾。

在聚会上认识的编辑会递来名片说："那我会看看你的作品。"这里涉及一个问题——作家是否应该有名片？我觉得最好还是有。因为被引荐给编辑时，递上名片更容易给对方留下印象。在聚会时将见到很多人，如果仅靠相貌记忆，可能过两三天就会忘掉。如果收到名片，同时看到相貌和名片上的文字，就能留下更深的印象。编辑会想："那就读读这个人的书吧。"而读过以后，如果觉得"看起来还不错"，就会找出名片联系你。约稿就是由此开始的。

那么，名片应该印上哪些信息呢？在作品讲评时我曾说过，名片上不能印有"作家"这一头衔，只能有姓名、住址和电话号码。有的作家可能会印上"日本推理作家协会会员""日本文艺家协会会员"或"代表作"等字样，但我觉得最好不要这样做。看到这样的名片，编辑大概也会觉得"这人真逊"。名片上只要印有姓名、住址、电话、邮箱等基本的信息就足够了。

不要拒绝工作委托

编辑终于打来电话约稿时，关键在于"绝对不要拒绝"。编辑向初次合作的作家约稿，如果是杂志，几乎都是随笔或短篇小说。对于新人作家，短篇大概也就四十页。可是现在有很多年轻作家，连这样的约稿也会拒绝，说什么"没写过有截止日期的稿子"。

的确，给杂志写稿子会有截稿时间，编辑部总不可能用白纸出刊，所以作家若是不接受约稿，编辑会很为难。当然，以防万一，他们会准备替代的稿子，但既然向你约稿，就说明更想用你的稿子。所以，这份工作绝对不能拒绝，必须接下来。

而且，必须严格遵守截稿时间。有的作家总是赶在截稿日期前一天写完稿子，但这样的作家基本都是畅销作家。正如前面所说，小说杂志的截稿日期往往集中在同一天，所以，同时为三四家杂志写稿子的作家只能依次处理，排在后面的稿子自然就会赶在截稿日期前一天才能写完。这是没办法的事，编辑也明白，会耐心地等，但如果新人作家也这样做，甚至不遵守截稿时间，就会失去编辑的信任，所以要注意。

假设新人作家和我为同一期杂志写稿子，新人的截稿时间应该会比我的提前十多天。这是因为，编辑不知道新人能不能写好，提交上来的稿子可能需要重写，所以编辑部必须留一定的余地。

书的出版流程

下面讲讲书的出版流程，让大家了解一本书是怎样制作出来的。长篇小说成书有两种方法，分别是整本出版和连载。整本出版是指作家把一部作品从头到尾全部写完之后，完整地交给出版社出版；连载则是配合报纸杂志的截稿时间，零零散散地写，字数够了即可汇总成书出版。

　　杂志每期刊登多少篇小说，各有多少页，基本都是固定的，还要按每页多少钱来支付稿酬，所以并不是向谁约稿都可以。假设《小说野性时代》最便宜的稿酬是一页 3000 日元，连载到 400 页，大概一本书的时候，稿酬就会达到 120 万日元。也就是说，角川书店在出版这本书之前，就已经支出了 120 万日元。因此，连载是绝不会向可能"回不了本"的作家约稿的。

　　如此一来，新人作家写书，自然只有整本出版一种途径了。整本出版无须预支稿酬，而且等稿子写好才会出书，所以基本上耗时多久都没关系。当然，如果花上五到十年的时间，早就被编辑给忘了，而且需要写这么久的作家，是不可能接到下一次约稿的，所以最迟也必须在一年内写完一本书的稿子。

　　这种整本出版的方式，其实是无责任的约稿。例如，编辑可以用这种方式，向你们十二人同时约稿。如果写不出来，就再没有下次的机会了；如果写出的稿子没意思，就需要重写；只有写出的作品足够出色，才会出版成书。也就是说，写不出来的作家直接抛弃就好，所以这种约稿只能算成立一半，委托起来非常容易。

　　出道后如有杂志约稿，不管是随笔还是短篇小说，千万不要拒绝，而且要严格遵守截稿时间交稿。如有整本出版形式的约稿，就要在规定期限内写出优秀的作品。这样总有一天能接到连载小说的约稿。

网络连载也是一种方法

最近，网络杂志的连载也多了起来，其制作费用要比纸质杂志低得多，稿费也远比纸质媒体便宜，因此传播广泛，今后也会被当一种获得新人作家原稿的渠道。不过，对于销售额有保障的实力作家，以及进步可能性大的作家，今后大概仍会更多地依赖纸质杂志，但实际上，我也在网站"大略日刊糸井新闻"上连载了《新宿鲛》系列的最新作品《绊回廊》。顺带一提，"大略日刊"方面没为这个连载出一分钱稿费。作为知名媒体，该网站的读者多达数百万人，所以不给稿费也是正常的，但我不会免费写稿子，所以稿费就由出版单行本的光文社支付。

我为什么要在"大略日刊"上连载《新宿鲛》系列的最新作呢？在推理小说迷当中，《新宿鲛》系列可谓是无人不知的作品。正因如此，反而会有很多人决定不读。"《新宿鲛》？听说过，没读过。我不喜欢硬汉派小说。"——像这样还没读就不喜欢的人有很多。又或者，有的人对大泽在昌这个作家抱有成见，觉得"不适合自己""很无聊"而坚决不读。作家和系列作品的名声越响，越容易出现这种情况。就算入选推理小说年度十佳，就算被拍成电影或电视剧，决定不读的人也绝对不会读。但是，这样的人如果试着读一读，也许就有人认为其实很有趣，要是早点儿读就好了。我琢磨怎样才能让这些人去读我的作品，于是就想到了"网络连载免费阅读"的计划。

"大略日刊"的核心读者群是三十多岁的女性，可以说是离硬汉派小说最远的人群。开始连载后，有位读者给我发来一封邮件："我喜欢警察小说，可我一直以为《新宿鲛》是黑道小说，原来是警察小说啊。"我很震惊："啊？难道你一直不知道吗？"不过对方又说："既然很有趣，我会读的。"这样的读者每周都有两三万人，一定会读《新宿鲛》，其中半数以上是头一次读。还有人发来邮件说："《绊回廊》既是我读的第一本《新宿鲛》系列作品，也是最后读的一本。"也就是说，这个人把之前连载了一年多的《新宿鲛》系列作品共九册全部读了一遍。我认为，若是没有通过网络免费连载，是挖掘不到这样的读者的。

像《新宿鲛》这样续作不断、广受好评的系列作品，带来的未必全是好处。如何扭转坏的部分，是一个重大的问题。写出畅销书的作家，其读者分为三个时期——持续增长期、基本稳定期、逐渐减少期。第一本《新宿鲛》以平装本的形式出版，初版三万册，最终达到了五、六万册，文库本也超过了五十万册，如今仍在继续售出。该系列十部作品的销售量总计超过六百万册，平均每部作品售出六十万册。该系列作品被视为非常畅销，可实际上，尽管作品能卖出六十万或一百万册的作家屈指可数，但即便如此，考虑到日本人口超过一亿两千万，应该争取到更多的读者才行。

那么，为什么那些人不读呢？大家想必也有决定"知道名字，但就是不读"的作家吧。或许在参加这次讲座之前，"大泽在昌"就是其中之一。也就是说，只要没什么特别的理由，就不会拿起自己决定不读的作家的书。反倒是彻头彻尾的新人作家，更有机会让这些人拿起他的书。比如喜欢恋爱小说的人，看到腰封上印着"恋爱小说新星作家"，就算是新人作家的书也会想读；喜欢推理小说的人，被推理小说新人奖获奖作品的一句"催人泪下"的宣传语所吸引，就算是完全没听说过的作家写的书，也有可能看都不看就买下来。可是，已经决定"不读大泽在昌"的人，不管我的书的腰封上有什么吸引人的宣传语，他们都绝不会买。

越是知名度高的资深作家，越容易撞上这样的壁障。这种"坚决不读"的读者的心态是很难扭转的，除非作品能像《推理要在晚餐后》那样，具有超强的冲击力。因此，我想到的方法就是通过"大略日刊"进行网络连载。

读者是重要的顾客

坚持写作，终能出书。我不是说自费出版的书，而是正规出版社为了放在书店里出售而印制的书。这是很令人开心的，是一生的宝贵财富。

但是不要忘记，这本书的出版凝聚着众人的辛勤汗水。作家当然要尽力写，编辑也会付出努力，但除了他们，还有出版社制作部门的负责人，得考虑使用哪种材质的纸，封面做成什么颜色，然后分析定价，算出每本书卖多少钱是赚是赔。而且除了编辑，出版社里还有很多人为了书的出版而工作着。此外还有印刷公司、装帧公司里的相关工作人员，以及把成书运往全国各地的经销商，尤以著名的"东贩"

和"日贩"为代表。正因为有了代销商,《少年 Jump》才能统一在每周一发售,覆盖范围北至北海道,南至冲绳。

最后,大家的书就会摆在书店的货架上。书店是很重要的存在,没有书店,作家只能喝西北风。因为大家的书只有在书店上架,才会有素不相识的人掏钱买下来。

要是能在书店举办签售会,就更体面了。报纸上会打出"某月某日,某某老师将于纪伊国屋书店举办签售会"的广告,还会有很多顾客拿着书,在书店里排队等待。这是很难得的。我永远不会忘记北方谦三、内藤陈和我在仙台举办签售会的情形。当时我还没写出《新宿鲛》,而北方谦三已经初露头角,在直木奖中接连名列候选,但终审接连落选,内藤陈则主持着日本冒险小说协会,刚出版了一本名叫《不读死也不甘心!》的参考书。在仙台站前面临主街的书店门口,我们三人坐成一排,等待顾客到来。可是,眼前的商业街上行人如织,却没一个人驻足。最后没办法,只好由书店员先穿制服来签一趟,再穿便衣来签一趟,同一批人来回三趟,我们才终于各自签售了十来本书。在这个过程中,店员开始用手持扬声器拉客:"本店正在举办签售会,有直木奖候选作家北方谦三先生"(最后还不是落选了)"有硬汉派旗手大泽在昌先生"(北方谦三嘀咕道:"你什么时候成旗手了。")"有昨天上电视的内藤陈先生"……这时,一个大婶停了下来,又向我快步走来。"好,终于来人了。"我抓起笔准备着,却只等来这样一句话——"你好,请问某某街怎么走?"(笑)。这可是真事哟。一开始就是这样的。

素不相识的顾客来参加签售会，把自己签名的书抱在胸前，道声"谢谢"——此时此刻才能真切地感受到自己真的有读者了，这对作家来说是莫大的欣喜。陌生人肯花钱买自己的书，对自己说"加油，我会继续支持你"，这会为作家带来勇气。有的作家对待这些读者的态度有点妄自尊大，而我则会提醒自己尽量以谦恭有礼的态度面对他们。除了自己的名字以外，还要题上对方的名字，再望着对方的双眼说上一两句话，然后握手，如果有人要求合影，就得尽快起身拍照。有一百位顾客，同样的过程就得重复一百遍。如果是以前来过的人，要说"您又来了，谢谢"；如果是刚来的人，要说"您从哪儿来？是不是等很久了？"这样一来，对方就会觉得"啊，这个人感觉不错，下一部作品也看看吧"。这绝非献媚，而是对顾客的服务，是职业作家应有的姿态。

书是商品。尽管在编辑和作家创作和编辑的时候，它只是作品，但在书店上架的瞬间，就会变成商品。因此，花钱买书的读者就是顾客。正因为有这些人，我们作家才能付得起房贷和孩子的学费。既然如此，对待这些顾客再怎么谦恭都不过分，可是有些人被年轻的读者称为"老师"，却表现得傲慢无礼，身为作家这实在差劲。在签售会上排队的读者里，有人会紧张得冒汗，手心汗津津的。越是喜欢那个作家，就越会想"啊，马上轮到我了"，紧张得冒汗。跟这样的人握手，我也会吓一跳，但绝对不会露出厌恶的神情，也不会当着对方的面擦手。如果对方惶恐地道歉，我更会握住对方的手说"没关系"。我认为这是对待顾客应有的礼仪。有时走在街上也会遇到读者要求签名或握手，我就算有事心里着急，也不会让对方失望，因为我认为这样才是职业作家该做的。

出版界的严峻现实

眼下出版界的状况比这个讲座刚开始时更加恶化了，初出茅庐的新人作家现在若要出版单行本，初版大概只印刷 4000 册，单本定价 1800 日元。版税按 10% 计算，就是 72 万日元。用一年时间写出的书只有这点儿收入，而且除非"撞上大运"，不然是不会再版的，收入仅有这 72 万日元。这就是现实。

不同的出版社，收入配额稍有区别。一般来说，定价的 65% 由出版社拿走，35% 归经销商和书店所有。也就是说，出版一本定价 1800 日元、初版印刷 4000 册的书，出版社的所得是总收入的 65%——至多 468 万日元。而且，其中包括要付给作家的 72 万日元稿酬，以及制作费、宣传费、员工工资、纸张费、印刷费、装帧费等所有开销。就算 4000 本书卖光，出版社也赚不到多少钱。想靠卖初版赚钱，怎么也得在后面添个零，印出 40000 册才行。可是现在，单行本初版就敢印 40000 册的作家，日本能有几个人？恐怕也就 20 来个吧。其他人只能从 4000 册开始，随着成绩的提高，到 6000 册、8000 册、10000 册，逐步增加初版册数。即便是获直木奖的作家，很多人的初版也只印 10000 册而已，这就是出版界的现实。

既然想当作家，就要当初版印刷 2 万、3 万、5 万、乃至 10 万册的作家。一年只写一本版税 72 万日元的长篇小说，是生活不下去的。而且这还是针对精装本而言，当下是历史小说文库本的全盛时代，所以形势更为严峻。假设文库本 1 册卖 600 日元，初版 10000 册，版税就是 60 万日元。而方才所讲的单行本，尽管版税只有 72 万日元，但如果口碑较好，过两三年也会发行文库本，这样又能得到文库本的版税。如果只写文库本，就只能拿到那 60 万日元，是一次性的，不会赚两次钱。可是即便如此，由于接不到单行本和杂志连载类的约稿，如今写文库本的作家仍非常多呀。

对于拿稿酬却回不了本的作家，出版社是不会以杂志连载等形式约稿的。"整本出版还可以，但也仅限于文库本，稿酬只能拿到 60 万日元。如果能接受的话，就开始动笔吧。"从这样的文库本起步，到现在最赚钱的人，是历史小说作家佐伯泰英。他的书初版在 20 万册左右，他一年能写 10 本书。粗略估算一下，光靠初版和再版的版税，一年就能收入 2 亿 4000 万日元。确实有些作家能过这样的生活，但只限于东野圭吾、佐伯泰英那些人。只看这些数字，就能明白以写作为生有多么不容易。

出书是先期投资

出书需要大量经费。出版社出版一本定价 1800 日元、初版 4000

册的书，能得到 468 万日元的收入，但算上支出的版税和制作费，就大概抵消了，更何况很多时候，印出 4000 册却只能卖出 800 册，那就肯定彻底亏损了。既然这样，出版社为什么还要出书呢？因为只要有一个作家的书畅销，出版社就能回本。就算单行本只能印 4000 册，但在发行文库本之前的三年里，如果该作家荣获直木奖，文库本也许就能卖出五万甚至十万册，这样一来就不亏了。

出书基本上都是先期投资。以整本出版的形式向五十个新人作家约稿，只要其中有一人的作品大卖，其余四十九人统统失败也无所谓。因此，就算编辑再怎样摆出讨好的表情，也不能完全相信。编辑就算自己制作的书完全卖不动，也不会被追究责任，而且他们有时明知道"这是本好书，但恐怕不会畅销"。最重要的是，编辑是出版社的员工，就算书卖不出去，也照样领工资，然后再向作家约稿，制作出版……即使一直这样重复也没事。作家就不能这么办了，在书出版的那一刻，答案就已明确——卖不动就会被抛弃。所谓"作家是承包商"，指的就是这个意思。

不过，若是有心的编辑，就算制作一本书卖不动，也会决定"再出三本试试"。这样的编辑对出版社也是要负责任的，所以作家必须全力协助。可是，如果出了很多本书却依然滞销，再有热情的编辑也会感到疲惫，不得不与作家疏远。就算在聚会会场遇见，说两句客套话就会迅速离开了。如果到了这种地步，作家就混得太惨了。请大家不要忘记我的话——"对作家而言，维持写作生活比出道难得多"，出道后也要继续努力。

怎样跟媒体打交道

假设大家很幸运，出版的书得到了一致好评，可能就会接到"请接收女性杂志凹印版面的摄影专访""请为介绍作家生活的版面写篇随笔"或"请出席电视节目"等等邀请。

上不上电视是一大难题。新人时期需要多露脸，所以作为单集嘉宾的话，偶尔出席电视节目也无所谓，但如果已经是畅销作家了，最好还是不要再上电视，尤其是不要当固定嘉宾。这是因为，观众在电视上看到作家，不会觉得"应该读读这个人的书"，而是恰恰相反，会觉得"看电视就已经大概了解这个人的想法了，用不着读他的作品"。也就是说，频繁露面容易惹人生厌。观众看到作家被艺人捉弄，如果觉得"还以为他是个沉稳而有品位的小说作家呢，真叫人失望"，那就事得其反了。坦白地讲，那些经常在电视上露面的作家，很少有正经写小说的。他们之所以经常出现在电视上，是因为书卖不动，只能靠参加电视节目维生。请大家记住，小说家的本职就是写小说，不管在其他领域多么受欢迎，在作家圈子里也完全得不到好评。

不过，如果自己的作品被拍成了电影或电视剧，有时不得不参加活动以提供某种程度的协助。但即便如此，东野圭吾和宫部美雪都从不出席任何活动。到了他们那个级别，这才是正确的做法。至于我，还处在"不正不当"的位置，所以如果作品被拍成电影，我还是会"恬不知耻"地出席记者会的。

如果出道以后，一直不能崭露头角，觉得"我没有才能，只能当个艺人了"，那么成为电视节目的解说员也挺好。但请做好心理准备，一旦被该节目抛弃，就再也接不到小说约稿了。小说家的工作虽然烦杂，但能做一辈子。不管多大岁数，身体多差，作家都不会退休，只要有人约稿，就算八九十岁也能继续工作。相反，不管你多么年轻，多有干劲，读者若是不买你的书，你就会被开除。开除作家的是这个世界。进一步说，这个世界上有"原职业棒球选手"的称号，但没有"原作家"的头衔。因为不是"现役"的活，是不能再被称为"作家"的。工作时被称为作家，一旦不工作了，就是"普通人"而非"原作家"，称谓相当于消失了。

不要让别人叫自己"老师"

作家应该保持某种神秘性，这很重要。要让读者展开想象：这个女作家是不是大美人啊，那个男作家是不是大帅哥呀。如果作家出现在电视上，读者的这种幻想瞬间就会崩塌，并且会对"文如其人"产生怀疑，怀疑作家所写的世界与其人风貌是否相符。如果相符，在媒体上露面也能得到好评，但如果不符，就会失去读者。

北方谦三作为硬汉派作家受到高度评价，所以他必须时刻做"北方谦三"。去酒吧不能说"我渴了，来杯茶"，必须说"波本威士忌，要纯的"，并一口喝光，然后还得说"再来一杯！"不管到哪儿都得举着招牌，以赢得"不愧是北方谦三"的评价，很辛苦。一旦打出"文如其人"的旗号，就必须付出极大的努力以守护该形象。一味地露面就会发生这种问题。尤其如今有这么多社交网站，照片一下子就能上传到网络上，所以需要格外小心。前阵子我就毫不在意地穿着 T 恤和短裤走在六本木一带，被当地的理发师提醒："这条街上的人可都认得您哦。"我才开始考虑今后是不是应该穿得正式一些了。

顺便说一句，绝对不要让编辑叫自己"老师"。我会向编辑明确指出："不要叫我大泽老师，请叫大泽先生。"因为没有哪个正经人会因为被人称作"某某老师"而心情大好，而且这样显得很没品。至于在酒馆、商店里所喊的"老师"，是一种惯例，那就没办法了。

网络上的评价无须在意

大家应该经常上网吧？网络上有大量关于图书的信息和帖子。但是，等大家出道以后，还是不要再浏览那些网站为好。在那类地方，恶意中伤别人的人占绝大多数，他们以为否定别人能使自己变得伟大，或者自以为懂小说。因此，新人作家绝不要在意网络上的人对自己的评价，不然会郁闷得影响写作。我偶尔会看自己的论坛，上面往往写着"大泽在昌江郎才尽了"，"别胡说，那家伙本来就没有才能"，"他是靠向某某人摇尾巴才能卖出书的"等等。很多人明明无知却自以为是地写了一大堆。所以说，绝对不要看网络上的评价。

　　出道成为职业作家以后，当面严厉批评你的人就会变少。编辑除了说"某部分还稍有不足"之类的话，就只会说"太有趣了，也请务必为我们写稿"。然而，大家不要误解，应该时刻严格地要求自己，不管作品多么畅销，也要始终保持"自己还差得远"的心态。就连宫部美雪，也会说"这次的书不会大卖"。怀着这样的心态，就能激发斗志，力争把正在创作的作品写得更好。一旦觉得自己"已经安全了，就算随便写写，也能永远畅销"，这个作家就堕落了。请把每本书当成自己的最后一部作品，当成可能会决定自身命运的一部作品。

出道后的五本书决定成败

　　出道后创作的前五本书，意义极其重大。如果不能靠这五本书闯出名堂，很可能一生都闯不出名堂了。我当初接连写了二十八本只有初版的书，但那是因为遇上了好时代，要是换成现在，我大概早就被抛弃，放弃当作家了。毫不夸张地说，最开始的五本书——对于获新人奖出道的人来说，尤其是获奖后的处女作——将决定该作家的命运。

　　新人奖的获奖作品，是从数百篇参赛作品中选出的最佳作品，作者既然投入珍藏的素材，花大量时间才完成，自然会是佳作。而获奖后的处女作，就要看在有限的时间里，使用有限的素材，能写出多优秀的作品，所以大家会很关注。获奖后的处女作如果失败，就等同于这个作家不行。在有限的时间内，在有限的条件下，能写出佳作的作家，才能称为职业作家。"因为时间太紧，所以没能写好"的借口，对职业作家是没用的。存在时限和制约是很正常的，就是要看在这样的条件下能写出什么样的作品。

对摆在书店里的书来说没有作家是老手和新人之分。无论是新人获奖后的处女作，还是拥有五十年写作生涯的大师的新刊，既然都是摆在书店里卖，就不存在高低之分。当然，或许在书的摆放方式——铺在台面上还是插在书架上——有所差别，但从读者拿在手里的角度来说，二者是完全同等的。"那个作家是老资格了，很厉害，我作为新人可比不上他"这样的借口是行不通的，业界反而会抱着"既然年轻有才，作品当然应该凌驾于老手之上"的看法。因此，大家要有觉悟，用心创作将决定自身命运的前五本书。

来自文学奖的评价

作家是孤独的职业，一般作家完全不清楚自己所处的位置。确知的只有谁是第一——"现在日本最畅销的作家是谁？""东野圭吾。"这谁都知道。那大泽在昌排第几？不清楚。因为除了书的销量，作家的口碑和地位是不好简单比较的。据说流浪画家山下清习惯用军阶评价一切，比较作家则没有那么方便的标准。然而，这个世界是确实存在等级制度，这也是大家未来的目标，虽然距离那一天还很遥远，但我想有必要先稍作说明。

首先，有新人奖。例如日本恐怖小说大奖、横沟正史奖、江户川乱步奖等，不同的出版社或团体有不同的新人奖。面向大众公开征集原稿，由编辑或预读委员预读遴选，确定最终候选作品，再由评委审读，从当年的应征作品中选出最佳，定为获奖作品。

假设各位以作家的身份顺利出道，也出了书，这时就有别的奖可以争取了。这类奖并非面向大众公开征集，而是由编辑从已出版的书中选出候选作品。也就是说，在你不知道的情况下，编辑们在阅读你的作品，选为自家主办的文学奖的候选作品。很多人对这方面存在误解。前几天，酒吧老板娘看了田中慎弥获芥川奖的记者会后说道："既然是自己主动应征的，怎么拿了奖还这么嚣张。"其实她误会了。芥川奖并不是由作家应征，而是由主办方主动推选的。还有直木奖也是，以职业作家的作品为对象的文学奖统统如此。如果主办方不把你的作品列入候选，你一辈子也甭想拿到那个奖。

只要坚持努力写作，一定能迎来与文学奖亲密接触的机会。下面简单介绍一些推理类的奖、普通小说的奖以及综合性的奖。

首先，出道五年内有望获得的是德间书店主办的大薮春彦奖。该奖主要针对推理类作品，尤其是硬汉派、冒险类小说。奖金高达五百万日元，是面向职业作家的文学奖中奖金最高的。获得这个奖的推理作家，可以说上了一个档次。顺带一提，2012年的获奖作品是沼田真帆香留的《摇曳不安的心》。

更高级的推理类文学奖，是日本推理作家协会奖。该奖由日本推理作家协会主办，但非协会会员也能获奖。该奖完全没有出版社做后援，所以奖金并不高，但对推理作家而言，斩获"推协奖"相当于拿到一座格外重要的奖杯。这是因为，本格推理小说很难赢得普通小说类的奖。若以文学性或刻画人性为尺度来衡量，注重情节和故事性的小说的评价必然偏低。唯独日本推理作家协会奖以故事性为衡量标准，只要是故事精彩的推理小说，就有获奖的可能，所以推理作家都想拿到这个奖。

与日本推理作家协会奖处于同一级别的，是由讲谈社主办的吉川英治文学新人奖。不管是推理小说，科幻小说、恋爱小说，还是其他普通小说，都能作为候选作品。获得这个级别的奖，你才会觉得自己成了一个不错的作家。顺带一提，我凭借《新宿鲛》同时获得了日本推理作家协会奖和吉川英治文学新人奖。那已是距今二十一年前的事了，但我现在仍记得，在那之前我从不曾进过文学奖候选名单，首次候选并获奖是在吉川英治文学新人奖上。到我靠同一部作品获得日本推理作家协会奖时，我在别人眼里才终于算是熬出头了。

接下来是由新潮社主办的山本周五郎奖和角川书店主办的山田风太郎奖，到了这个级别，直木奖已然在望，有可能进入候选了。然后就是直木奖。该奖由文艺春秋主办，可谓无人不晓。顺带一提，此处列举的均为娱乐小说相关文学奖，纯文学类的另有其他奖，如芥川奖、三岛由纪夫奖、野间文艺新人奖等，但我只了解娱乐小说类的，所以其他奖就略去不提了。

直木奖每年举办两次，分别在一月和七月，设有评审会。由于其他奖均为一年一次，所以直木奖其实可以说是获奖机会最多的奖，每次都会引起轰动。从这个意义上讲，芥川奖和直木奖都很特殊，对于作家来说，得不得奖有多方面的意义，既有利又有弊。虽说并不是得过文学奖的作家就一定很伟大很了不起，但如果大家出道后想在这条路上一直走下去，我还是希望大家能怀着"我总有一天要拿下这样的文学奖"的信念。

事实上，直木奖并不是最高级别的奖，在它后面还有两个娱乐小说类的奖，分别是集英社主办的柴田炼三郎奖和讲谈社主办的吉川英治文学奖。此外还有泉镜花奖、岛清恋爱文学奖、新田次郎奖等等，但有些奖有特定的题材限制，所以就不做详细说明了。

不必为了直木奖这个级别的文学奖而感到惶恐

经过方才的介绍，想必大家已经明白，能走到直木奖面前的，只有一小撮人。作为一个作家，能拿下直木奖已算是万幸了，然而大家也应该知道，直木奖并非终点。如果止步于直木奖，那就太没劲了。我得直木奖是在三十七岁，如果其后的人生没有目标，我是走不到今天的。要告诉自己，前路还很长，还有值得争取的奖，这样才能继续努力。当然，请大家不要误会，我并不是为了得奖才写作的。希望得奖并以得奖为目标，与为了得奖而写小说，完全是两码事。

尤其是直木奖，如果多次进入候选，最终又多次落选的话，很多人就会开始思考写作的倾向和对策，以获得评委的认可。然而，这样做并不能使小说写得更好。更可怕的是，为了获得直木奖而耗尽能量，会引发职业倦怠综合症。这次写历史小说怎么样？写言情小说怎么样？写推理小说怎么样？如此试尽各种办法，到了终于得奖时，却变得没东西可写了，已经不知道自己本来该写什么、想写什么了。

这样的作家最近变少了，但在二十多年前，可是非常多的。这大概算是直木奖的"功过"中的"过"吧。如果未经通知就被列为候选，引起轰动，又被评委们各种点评，最后却落选的话，任谁都难免生气。而如果得了奖，就会被电视新闻报道，各路报社前来采访，各种活动应接不暇。所以，有的作家才会声明"不接受被列入候选"。不少作家多次进入候选，又多次落选，我能理解他们的厌烦感，但我认为，最好还是参与，并以获奖为目标。东野圭吾曾在各类文学奖中接连落选，直木奖也败了五次，直到第六次才得奖，甚至有评委说"我不想看见你的名字"，他也不介意，无论落选多少次仍不气馁。

顺带一提，几十年前，有人在直木奖中的落选次数多达十次。这简直就是地狱般恐怖了。现在如果落选五次，作家就会生厌，出版社也不愿将其列入候选。东野圭吾和宫部美雪都曾五次落选，第六次才获奖；道尾秀介连续五次入选，在第五次得了奖。即便如此，鉴于他当时还不到四十岁，足以证明他多么富有才华。

很多人即使没得过文学奖，仍不失为优秀的作家。不过，因文学奖而建立起来的等级制度也是确实存在的。尤其是现在，像以前那样政治性的因素已经少了，所以只要写得好，就算是出道两三年的人，甚至是彻头彻尾的新人，也能立刻成为直木奖的候选。也就是说，在当今这个时代，大家只要做好作家的本职工作，努力写出好作品，就能得到相应的回报。反之，作家必须意识到，如果自己始终不能成为文学奖的候选人，就说明自己的作品存在不足。

对现在的你们来说，这可能是还很遥远的事，但只要在出道后努力写好作品，终有一日会得偿所愿。我认为，吉川英治文学新人奖是一个很好的跳板。拿下这个奖，相当于打麻将"报听"，就快"胡牌"了。编辑会开始考虑："这个作家应该先签下来，没准儿他能写出直木奖获奖作品。"和出版社的接触也会日渐频繁。编辑可能会说："跟我们合作拿下直木奖吧。"我想说："不要被那种话骗了。"（笑）对编辑来说，帮助作家推出获奖作品也能提高自己的身价，是工作成绩的证明。因此，编辑当然想同有才华的作家合作，共同完成好的作品，甚至斩获文学奖。这样想的编辑会把身家性命托付在你身上，所以你必须努力。

不过，就算拿下直木奖也不能止步，前路上仍有更大的果实等你摘取。也就是说，在直木奖中落选不值得抱怨，而得了直木奖也没资格摆臭架子。无论结果如何，只要自己真心接受，事情就过去了。懊悔和喜悦固然重要，但把眼光放远继续写作更重要。

今天这堂课就到这里。接下来是问答部分，最后我还想给每个人分别提供一些建议。

【问答】

●可以通过自己投稿的方式出道吗?

Q. 猫：通过自己投稿的方式出道，具体应该怎样做?

大泽：关于自己投稿，有的出版社会受理，有的则不会。例如讲谈社的"梅菲斯特奖"，编辑会阅读送来的原稿，如果觉得很好，就以获奖作品的形式出版。至于角川书店，好像现在已经不受理投稿了。如今肯受理投稿的机构已经越来越少了，如果稿子真的很好，出版社一般都会说："请再修改一下，然后参加我们主办的某某新人奖。"不管怎么说，你现在与其考虑自己投稿，不如想想怎样写好"毕业作品"，通过发行单行本出道。

●适合普通娱乐小说的"含金量高"的新人奖有哪些?

Q. 企鹅：您在讲到"通过获得含金量高的新人奖出道"时曾指出，写推理小说以"江户川乱步奖"为目标，写历史小说以"松本清张奖"为目标。那么适合普通娱乐小说的"含金量高"的新人奖有哪些呢?

大泽：依目前来说，应该是"小说昂新人奖"吧。写《听说桐岛要退部》的朝井辽，还有稍早写《邻镇战争》的三崎亚记，都是从这个奖出道的。最近，"小说现代新人奖"、"全读物新人奖"等由小说杂志主办的奖，似乎也开始征集不限题材的长篇作品了。这些奖或许也可以关注一下。不过，参加这类奖，最大的强敌是历史类作品。

即将退休的"团块一代"拥有大量的知识和时间，他们接连写出历史类作品，正逐渐成为相当强劲的对手。从这个意义上讲，面向年轻一代的作品和青春小说大放异彩的"小说昴新人奖"，可以称为"含金量高"的奖。

●应该如何衡量"面向大众"的程度？

Q. 巴哥犬：包括毕业作品在内，我不知道自己在出道前应该写什么样的作品。身为作者，应该如何衡量"畅销作品""读者易接受的作品""面向大众的作品"的程度呢？

大泽：如果一个人以"面向大众的作品"为目标，并且实际尝试以后，确实能写出被大众接受的作品，那这个人一定是天才。像这种能想到吸引众多读者，并拥有将创意诉诸笔端技巧的人，无论写什么都会畅销。我认为，最好近乎愚笨地坚持写自己想写的作品。当然，该作家想写的小说可能很"老土"，或是类型太小众，但写出畅销书并不能代表一个作家的全部价值。有的人会以获得文学奖的形式赢得好评，有的人则能得到认真阅读的好读者。想写好自己根本不喜欢的、不适合自己的作品，本来就是不可能的事。只有坚持写自己最擅长的、最适合的作品，才能构筑起作家的地位。也就是说，必须写"这样的小说只有这个人能写出来"的作品，不能写"写这种东西的人太多了"的作品。并不是秉着"这样的小说似乎很畅销""这样写能赢得更多的读者"的目的去写就能成功，写小说可没那么简单，读者也没那么容易上钩。这跟作品的题材是否畅销无关。巴哥犬，你应该坚持写只有自己才能写出来的作品。

现在流行警察小说，所以有的编辑会让不畅销的作家写警察小说，但我是反对这种做法的。历史上流行过各类题材，比如科幻类、硬汉派、本格推理、警察小说等等，都曾风靡一时，但事实上，作品是否流行，与题材无关。如果流行的是题材，那么写作该题材的所有作家都得畅销才行，可事实并非如此，只是因为偶尔在某个题材上出现了几个优秀的作家，他们写出了好作品，才会有"警察小说又成为最畅销的书了"的错觉。希望大家记住，并非所有警察小说都能畅销，只有特定的几个有实力的作家才能写出畅销书。

● 应该赠送样书吗？

Q. 巴哥犬：出书以后，应该向报刊杂志的书评员赠送样书吗？

大泽：送书的事，出版社会去做，但就算送了，对方回应的可能性也非常小。报纸、周刊杂志、读书栏目会收到海量的书，但他们有严格的规定，不会在一年内连续评价同一个作者的书，所以即使送了，也很难被选中。担任书评的评论家或职业书评家评论哪本书，基本都是自行决定的，所以直接送书给他们最有效，但这件事出版社会去做，所以作者没必要自己送书。事实上，我每个月也会收到各出版社送来的新刊，里面夹着"乞请指正"的书签，还有很多作者也送来大量的书。讲谈社等出版社，一出小说新刊就会送来，而我实在没空儿读。当然，巴哥犬你出道以后，要是有良心的话，出了书应该也会送我一本吧（笑）。

●应该如何看待改变路线的问题?

Q. 驴:如果以推理小说出道的作家,在写了若干本推理小说之后,开始想写不含推理元素的作品了,以前那些读者恐怕就会弃他而去吧。作为作者,应该如何看待这个问题?

大泽:这是没办法的事。当然,确实会有以前的读者离开,出版社可能也会说"其他小说请去别的出版社出版,不要在我们这里出版",但改变路线的作家其实是相当多的。例如北方谦三,他以前一直写硬汉派小说,后来的某段时间开始写历史小说,现在又在写中国题材的小说,分别开拓了新的读者群。对作家而言,改变路线是一种赌博,但如果自己想变,那就变吧。还有与编辑的人际关系,正如前面所说,没有哪个编辑不希望自己负责的作家闯出名堂。能否遇见肯支持自己想写的作品的可信赖的编辑,或许也有很大的关系。

●挑战新人奖以几次为宜?

Q. 海豚:当前活跃在第一线的许多作家,都是从某个新人奖出道的,那一般来说,挑战几次才能出道?

大泽:大概三到五次吧。很多人是经过五次挑战才终于获奖的。我有生以来首次挑战新人奖,是在二十一岁时参加"全读物新人奖",那次留到了终审。接着参加的是"小说现代新人奖",没能通过二审。第三次是"小说推理新人奖",这次终于得奖出道了。所以要我说,就是三次左右吧。尤其是你们这几个人,学了这么久,如果挑战三次都失败的话,大概就没戏了,只能认为自己根本没有写作才能。

正如我多次提到的，得奖以后的写作生涯才是"动真格"的。在这个世界里，不分老手还是新人，所有作家都是对手，资深作家几乎屹立不倒，新人作家却日渐增多，所以获奖后的战斗才更激烈、更残酷。如果在此之前的三次挑战都以失败告终，就说明自己存在本质上的错误，与无名大众并无不同。当然，并不是说从现在开始读大量的书，努力写作，三十年后就一定能出道……

最后的建议

最后，我想给你们每人提供一些建议。

▼致犰狳：

你想写温暖人心的美好故事的愿望很强烈，只是如今这个时代所追求的，是书畅不畅销，所以故事必须摆脱平淡无奇，于是你不得不寻找比较吸引人的素材。可是像《三封信》那样的故事尽管不乏冲击力，但从小说的角度而言，所凭借的仍是毫无意外的东西。你应该更多地意识到小说的"刺"，思考如何写出美好而带"刺"的作品。尽管普通故事不像推理小说那样容易构思带"刺"的情节，但若是一下子就能想到的话，也构不成有魅力的小说了。你要形成自己的个性和风格，让读者一提到你，就能想到"那个作家写的故事特别温暖特别好"。

▼致大米：

你的创意很独特，你似乎喜欢科幻类的题材，从中寻求灵感是可以的。例如幻冬舍最近推出的《潜入深海》——尽管这并非严格意义上的科幻作品——以深海潜水调查船女船员为主人公，既是女性工作小说，同时又是科幻类故事。你也不妨尝试一下类似的题材。

我注意到，你在情节编排上有些太粗糙了。写一部小说之前，请先明确"起承转合"，认清自己想通过这部小说向读者传达什么，想让读者通过这个故事产生怎样的情绪，然后再开始动笔。我认为对你来说，这是通往进步的最便捷的道路。

▼致猫：

你有"总想说明"的坏习惯，而且经常像说书先生一样，一边用折扇敲着桌子，一边长驱直入收不住脚。但也可以说，这是你的服务精神的体现，像你这样的人适合当小说家。

你需要注意的是，尽量控制自己的"说明欲"，吊起读者的胃口。身为作者，你应该在某种意义上抱着施虐狂的心态，一直逗弄、折磨读者，直到读者忍不住伸手索求时，再给出答案。如果做到这一点，你就能拥有更多想写的主题，说不定就能写出佳作。

▼致水母：

你很喜欢推理小说，提交的作业也多是涉及推理的作品，但我觉得，你在推理小说方面的读书量还是太少了。希望你能进一步研究推理小说的结构，包括过去和当代的作品在内，再读一百本优秀的推理小说。

还有，在了解推理小说的本来面目后，你应该构思能发挥自身特长的故事。我发现，只要一写到现代社会中的工作女性，你就会写出一种不可思议的现场感。这是你的武器，希望能妥善运用。此外，你设计的情节总是趋向俗套的电视剧情节，请多注意。

▼致虎：

你有独特的世界观，你的感性或许异于常人。大概你并不了解自己的感性，就算别人告诉你要发挥你的独特感性，你也不知道该怎么做。我觉得，你还没找到自己真正想写的世界。不过，这个问题就算尚不明确也没关系。今后再写一些作品，你应该就能看见那个世界了。存在一个只有你才能描写的世界，这是一件很重要的事。你现在需要做的，是写更多的作品。说不定在创作毕业作品时，就能知道自己想写什么了，然后再多写几部作品，目标就会变得更清晰。我认为，那时才是你真正的起点。你应该以那个起点为目标，认清自己的想法和才能，认清自己与别人的不同之处，并将其体现在作品里。

▼致巴哥犬：

在这些学生里，你是最有才华的一个，但我觉得，你心里还很迷茫。你最开始一直写历史故事，后面却又写当代故事。虽说选择怎么写是你的自由，但你过度执着于写"好人"了。我听说你对"坏人"

很了解，但特别不想写那些人。其实，你没必要写无恶不作的坏人。人是善恶共存的，每个人都有善恶两面。希望你能懂得人性的复杂，明白故事是由这种复杂性产生的。没有哪个小说的登场人物是清一色的好或坏。从某个角度去看是白色的东西，但从别的角度去看，可能就是黑色的；整体看上去是灰色的人，可能有某个部分是洁白的，我觉得这恰能体现小说的趣味。这样说很抽象，但我觉得你能理解。多写长篇小说，你就能逐渐熟练掌握技能。

▼致秋英：

你似乎对家族争斗的故事很执着。写这个题材，必须进一步向下深挖，不然各种事件的动机和情节的编排容易陷入模式化，故事就会很弱。你有能力找到有趣的素材，所以请先记住这一点，再对推理多做研究，然后活用自己的知识和经验，建立起独属于自己的世界。我觉得你并不是一个好的短篇小说作者，就算写推理小说，也必须是长篇才有看头，所以今后请专注于长篇小说写作吧。当然，写长篇很辛苦，而且必须事先准备相应的素材，绞尽脑汁地考虑各种细节，所以唯一的办法还是学习。

▼致企鹅：

你太迷茫了。你太想写形式好看的小说，结果写出的作品反而不伦不类。其实，这次讲座征集学生作品时，在大家提交的所有应征作品里，你写的《家庭内的流浪者》是最受好评的。我们觉得，在所有学生里，你或许会第一个成为职业作家。可是随着授课的进行，我们的结论变了，觉得你好像走上了岔路，因为你的迷茫体现在了小说里。你对别人的评价和看法过于在意了。在进行讲座时，确实有我和编辑在关注你的作品和你本人，但等你今后作为小说家出道，面对那些不了解你的陌生人，完全没必要畏惧。不管你写的故事多么难为情，多么不像话，也没人会觉得你本身很糟糕，因为小说是创造物。在写作时，请时刻用这句话提醒自己。这样一来，你的写作领域就能逐渐拓宽，摆脱固定模式。记住，没必要感到羞耻。

▼海豚：

我认为，你是这些人里最接近职业作家的。但是，你有时候"聪明反被聪明误"，或许原本并没打算耍小聪明，可是写出的作品却着实是在耍小聪明。你对待小说的姿态不够稳重，顺利时固然没事，可一旦失败，就很可能无法补救。你心里存在顾虑和矛盾，所以在课上，我每次想说重话时，看见你逐渐沉重的表情，就想："算了，不说了"。（笑）像你这样的人，应该变沉重的不是表情，而是写小说的态度。而且越是沉重，越是逼迫自己，你就越能写出好的作品。请相信自己。最后再说一次，你无疑是我曾以为出道可能性最大的学生，但你应该明白，这种可能性并不能保证你最先出道，也不能保证你成为职业作家以后的路途一帆风顺。如果是出道多年以后，你已经确立了自己的地位，一点点得意忘形倒也并无大碍，但现阶段，最好还是把这部分封印起来，以一个辛苦的投稿青年的心态坚持写作。

▼致驴：

　　你有能力写好温暖的故事，但你此前所写的作品，以及你所喜欢的小说体裁，似乎都有些向轻小说靠拢的倾向，在参加面向成人的小说奖时，恐怕很难得到评委的青睐，甚至会起反作用也未可知。当然，并不是说写轻小说的人就写不好成人小说，从轻小说顺利转向成人文学的作者也不乏其人。不是说"轻小说＝不行"，而是要看你想朝哪个方向发展。是写轻小说还是成人小说，最好做出决断。轻小说的世界也不简单，今后的发展势头很可能会更迅猛，所以很难再出现像以前那样的大明星了。你在那个世界里究竟能不能生存下来呢？还有，随着年龄的增长，你今后还能不能适应轻小说的世界，也是个问题。小说的体裁不同，世界也不相同，如果到那时再想写成人小说，就必须从头开始了。选择哪一方，当然是你的自由，只是要慎重决定。

▼致鳄鱼：

　　你的作品理念性的部分有点儿多。可能是因为你还年轻，在自己想创造的世界与现实世界之间的桥梁部分，有些地方处理还很欠妥。你今后应该读更多的书，积累生活的经验，从而写出更符合现实的作品，但同时还要注意，千万不要被现实生活"毒害"而失去丰富的想象力。也就是说，你得兼备纯净的部分和污浊的部分。鳄鱼你是刚步入社会吧？开始工作以后，世界观也会改变，只要不断积累沉淀就好。对你来说，关键是要同时具备两种视角，一种是作为社会人的自己，一种是作为作家的自己，并且不偏向任何一方。在工作过程中，你会发现很多有趣的素材，也能看见自己作为作家的潜力。你还年轻，在这十二个人里，你应该是时间最多的。我之前已经说过多次，早出道是很辛苦的。没必要着急，请以从容的心态努力磨炼自己。

▼致貘：

不管怎么说，你作为律师这一点非常有优势。你跟鳄鱼恰恰相反，你已经见过各种人和事，而那正是小说素材的宝库。但是纵观你此前的作品，并不能完全肯定地说，你的武器一定会起作用。不管食材多好，如果烹饪方法不当，就做不出美味佳肴。况且，律师的工作相当辛苦，想兼顾写小说是很困难的。不过，律师的工作固然辛苦，小说家的工作也很辛苦。你当然应该明白，无论当律师还是小说家，不思进取的态度都是行不通的。既然今后要写小说，就请更严格地要求自己，并以严肃的态度——就像律师考虑"这样下去可赢不了官司"一样——对待小说。我认为，你今后写长篇小说时，就能活用你的武器了，而且那个只有你能描写的世界，就在你身边最近的地方。

讲座的最后

在最后这堂课上，我想告诉大家：成为职业作家并不是件普通的事，在这条路的前方，有不能用"普通"一词形容的困难在等着你。你必须锻炼自己学会忍受痛苦，把自己逼到"山穷水尽疑无路"的地步，但同时还得相信前方会"柳暗花明又一村"。只要这次用尽十分的力气去写，下次就能写出十二分的作品。只有不断冲击极限的人，才能打开新的大门。只有能够跨越这道障碍的人，才能在职业作家的世界里生存下来。也许这听起来有些自吹自擂，但我本人确实就是这种情况，所以我敢如此断言。

你们都想成为职业作家，所以才来参加讲座，听我讲了一年的课。我敢说自己已竭尽所能，把能教的都教给大家了，今后就算有人请我再办一次讲座，我也不打算讲了。这次讲座的内容以单行本的形式出版以后，任何人都可以通过阅读本书，学到讲座中的内容。

我与读者唯一的不同之处在于，我读过你们的所有作品，并且已经指出各自的优缺点。这样的机会很难得，我今后恐怕也不会再这样做了。我并不是想说你们很幸运，只是希望大家不要浪费这样的机会。我指出"这样写不行"的地方，请不要反复犯同样的错误；而我指出"这样写很好"的地方，请继续努力好好发挥。希望大家充分了解并重视自己的"武器"和优点，从而写出好作品来。

你们这一年来辛苦了，谢谢大家。加油！

备忘录

PART 2

学生作品讲评

备忘录

课题 A

写结局"反转"的故事

关于交待过多和作品世界的规则

大泽：关于故事结局"反转"这一课题，大家均已提交相应的作品，下面我会对大家的作品进行讲评。我想利用这次讲评，跟大家讲讲"规则"。一个是作品的规则，一个是对待读者的规则。请大家在听讲评时多加留意。

下面就从猫的《云畑情歌·谷汲观音的轮回之梦》开始吧。

【《云畑情歌·谷汲观音的轮回之梦》故事梗概】

京都的山寺里住着偶人制作师春香和那由他。一天，一个名叫朽木的男子以拍摄偶人的名义来访。对于这类男子，春香向来是直接杀死后将其制成偶人的，谁知朽木竟是企图奸尸的杀人狂。夜里，朽木向春香发起袭击，那由他却一动不动。原来，那由他竟是个偶人。然而，春香早已事先在饭菜中投毒，最终朽木毒发身亡，还是被制成了偶人。

猫：几年前，我在大阪举办的"偶人与松本喜三郎展"上初遇谷汲观音，被其男女莫辨的可怕而美丽的妖异魅力所吸引，写了好几篇与之相关的小说。这次又尝试以其为题材，写出了少男和熟女的恋爱故事。我很喜欢这种类型的故事。

大泽：你的作品在"作品的规则"方面存在不少问题，还有一些"对话"的表达也欠妥。

首先，小说开头是一个名叫朽木的摄影家以拍摄偶人的名义拜访偶人制作师兼女尼春香。朽木问："对了，我看见库房最里面有个很大的冰箱，您的徒弟们也都寄住在这里吗？"这完全是"说明式的对话"。直接说"好大的冰箱啊"足矣。况且，初次来访的人一般不会贸然询问"库房最里面"这种事关隐私的问题。随后的"种植着罕见的花草呢"，也是明显的说明式的台词，一般人根本判断不出庭院里的花草是否罕见。

这里的"冰箱"和"花草"其实都是"反转"的伏笔，但都写得过于明显了。尤其是"花草"那句后面，紧跟着春香的回答："药草至今仍是自然生长的。"这句话一出来，我就看出故事安排的是什么诡计了。

猫，你有过度说明的毛病，太想尽快推动情节向前发展，结果在读者理解小说情节之前，自己就主动做了预告。这就像看一部电影，别人向你剧透说"快看快看，坏蛋马上就要出来了"，读者只会觉得讨厌。所以你一定要学会"惜字"。像"除了地位、年轻和美貌，似乎还不乏财力。""嘿嘿，我不叫朽木，只是借用了某个摄影家的名字。我的真名叫铃木太郎。信不信由你，嘿嘿。"等句子，完全就是你的调调（笑）。看到这个阶段，读者应该已经明白，该男子的目的是杀死女尼当作玩物，可你偏又多此一举地反复交待"没想到朽木竟是'冒牌货'""对铃木来说，春香就是一个直到玩坏才肯罢休的偶人""铃木脸上仿佛写着'为了切碎人体而当了外科医生'""没想到朽木竟是心理变态"，最后甚至开始让朽木自言自语："我大慈大悲，不会活剐你的……"你难道没想过，交待得越多，朽木这个角色的恐怖程度就越弱吗？到了这个地步，朽木与其说是可怕，不如说是滑稽了。你应该认识到自己说明过多的毛病，注意克制，这样篇幅就会缩减，故事变得紧凑，惊悚和意外性都能得到更好的展现。

　　下面再来看看这篇作品中与叙述规则有关的问题。故事的讲述者那由他，其实是个偶人。既然是偶人，一般是不能说话和行动的，不过春香与偶人之间的对话，也可以解释成春香的自言自语，或是想象中的对话。但是，偶人自己行动又该如何解释呢？例如故事开头，摄影家来访的一幕：

　　从我所在的位置看不清朽木的模样。我便歪着头，尽力窥视。

　　还有春香受到袭击时：

　　向前迈出的右脚仿佛冻住了，再也踏不出半步。左脚如同在地上扎了根。全身像是被牢牢捆住，丝毫动弹不得。
　　这究竟是怎么回事？

　　作为偶人，这样的举动不是很奇怪吗？

　　猫：我写到这里，已经忘了自己是个偶人……
　　大泽：如果已经忘了，那后半段春香和偶人之间的对话还能成立吗？如果视角人物坚信自己能像活生生的人类一样行动，那么读者也会那样以为，可事实却是作者"忘了他是偶人"，这是对读者的背叛。根据小说世界的规则，偶人可以思考、交谈，但到处走动就不行了。既然如此，"忘了是偶人"又该如何评价呢？我认为作者已经出局了。你应该牢记主人公是偶人，换用"诅咒想帮助春香却无能为力的自己"等表达方式，确保不会违反规则。

这篇作品的结局揭示，讲述者其实是偶人，而试图杀人的朽木反被春香毒死，算是完成了反转，但春香投毒杀人并把尸体保存在冰箱里的情节，从一开始就暴露了。这次你所擅长的自言自语得到了很好的运用，后半段的情色部分也表现得很好。这篇作品的优点是对春香的角色塑造和情色方面的描写较好，缺点则是交待过多。

大泽讲师的评价

情节：合格　　**角色**：优秀　　**文笔**：差

对话：差　　　**立意和噱头**：合格

扭转平常的素材

大泽：接下来的作品是驴的《想见你》。驴，请你介绍一下。

【《想见你》故事梗概】

初美拜访了将只写着"想见你"的贺年卡寄给自己丈夫优斗的女

人——相泽雪。雪是个年近五十的老妇，她在二十年前同十三岁的优斗发生关系并结下婚誓，如今仍企图逼初美离开优斗，初美愤怒地离开了雪的家。其实优斗早已离世。故事最后，初美自言自语地反复念着"想见你"。

驴：妻子找到了丈夫以前收到的一张贺年卡，是一个女人寄来的，上面只写着"想见你"，还有那女人的住址——我从别人那里听到这个故事后，觉得写成小说会很有趣，就写出了这篇作品。关于结尾的反转，我一直想不出来，直到上次向您请教后，才终于定为丈夫已死。

大泽：这个结尾可以说是唯一的可能，所以老实讲，我读完丝毫不觉得震惊。故事写得很谨慎，没有漏洞，但是也毫无意外。妻子偷看了一张寄给丈夫的、写着"想见你"的贺年卡。丈夫虽已去世，但妻子仍然爱他，所以怀疑丈夫有外遇，就去找那个女人，得知对方名叫相泽雪，是个老妇，二十年前丈夫只有十三岁时，她是住在丈夫家附近的家庭主妇。如果能把相泽雪的疯狂写得再强烈些，就能让作品染上一种凄美的氛围。现在这样读起来，只是一个独居凌乱家中的寂寞老妪的故事。譬如，可以在主人公离开时，让相泽雪自言自语地讲述自己与优斗的恋情，主人公本以为那是丈夫在少年时代的经历，但很快就怀疑相泽雪最近还跟丈夫见过面；或者可以暗示优斗并非病死，而是在密会相泽雪之后，于返家途中遭遇交通事故身亡。总之，应该扭转平常的素材，强调恐怖的气氛和扭曲的心理。

这篇作品的登场人物只有遗孀和老妪二人。怀疑丈夫搞外遇的妻子和独居老人都是很常见的人物素材。用平常的素材写小说，必须加入某种不平常的东西，否则作品的格局不会扩大。少年时代的优斗曾把巧克力喂给狗吃，致使小狗丧命，这种罪恶感让他与狗的主人——家庭主妇相泽雪——拉近了距离。尽管这样的故事显得既快乐又悲伤，但无法继续扩展。驴，你在上次的作品里描写了一个变态的教师，其实更应该在这次作品里加入诡异的、恶意的、可怕的、疯狂的元素。正因为登场人物是普通人，才应该让读者感到出乎意料的恶意和恐怖。我这次给出的评价没有"差"，乍一看似乎挺好，但故事格局太小是你的弱点，希望你能对这个弱点有清楚的认识，在此基础上打磨你的创意。

大泽讲师的评价

情节：合格　　角色：合格　　文笔：优秀

对话：合格　　立意和噱头：合格

如何活用角色

大泽：下面请虎介绍自己的作品《饿兄弟与吹笛男》。

【《饿兄弟与吹笛男》故事梗概】

小学生遥人和拓是兄弟，他们生在单亲家庭，母亲很忙而且薪水很低，所以他俩每天都会跑去朋友家蹭饭。母亲的前男友碓井很凶，兄弟俩特别怕他。一天，兄弟俩在朋友家里受到了格外关照，却发现一个男人在等他们。遥人以为对方是碓井，受到了很大的惊吓，但其实对方是因担心他们而前来探看的儿童咨询所职员。

虎：您在课上讲过"似坏实好"，我听完以后就琢磨，角色的变化或许也能达到"反转"的效果，于是就设计了这样的情节。

大泽：这篇作品的优点无疑在于兄弟俩的角色塑造。哥哥遥人和弟弟拓明明没被邀请，却谎称受到邀请，跑去同学和朋友家里蹭饭吃。很辛酸，很痛苦。可是就算痛苦，为了生存，也不得不变得如此油滑。这两个孩子的心理状态刻画得非常好，会让读者感到"不希望孩子这样，太难受了"，或者"当父母的简直不称职"。这里使用的素材和驴一样，都是平时常见的素材，但能写出"饿兄弟"这样的角色，我认为对虎来说是一大收获。

不过，这个"似坏实好"的结局太弱了。看起来像坏人的男人，其实是儿童咨询所的职员，因为担心孩子疏于照顾而来进行调查……你去儿童咨询所进行过实地取材吗？

虎：简单调查过。

大泽：儿童咨询所的人也许会调查学校的事，但在如今这个个人信息十分敏感的时代，应该不会去孩子的朋友或邻居家里直接询问，否则一旦不能确认疏于照顾的事实，反而会被孩子的父母以"制造谣言"的罪名起诉。所以我觉得，去兄弟俩的朋友家找他们的人是来自儿童咨询所的"白马骑士"，这个反转本身并不能成立。这篇作品的优点在于兄弟俩的角色塑造得很好，缺点是结局太弱。很遗憾，角色没能在故事里得到最大限度的发展。

大泽讲师的评价

情节：合格　　　角色：优秀　　　文笔：合格

对话：合格　　　立意和噱头：差

确认设定是否矛盾

大泽：接下来是《蹩脚计程车》。海豚，请介绍一下。

【《蹩脚计程车》故事梗概】

小栗纯以前是演员，后来当了计程车司机。工作很无聊，他便吓唬顾客说要用"单侧车轮行驶"，以此解闷。一天，一个貌似富婆的女人上了车。小栗纯故技重施，不料对方却说："那你就用单侧车轮开吧。"小栗纯当然不敢，结果被对方臭骂了一顿。原来，那女人是小栗纯女友由佳的姐姐，她替妹妹担心，就特地来教训小栗纯。

海豚：因为大泽老师用的词不是"急转"而是"反转"，所以根据我自己的理解，可以不靠最后一行文字让读者觉得"干得好，上当了"，于是我就想安排几个小反转，让读者每读到一处都会琢磨"这里是不是反转了"。

大泽：简而言之，这个故事就是"以反转为乐的主人公被'反转'

了"，想法很好。主人公小栗纯是计程车司机，为了消遣而捉弄乘客。素材很平常，但切入的角度十分有趣。小栗纯这个荒唐无聊、思想单纯、自尊心过强的司机角色写得很出色，但女友由佳的姐姐乔装乘车，他却毫无察觉，这就有点儿说不通了。就算姐姐是演员，毕竟是很熟悉的人，多少都该有些察觉才对。还有，小栗纯听到姐姐说"那你就用单侧车轮开吧"，顿时吓得惊慌失措，可是就算在普通乘客里，也有爱开玩笑、跟着起哄的人啊。从这个意义上讲，你应该想出一种更有冲击力的恶作剧。嗯，可能用单侧车轮行驶就已经是极限了吧（笑）。

另外，小栗纯的恶作剧，应该还没被由佳和她姐姐知道吧？因为开篇写着"要是小栗纯冲乘客喋喋不休胡说八道的事被由佳知道了，她肯定会像往常一样，用那种凶巴巴的目光瞪着他，极为震怒地说：'竟敢以捉弄乘客为乐，你究竟是怎么想的！'"所以由佳应该是不知情的。既然如此，最后的结局——姐妹俩知道小栗纯捉弄乘客，才反过来让他中招——就不成立了。这样的设定和结局是这篇作品的败笔。

不过，引子部分写着：

> 双肘顶在方向盘上，两手托着下巴。
>
> 真无聊——小栗纯坐在驾驶席上，呆望着眼前正在停车的其他计程车。
>
> 在方向盘下方的刹车踏板附近，脱掉橡胶鞋的右脚脚尖正在嘎吱嘎吱地搔着左脚底板。他最近觉得自己似乎染上了脚气，所以没穿袜子。

（中略）

待客计程车排了一长串，乘客却只有稀稀落落的几个人。小栗纯已经闲了近一个小时。这个时间如果用来玩游戏，比如怪物猎人之类的，一眨眼就过去了，可是现在怎就变得如此缓慢呢？莫非时间其实是一种生物，而且是坏心眼儿的生物，以捉弄人类为乐？若是那样的话——

时间这家伙的心思，俺倒是有点儿理解……

这段文字的层层推进非常精彩，能够一下子抓住读者，将其拽进故事的世界里去。这篇作品的优点是对小栗纯的愚蠢描写得很到位，缺点在于结局太弱，以及没认出女友的姐姐这一点过于勉强。

大泽讲师的评价

情节：合格　　角色：优秀　　文笔：优秀

对话：优秀　　立意和噱头：合格

公平的规则

大泽：接下来是水母的《秘密复仇》。有请。

【《秘密复仇》故事梗概】

办公自动化机器制造公司营业员真弓的销售额原本排名榜首，却逐渐要被后辈纯子和前男友柴田超过了，所以她一直很着急。这时来了笔大生意，本应由真弓负责商谈，却被柴田的现女友——营业事务部的绫横刀夺走了。然而，一切都是真弓和纯子——其实是真弓的妹妹的刻意安排。谈判对手其实是诈骗犯，因此柴田被警察视为共犯逮捕了。

水母：我们公司的主页上登载着惩戒和解雇的相关条例，我看到后就构思出了这篇作品。

大泽：在讲评一开始，我就曾指出"规则"的问题。你这次的作品主要关系到第二个规则——对读者是否公平。

首先，这篇作品的视角是不断变化的。尽管这是你有意为之，但不同于叙事者视角的其他视角乱入、视角中途改变，以及视角混乱的情况，简直随处可见。这很不好。不克服这个缺点，将很难以职业作家的身份出道，所以请认真听我讲。

第一节是从办公自动化机器制造公司营业员真弓的视角开始的。第二节是真弓的后辈纯子的视角，第三节写着"'真弓前辈，我昨天一直在等你哟。'午休结束返回办公室的绫，在几个男职员的簇拥下，望着跑完业务回来的真弓甜声说道。"看起来是新人绫的视角，但你其实是用谁的视角在写？

水母：本来是想以真弓的视角去写。

大泽：那就应该写成："真弓跑完业务回来，午休结束返回办公室的绫在几个男职员的簇拥下甜声说道。"不然会被读者误以为是绫的视角。还有，第三节末尾写着：

真弓皮笑肉不笑地说完，并没有重新坐下，而是径直离开了办公室。绫凝望着她的背影，眼睛眨也不眨。

这样的表达很奇怪。既然是真弓的视角，她就不可能知道绫正在盯着自己的背影。这样写是绝对不行的。

第四节开头写着："到了下午两点，真弓出门去给客户做演示了。"所以是绫的视角对吧？那么，接下来以"几个小时后，绫的担心变成了现实。"开头的第五节又是谁的视角呢？

水母：是真弓的视角。

大泽：既然是真弓的视角，写成"绫的担心变成了现实"就显得很奇怪，而后面的"纯子不知该如何应对，开始失去镇定"的断言也有问题。既然是真弓的视角，就应该使用"纯子似乎不知该如何应对，脸上露出慌乱的表情。"之类的表达方式，也就是要写真弓眼中的纯子，否则就会显得很奇怪。还有通过"纯子终于想了起来，开口说道。"和"听她一说，纯子回想起了三周前的事。"进入回忆场景时，叙述视角彻底从真弓变成了纯子，致使视角变得格外混乱。

而且，这一幕存在很严重的问题。这里解释了纯子曾经夺走真弓客户的原委：真弓和纯子其实是姐妹，为了向真弓的前男友柴田和销售对手绫展开复仇，姐妹俩计划给二人下个圈套。因此，真弓和纯子争夺客户一事完全是在演戏。然而在叙事部分，却写着"真弓仍死不放手，纯子气愤地回瞪真弓。"不管怎么看，二人都是在真的吵架。这就是对读者的无视和背叛。如果想把二人的争吵写成演戏，就需要全部通过对话部分而非叙事部分来展现。这样一来，就算读者后来知道二人是在演戏，也不会觉得自己被作者背叛了。这种视角的混乱，也会影响到结局。对读者不真诚的作品绝不会得到好评，所以这样的错误一定不能犯。

这篇作品还有一个大缺点，就是在故事的后半段，当真弓和纯子终于给柴田和绫下套时，即第九节最后写着：

> 仓桥和石井起初还有些怀疑，但不知不觉间被柴田那亲切而轻松的销售语言所吸引，到他们回去的时候，柴田已经成了 A 公司的负责人。

这里写柴田横插一脚，巧妙地拉拢真弓的客户——A 公司的仓桥和石井，从真弓手里夺走了合同。这本该是最令读者感到心焦难耐的一幕。这一幕恰恰应当成为着重描写的核心场景，这里却只用了区区几行字进行说明。用坐过山车来形容，这里就是爬向最高点的最重要的部分。没有什么比这样写更浪费的了。

还有，仓桥和石井其实是诈骗犯，是真弓的同伙，可是你没用哪怕一个场景去描写他们，却在结尾突然说"他们其实是诈骗犯"，读者只会觉得"搞什么啊，根本就是作者想怎么写就怎么写"。你应该把他们描写成正经的商人，这样在他们被柴田伺机拉拢以后，读者才会觉得柴田是个坏蛋，从而支持真弓。如果不能诱导读者这样想，最后的突然逆转就完全达不到效果。

从第十节到最后三页，一切真相大白，甚至连反转也做了解释。

柴田和绫一直在交往；真弓和纯子是亲姐妹；仓桥和石井是诈骗犯；整个事件是为报复柴田和绫而布下的圈套……可是这样一来，读者就会感到莫名其妙："那前面的九页究竟算是什么？"回头重读一遍就会发现，这篇小说直到第九节都几乎没给出任何有意义的信息。相反，作为小说必须展现的场景，却以说明的形式统统挤在了最后三页。这是相当严重的问题。你今后再写作时，需要事先意识到哪些场景不需要写，哪些场景不写不行。如果不清楚应该写哪些场景，就姑且全写出来，然后再删除不需要的部分。

最后关于诈骗犯的说明，也成了十分突兀的一幕。最后如果不用较长的篇幅进行说明，读者就会感到一头雾水。从这个角度讲，这篇小说已经失败了。这篇作品在第十二节最后，以"'你没事吧？喂，喂，振作点儿！'绫拼命摇晃柴田的身体，柴田却始终以空洞的目光木然地望着地面。"结束了整个故事，但实际上，在这之前必须埋好伏笔，以便最终揭示真弓和纯子是亲姐妹，以及最后的合同是骗局等所有真相。这篇作品的优点是作者有反转意识，缺点则在于视角混乱。

我的点评可能有些严厉，但毕竟大家已经写到第三篇作品了，被指出弱点和有问题的人，请在下个课题时多加注意，不要反复犯同样的错误。

大泽讲师的评价

情节：合格　　**角色**：差　　**文笔**：差

对话：合格　　**立意和噱头**：差

如何选择身边的素材

大泽：接下来是巴哥犬的《黄昏之王》。有请。

【《黄昏之王》故事梗概】

在公园里的爱狗人士中，有人所饲养的狗被人毒死了，凶手是以前在该团体看起来像领袖的一个女人。新领袖也是个女人，她为了保护自己的爱犬而杀死了凶手的爱犬，却也因此失去了自己的爱犬及其他狗的信任。我听闻此事后，决心坦白自己因过分追求父爱而把父亲的尸体保存在冰箱里的罪过。

巴哥犬：这是我首次挑战推理小说而完成的作品，而且我这次想塑造一个可恶的角色。遗憾的是，罪犯一下子就暴露了，还有大反转——报复不是来自外人，而是来自自己身边——的伏笔布置得不好。

大泽：你此前一直在写历史小说，没想到这次写了现代题材，但我觉得，在前半组（该课题的截止日期分为前后两次）的六篇作品中，《黄昏之王》是最优秀的。

首先，爱狗人士的圈子是很常见的题材，很多人都在写。爱狗人士们去公园散步遛狗，在那里形成了小团体，其中有个类似首领的大婶，很多事都由她来做主，并且这些人会在狗主人的名字后面加上"妈妈"，彼此称呼"龙妈妈""福妈妈"……像我这样不养狗的人，读完这篇作品会感到很惊讶："啊？当真存在这样的圈子吗？"

写短篇小说，一般都会在身边寻找素材，但还是应该尽量选择"想必有人还不知道"的素材。"无人不知其名而少有人知其实"的素材是最有趣的。医院就是典型的例子。大家应该都去过医院，但发生在医院里的事，外人很难知晓。爱狗人士的圈子也是如此，散步遛狗的人随处可见，但他们有着怎样的人际关系，相互之间如何称呼，这些事只有那个圈子里的人才知道。从这个意义上讲，这次的选材很好，非常适合《黄昏之王》这篇四十页的短篇小说。

但有两点不妥。首先是栗妈妈为了报复离开自己的同伴而毒死对方的狗的行为。就算再渴望复仇，爱狗人士会接连杀害无辜的狗吗？我觉得这样做有些过分了。

其次是主人公对父亲的感情。就算以前父女关系一直不好，我还是难以理解主人公把父亲的遗体藏在冰箱里的动机。尽管主人公不是父亲眼中理想的女儿，没有得到父亲的爱，可她又没有杀死父亲，难道把父亲的遗体冷冻起来就算是复仇了？

巴哥犬：除了复仇，她还想留住父亲的笑容。

大泽：那就该把主人公的心理写得更明确些，虽然父亲不喜欢我，但我很爱父亲，可是父亲生前从没对我笑过，所以我想永远留住父亲临终时的温柔笑容。我觉得，像这样把主人公的复杂感情写得更清楚些，能使视角人物变得更有深度。总体来说，我认为这篇作品是前半组的六篇作品中最具独特性的。

大泽讲师的评价

情节：合格　　角色：优秀　　文笔：优秀

对话：优秀　　立意和噱头：优秀

充实短篇小说

大泽：下面来看后半组的作品。先从犰狳的《权造与老人》开始。有请。

【《权造与老人》故事梗概】

我和女儿在公园认识了一位带着大型犬的老人，女儿和他的狗玩得很好，于是问狗叫什么名字，老人冷淡地回答"权造"。后来我听闻权造死于一场交通事故，可女儿却说自己最近还见过权造。我前去确认，发现那只狗一直在由老人的儿子照顾。原来，权造并不是狗的名字，而是那位老人的名字。

犰狳：自从参加这次讲座，我开始重新问自己"应该写什么"，我找到的答案是"回到原点"。我一直很喜欢《欧·亨利短篇小说集》之类的小说。在日常生活中，无意间的细小偏差就可能催生出一幕幕人生悲喜剧，我想写带有浓郁生活色彩的情节。而且，我这次还尝试使用了"隐藏对话"的技巧。

大泽：在你所提交的作品里，我认为这次的《权造与老人》是最好的一篇。有身为讲述者的"我"和女儿的家庭情景，有"我"和女儿在常去的公园里与养狗老人的相遇，并在结局揭示：年幼的女儿一直以为权造是狗的名字，但其实是患有失智症的老人的名字，死去的并不是狗，而是那位老人。这样的情节编排得很不错，但还是有几个地方欠妥。

首先，女儿的设定是四五岁，可在对话部分使用的却全是平假名。这很没必要，因为小孩子说话在父亲听来并没有那么正式，而且全部使用平假名，反而可能会令读者觉得作者的手法很拙劣，完全是把孩子当作小道具用。

还有我已经讲过很多次的，在第四页末尾的这一句：

"将意外地得知事情的真相。"

既然是第一人称叙述，就不该有这种"对于未来的假设"。

情节编排得不错，但前半段应该对家庭的日常生活和父女之间的接触做更细致的描写。例如，可以写孩子与大人稍有分歧就会哭，通过加入这样的"多余场景"，权造其实是老人的名字这一反转能显得更自然。也就是说，要把作为作品框架的"误会"部分刻意隐藏起来。这个过程中出现了一个谜，也就是在公园里遇见的古怪老人和狗，从某个时候起就再没见过了。解开这个谜是后半段的核心内容，可结尾揭示死掉的并不是狗而是老人的部分，都太短了。应该对家庭生活的情景做更多的描写，如果可能的话，还可以编些小插曲，与狗的故事有机地联系起来，最后再从老奶奶那里得知真相，这样写能使小说的"形"显得更漂亮。由于后半段收尾过急，致使类似框架和梗概的部分显得很突出。即使是短篇小说，也应该为解谜和结局反转做必要的铺垫。

大泽讲师的评价

情节：优秀　　角色：合格　　文笔：优秀

对话：合格　　立意和噱头：优秀

分别交待登场人物的意图

大泽：接下来是秋英的《幸福对谁都是平等的？》。

【《幸福对谁都是平等的？》故事梗概】

加耶的丈夫雨宫是一家运输公司的社长。一天，他决定雇用阿川当自己的司机，尽管对方的履历有很多疑点。心下生疑的加耶调查了阿川的过去，发现阿川是雨宫的父亲逼情人生下的私生子。阿川企图向雨宫复仇，就把加耶卷进来，决定实施伪装绑架，没想到雨宫竟毫不抗拒地交出了全部财产。

秋英：为了克服视角混乱的缺点，我打算再次尝试第一人称的写法，可是遭遇了各种卡壳，结构完全没建好。

大泽：大体上说，你对各登场人物怀有什么意图而行动缺乏清楚的认识。

主人公兼视角人物加耶、加耶的丈夫雨宫、雨宫的司机阿川、加耶的好友纱枝是主要登场人物。首先有个前提，就是加耶并不信任阿川。例如文中写道："我为了保护丈夫而参与了阿川的谎言。"可是，当加耶从阿川口中得知丈夫出轨，对象竟是自己的好友纱枝，而且纱枝还有了孩子时，加耶立刻就动摇了："我想质问纱枝，可又怕那是真的，所以没勇气去问。"这就有些奇怪了。还有，雨宫和阿川其实是小学同学，可是加耶雇人调查阿川，却没发现疑点，这也很奇怪。此外，文中有"我决定彻底调查阿川。……报告内容显示，阿川的过去并无问题，也没犯过罪。阿川和丈夫没有交集。"的描述，但事实上，调查公司最初只会调查籍贯和学历。在这个时刻，这个故事已经彻底失败了。同意聊聊的纱枝明明是个外行，却在瞬间完成了对雨宫和阿川毕业学校的调查，这也很不自然。在这方面，秋英你陷入了自己"想当然"的情节。

这篇作品失败的最大原因是，作者自己都不清楚各登场人物怀着什么意图，会做出怎样的行为。你为什么没能讲清楚可疑的员工阿川、好友纱枝与主人公之间的扭曲关系呢？

想想现实世界吧。比如此时此刻，十几个人共处一室，看起来都在认真听讲座，但实际上，每个人都有各自的想法，听讲的方式也不相同。对于同时活动的人物的想法，小说作者必须无一遗漏地全盘把握才行。

不光是秋英如此，业余写作爱好者在描写主人公的心理时，往往容易让其他登场人物进入"休眠"状态。用电影来比喻，就是没出现在银幕上的人统统被定了形。然而现实并非如此。作者必须认识到，每个登场人物都有各自的意图和行为，不然虚构出来的情节就算读到最后也会令人觉得莫名其妙。

秋英你自己可能没意识到，你对反映家庭问题的作品很执着。家庭关系本身就很复杂，如果你再玩弄手段，使其愈发扭曲，就有自陷其中的危险，所以要当心。不过，开篇部分从遭到绑架监禁的场景开始写起，再与回忆联系起来，这样的安排和大团圆结局的构思还是值得肯定的。

大泽讲师的评价

情节：差　　　　**角色**：合格　　**文笔**：合格

对话：合格　　**立意和噱头**：优秀

适合长篇小说的题材

大泽：下面是鳄鱼的《某世界的》，有请。

【《某世界的》故事梗概】

在丹迪生活的世界里，人类拥有访问宇宙意识的能力，推动这种力量发展的班贝格家族拥有崇高的地位。可是，丹迪和罗莎却始终无法访问宇宙意识。随着罗莎去图书馆接触到丹迪，她开始意识到宇宙意识并不存在，并将此事告知班贝格家族，结果对方承认这是事实，并命令她不可外传。

鳄鱼：首先，我想到"大家以为的常识其实只是臆想"这一创意，在此基础上构思角色，建立世界观，但写着写着就发现篇幅超出许多，于是我就删减场景，改变模糊人物的性格设定，到最后总觉得故事的发展完全是出乎我自己的意愿。

大泽：这篇作品是这次所有作品里故事格局最大的，标题也堪称宏大，像是进入了哲学的范畴。但是，我想你自己也意识到了，你想描写的故事的宏大程度与你目前的能力并不相称，所以情节发展读起来会感到很累。不过，你试图构筑一个我们在日常生活中完全想象不到的陌生世界，这种挑战是很有意义的，可以说是你的强大之处，但同时也是你的弱点，表明年轻的你只能靠想象编故事。但正如我对秋英和企鹅所说的，同样是靠想象编故事而失败，敢于虚构格局宏大的情节要比思维局限好得多。不管是家庭的故事还是背叛的故事，我期待见到令人耳目一新的作品，能让读者感到震惊："噢，竟然还有这样的世界观！"反正都是失败，不如挑战"庞然大物"。

鳄鱼你的问题在于，文笔和表达技巧还不够成熟。例如开篇对约翰·戈特弗里德·班贝格的描写："肌肤细腻润泽宛若青年，眼眶深陷，目光锐利如箭，是兼具老练和勇壮的极端复杂的人物……""极端复杂"是用来表现内在性格的，所以这里只写"兼具老练和勇壮"就够了。语言过于浓墨重彩，反而会变得含义模糊。还有同一页的"班主任道了声再见，便步履轻快地走出了教室。他是个年轻的男老师。"讲述者应该从一开始就知道班主任是个年轻的男老师，所以没必要特意说明。登场人物中的罗莎是个好强的女子，这样的角色在轻小说里随处可见，但你把她写得很成功。

故事的结局揭示，大家所相信的"宇宙意识"其实并不存在，就算是发现这一点的人也佯作不知，以维持世界和平。这样的情节如果写成小说，非数百页规模的长篇大作不能使结局圆满。挑战的精神值得肯定，但以四十页的短篇来挑战这个情节，还是过于勉强了。

大泽讲师的评价

情节：合格　　角色：优秀　　文笔：差

对话：合格　　立意和噱头：优秀

如何巧妙地利用伏笔

大泽：最后是海豚的第二篇作品《V 字手！》。

【《V 字手！》故事梗概】

高中生奈菜的母亲聪子身携巨款而遭遇抢劫，与劫匪争斗时受了伤。奈菜来到警局，然而，奈菜的目的只是"欣赏"母亲难堪的表情。这是个单亲家庭，奈菜与拜金的母亲一直不和，但实际上，聪子真正想守护的并不是钱，而是手机，里面存着女儿奈菜唯一一张有笑颜的相片。

海豚：听到分为两次截稿时，我就决定写两篇作品。在写这次的作品时，我特别留意了此前学到的角色塑造和对话技巧。

大泽：你很有自信。这是一篇很棒的作品。主人公奈菜和母亲以前的一次赶海经历，是母女之间唯一的快乐回忆。为了夺回存有那次赶海照片的手机，母亲直面劫匪而受了伤……故事情节就是这样，而开篇的写法也很出色：在警局的走廊里，只有奈菜和生活安全课的刑警大叔两人。在这种状况下，通过二人的对话，奈菜的家庭生活得到了真实的呈现。而且，奈菜这个女高中生的角色也写得很好：

> 平时穿高中校服，我也会把裙子变成超短裙。腰围如果折得太多，裙褶会显得很乱，所以我会向内翻折，再系上腰带。至于大腿，我从没想过要尽量遮挡。

这样的描写非常真实，不知你是如何懂得这种知识的，叫人有点担心啊。（笑）还有刑警松木附子犬买给奈菜的"果粒橙"罐装果汁，作为小道具的用法也相当高明，很有感觉。尽管奈菜心存反抗，管松木刑警叫"丑犬"，但她听着松木的计划，逐渐就和对方聊了起来。后来又出现了一个查办此案的刑警，这人告诉奈菜，母亲想从劫匪手里夺回的并不是钱，而是手机，里面保存着奈菜唯一的一张有笑颜的相片。这时松木说："哎呀，那是寂寞的笑容呢，还是喜悦的笑容呢？"面对松木的嘲弄，奈菜的心理活动是："闭嘴！丑犬！我也不知道啊！我想冲她怒吼，可是发不出声音。"这个结局写得非常棒。我认为，如果篇幅再长一些，就能成为一部催人泪下的小说，因为这篇作品里汇聚了感动人心的素材。

大泽讲师的评价

情节：优秀　　角色：优秀　　文笔：优秀

对话：优秀　　立意和噱头：合格

■总评：如何埋设伏笔

大家埋设和利用伏笔的技巧还远远不够啊。伏笔应该埋在哪儿，又该怎么埋？最简单的方法是，埋设多个同样的伏笔。把握作品的整体，首先在一开始就埋下一个伏笔，在刚过三分之一的地方埋一个，刚过一半的地方埋一个，到三分之二处再埋一个。然后只要在推敲阶段，把自认为最好的那一处保留下来，其余的统统删除即可。我认为，这是埋设伏笔最有效的方法。我本人就是那种不怎么考虑情节就开始动笔的人，所以伏笔总是在无意识中埋得到处都是，其中既有用得到的伏笔，也有用不到的伏笔，而用不到的伏笔只要还是"伏笔"，没有出格，读者就会自动忽视。即使是特征很明显的伏笔，如果觉得没用，写完删掉就是了。我一直都是这么干的。

对于新人奖的评委会来说，完全没有伏笔就突然发生逆转的作品，与仔细埋设伏笔后再反转的作品相比，后者就算伏笔过于明显，也能得到更高的评价。因为即使作者埋设伏笔的技巧很差，评委至少知道作者具备伏笔意识，况且完全可以在写完之后再做删改。相反，事后追加伏笔是非常困难的。所以，如有适合作为伏笔的描写或语句，请放心大胆地写进去吧。如果作品伏笔过多，导致反转的意图过早暴露，但这与其说是伏笔的问题，不如说是故事的结构过于简单，给人的提示过多，才会导致结局尽在意料之中。

有的作品，故事结构并不简单，但正是由于没有伏笔，才导致大结局的效果不够理想。请大家牢记，没有伏笔的反转是不会得到好评的。

虚构自己从没见过的故事

大家这次提交的作品，绝大部分都是预料之中的情节、平庸简单的世界观、不难想象的设定。我的意思并不是不能写家庭或公司的故事，或者让大家都像鳄鱼一样写格局宏大的故事，而是希望大家在想创意时，能怀着"这样的故事是不是已经有人写过了"的疑问。有没有类似的电视剧？自己以前是不是读过类似的故事？要像这样怀疑自己。请像《黄昏之王》那样，寻找能让读者觉得"噢，原来爱狗人士的圈子是这样的啊"的素材。"虚构自己从没见过的故事"很难，可能有人认为，怎么可能编出连自己都不知道的故事呢？但我希望参加这次讲座的各位，能在"编构自己从没见过的故事"的前提下，构思有新意的情节。这就是独创性。

独创性是教不了的

在这次讲座中，我讲到了第一人称的写法、角色塑造、对话部分等各种写作方法，但唯一教不了大家的，就是"独创性"。我给不了大家独创性。我不能告诉大家，谁去写科幻小说，谁去写推理小说，谁去写历史小说。大家只能把自己脑中的素材写成小说，如果保管素材的"抽屉"太小，就只能写小的作品。那么，怎样才能让"抽屉"变大呢？正如我多次所说，大量读书是唯一的办法。

课题 B

写"自己想写的世界"

选择与故事相符的人称

大泽：下面开始讲评。今天按作品的提交顺序进行，首先是巴哥犬的《转告我的英雄》。

【《转告我的英雄》故事梗概】

　　高藤八广是一栋旧公寓的房东兼管理人，房客是一群很麻烦的人，他一直在为每月收取房租而奔波。其中，301室的村田夫妇欠债越来越多，而且似乎一直在虐待自己的孩子。本身曾是受虐儿童、在保育机构长大的高藤八广，与其他住户共同制定计划，救出了孩子，并把公寓改成了儿童保育机构。

巴哥犬：我以前做过租赁管理的工作，还记得当时发生的一起真实事件，就把它写进了这篇作品。我上次曾问您能不能使用"假面骑士"等英雄的名字，所以这次就按您的指点，使用了原创的英雄名，并调查了虐待儿童的相关资料。

大泽：巴哥犬的写作水平非常稳定，这次的作品也很不错。尤其是在引子部分，用近似"硬汉派"的笔触描写了公寓管理人的艰辛工作，文风也很幽默，非常棒。主人公最后将公寓改建成儿童保育设施，这个结局虽有几分漫画风格，倒也蛮好。不过，我希望通过这次讲评，能让大家的写作水平提高一个档次，所以我不免要说些难听的话了。

　　这篇作品使用了第一人称，那你有没有考虑过可以选择第三人称呢？主人公的设定是曾在儿时亲身经历过被虐待，这没问题，但遗憾的是，主人公遭受虐待的细节部分几乎没做任何描写，这就太弱了。如果能在故事的各个关键场景，把主人公自身的受虐经历和痛苦回忆反映出来，与现实中正在发生的少年受虐事件更有机地结合起来，故事就能变得更有深度，并给读者以更大的震撼和感动。在我看来，使用第一人称难免会使故事变得沉重，令作者痛苦得难以下笔，但若是使用第三人称，就能更客观地描写主人公的过去了。

大泽讲师的评价

情节：合格   角色：优秀   文笔：优秀
对话：优秀   立意和噱头：优秀

应该交待的事情和无须交待的事情

大泽：接下来是猫的《曼珠沙华之女》。有请。

【《曼珠沙华之女》故事梗概】

齐藤一剑术高超，据称可与冲田总司一争高下。他在去京都的途中遇到贼人袭击，将贼人击败后，一奇异女子阿茑邀其担任赌棍头领幸藏的保镖。可是齐藤一却被她下药迷倒，遭受拷问。他痛骂笑吟吟的阿茑，却在当晚被阿茑救出，二人一同讨伐幸藏。事后，齐藤一犹豫该不该杀死阿茑，但最后还是继续独自一人奔赴京都。

猫：我不久前还在写"新选组"题材的长篇小说，这次就想写一写齐藤一。虽然时代有些偏差，但幸藏确是真实存在的人物，只是这些事其实并没发生在齐藤一身上，但我还是写得很开心。

大泽：很遗憾，你说明过多的坏毛病又犯了，可又不是所有地方都说明过多，一些需要仔细描述的部分，说明却反而很少，给人以轻重浓淡极不协调的感觉。

例如齐藤一落入陷阱遭到拷问的场景。在"'不能认输！'齐藤一痛得直冒冷汗，却仍拼命咬紧牙关，忍住不叫。"之后，接有"江户町奉行所施行的拷问，按由轻到重的顺序，分别是笞刑、石压、虾缚、吊刑四种……"的说明，可是读者仍然不清楚齐藤一遭受的究竟是哪种拷问。

猫：一开始写了"被吊着"，所以应该是吊刑……

大泽：既然如此，就有必要描写得更具体，比如"竹鞭呼啸而落，深深陷入齐藤一的身体""皮肉被抽打出累累瘀痕，继而皮开肉绽，开始汩汩冒血""一阵抽筋斫骨般的剧痛贯穿全身"等等，而你的描写过于抽象，始终只停留在齐藤一的精神世界。必须在这里让读者具体体会到齐藤一所尝到的痛苦，否则到后面的"意识开始远去，却被强烈的痛苦又拽回现实"，读者将体会不到"痛苦"的程度。该场景是一大看点，所以像现在这样写有点儿弱。

后半段的对话描写马力全开，却显得过犹不及。例如"'阿茑，你这可怕的女人。'齐藤一向深不可测的阿茑发出诅咒。"彼时彼地的齐藤一应该无暇顾及"阿茑的内心黑暗"，也不会啰哩啰嗦地说："'竟把男人当作玩物折磨……你真是个足以令鬼神退避三舍的大怪物啊。你记好，要把幸藏也一同杀掉。'"顶多只会说一句"我绝饶不了你"。还有后面的"阿茑是一个有着可怕嗜好的女人，连声名狼藉的幸藏也不敢轻易得罪她"的说明，以及"'啊，太可怕了，真是个可怕的女人，没准儿哪天睡着了，就得被你割下脑袋，可我就是喜欢你这深不可测的可怕，啊哈哈哈哈！'"等等，简直成了漫画式的描写。没必要的说明和台词太多了。

　　后来，本该是圈套布置者的阿茑却来搭救齐藤一，并说："你真是受苦了。现在幸藏的大部分手下都出门收货去了，院子里人手不足，我们正好可以一同远走高飞。"齐藤一的反应却是："面对如此出乎意料的局面，齐藤一瞬间陷入混乱，而后立刻感动地说：'抱歉。刚才的蠢话请你原谅。在下是个笨蛋，把你为了救我而说的谎话当真了。'"这样的理解是不是为时过早了？一般该怀疑这又是一个陷阱才对。如果齐藤一产生怀疑，表示"别耍花招了"或"我不会再上当了"，阿茑该如何反驳？本来，阿茑的目的应该是利用齐藤一，把幸藏一伙人斩尽杀绝，如果没有为了达到这个目的而制定的战术，又如何体现阿茑"深不可测的可怕"呢？如果阿茑说："对不起，先生。我刚才之所以说那些话，是怕幸藏怀疑，不然连先生你可能也会被他杀死。现在请跟我一起逃走吧。"齐藤一自然会说："不，是我没沉住气。"你本该采用这样的写法，让阿茑在看透齐藤一性格的基础上制定战术，从而展现其令人憎厌的恶女形象。可事实上，你笔下的齐藤一却随随便便就赞同地说："好，杀光他们，把幸藏一党斩尽杀绝。"

　　从标题可以看出，你是想借这个故事描写"恶女阿茑"对吧？可是，由于齐藤一的各种自行理解，推动情节向前发展，结果没有余地重点刻画阿茑的角色了，这就太浪费了。你应该利用描写的轻重缓急，在齐藤一受苦的场景，要写清楚具体哪里苦，还要清晰地呈现出阿茑的战术和如意算盘，这样一来，齐藤一就会按照阿茑的意愿行动。另外，阿茑的目的也不够明确。她杀死幸藏一伙恶徒，应该还有另一个理由，比如为了劫走不义之财逃之夭夭，不然其恶女的形象就会略显苍白无力。从《岸和田花车节上的奔跑男！》（为课题"练习掌握第一人称的写法"而提交的作品）里的风骚大姐大、《云畑情歌·谷汲观音的轮回之梦》中的可怕女尼等角色可以看出，你很喜欢写可恶的女人，但今后如果再写这类角色，请赋予其只有你才能写出来的东西。

　　拷问场景和阿茑救出齐藤一的场景写得过于简单，但我看你以前的作品也发现，动作场景和情色场景都写得很出色。不过，我觉得你在情色场景上受男性作家的影响过多了。在我看来，你应该利用女性的特有视角，对女人的可恶和狡猾做更生动的描写，这样能使你想写的东西更加贴近读者，而且我觉得你能做到这一点。

　　这次的作品既有说明过多的部分，也有说明不足的部分。如果是全部说明过多，只要设法删减就可以了，所以你的这种情况其实更糟糕。为了避免不协调，要从读者的角度去读和写，不然就算写几百页，也难有出头之日。因为你的坏毛病又犯了，所以我这次的评价比较严格。

大泽讲师的评价

情节：合格　　角色：差　　文笔：合格

对话：差　　立意和噱头：合格

角色鲜明的效果

大泽：接下来是犰狳的《三封信》。

【《三封信》故事梗概】

幸太的爱妻恭子病故，留下了三封信，收信人是二人当年穿卡通人偶服装打工时认识的同伴们。当时，幸太向身穿卡通人偶服装的恭子告白了。有两封信都送了出去，第三封的收信人尚美却拒收。信上写着"谢谢"的字样。原来，当年幸太告白时，卡通人偶服装里的人并非恭子，而是尚美。

犰狳：这半年来，我一直苦恼于不知道自己想写什么，后来在NHK的纪录节目中，看到命不久矣的母亲在死前给女儿们留下菜谱的故事，一下子就被震撼了……于是，"死去的人能留下什么""活着的人能做些什么"就成了我想写的主题。然后，我想到"卡通人偶服装"的诡计，还有一些温暖人心的元素，就想把二者合而为一来写。但是听完老师先前的课程，我如今切实地感觉到，这篇作品还是没有"刺"。

大泽：你进步很快。这篇作品正是因"卡通人偶服装的诡计"这个设计而写得格外出色，而使得这一诡计如此突出的最大原因，是尚美这个大阪的酒馆老板娘。昔日友人来访，尚美听闻当时的朋友——主人公的妻子恭子——已经去世，却拒绝见客，对于恭子在病榻上写给她的信，尚美也表示"抱歉，我不想看"。可是，当尚美听说那封信透过信封只能看见"谢谢"两个字的时候，她却突然失声痛哭。于是，主人公二十年前告白的对象其实并非恭子这一反转结局就猛地呈现在读者眼前了。我认为，这篇小说是犰狳至今所有作品里最出色的。遗憾的是，最后三句话多余了，尽管作为新人奖的应征作品问题不大。

犰狳：我之前也在犹豫要不要加进去。

大泽："我还活着，所以能与朋友饮酒作乐。我还活着，所以能和大家齐声欢笑。我还活着，所以想你，恭子。"这三句话有强行煽情的嫌疑，或者说成了宣传广告。如果能用一句恰到好处的话替代这三句话，我相信效果会更好。

素材的使用也异常高明。最爱的妻子病故以后，主人公殴打上司，辞掉工作，变得自暴自弃，甚至希望自己干脆死掉算了。就在这时，好友出现。这个朋友也是个很不错的家伙，劝说主人公和他一起去曾经共同生活过的大阪看一看。从某种意义上讲，这样的情节发展很老套，并无新意，但正是"卡通人偶服装"的部分，使其摆脱了窠臼，而利用众人合影的伏笔，也在很早的阶段就巧妙地埋设下来了。在卡通人偶服装里默默点头的尚美，其心境简直同西哈诺·德·贝热拉克①

———————
①　1619~1655，法国剑客、作家、哲学家、理学家。大鼻子情圣的原型。

一模一样。尚美后来也守住了自己与恭子之间的秘密，成了酒馆的老板娘。听闻恭子的死讯后仍持拒绝态度的尚美，直到最后关头，因为信中的"谢谢"，再也不忍继续赌气，终于哭了出来。这个场景写得很好，不仅使酒馆的情景跃然于眼前，更能让读者感受到尚美这个历经艰辛、如今满口浓重大阪腔的酒馆老板娘的成熟女性可爱之处。通过这次课题作品，我感觉有好几个人都有明显的进步，犹狳便是其中之一。虽然你说这篇作品没有"刺"，但我认为这仍是一篇非常出色的小说。

大泽讲师的评价

情节：优秀　　角色：优秀　　文笔：合格

对话：优秀　　立意和噱头：优秀

构建最精彩的场景

大泽：下面是貘的《夏之虫》。有请。

【《夏之虫》故事梗概】

社长片冈自家经营的片冈物产公司将面临美国企业的起诉。片冈听从律师阵内的建议，与日本的四大事务所签订了顾问合约，从而免于被起诉。然而，这一切都是阵内的阴谋，其目的是把片冈彻底打垮。而结局是，面对新的起诉，片冈根本拿不出律师合约。

貘：我以前写小说，几乎都是不确立情节就开始动笔，这次则打算把情节从头到尾设计好再写。然后，我想让各种不同立场的人在涉及法律的商业场景中登场，描写他们之间的人际关系，于是就有了这篇小说。

大泽：我读后的第一感想是："貘，这不是想做就做到了么。"在你所写的以律师事务所为题材的作品中，这一篇是最有趣的。这个故事讲了一种阴谋，反派使用类似"卍字固定锁"的方法，让公司与所有主要的法律事务所签订顾问合约，断绝了片冈社长的退路，迫使其卸任。你以前的作品，尽管讲的也是法律事务所的故事，但很遗憾，没能利用好题材，但这次写得不错，包括专业术语的说明在内，读者不用调查研究就能轻易理解。

不过可惜的是，故事缺乏力度上的强弱变化，原因在于，你没有描写片冈社长落入圈套的部分，而只是像"先是变成这样，又变成这样，然后变成这样，最后就变成这样了"一样进行了说明。在最后一章，片冈物产的法务部长福岛与顾问律师阵内结成一伙，企图赶走社长。对于这一幕解任大戏，你是用"'片冈社长你可能也会自己找律师，但如果我们和"四大"都不行的话，找别人也是白费力气。''没错，而且明显违反裁决结果的行为也可能被媒体知道，进而引发代表诉讼。''这充分暴露了创业家不持股的家族企业模式的弊端，社长可能不得不离任，但为了保护公司，这也是在所难免的。'"这种二人对话的方式说明了一切。片冈社长发现"糟了，我上当了"以后，又是作何反应的呢？标题隐含"夏虫扑火"之意，对吧？既然如此，就该让读者清晰地看到片冈社长垂死挣扎后仍被迫卸任的场景，否则难以令读者信服。还有，年轻的女律师们在联谊会上畅谈时，注意到大家都与同一家公司签了顾问合约，纷纷互相询问"啊？你也是？""这太奇怪了"。看到这一幕，读者也会发觉"肯定有鬼"，就会明白这是逼迫片冈社长卸任的陷阱。既然如此，社长卸任的一幕就该是高潮。

故事一定要有最精彩、最值得看的场景。应该展现的场景要让读者看清楚。光靠说明解释，成不了有趣的小说。写作时应该弄清楚该作品的看点、高潮在哪儿，要时刻留意在哪个场景让读者涌起怎样的情绪。很遗憾，这篇作品没有这样的高潮，但比你以前的作品仍有很大的进步。擅长写这种题材，是你的武器，我觉得你这次很好地利用了这个武器。

大泽讲师的评价

情节：合格　　　角色：合格　　　文笔：合格
对话：差　　　立意和噱头：优秀

引领合适的读者走进新世界

大泽：接下来是鳄鱼的《梦之国》。

【《梦之国》故事梗概】

我因过度劳累而昏倒，住进了医院，醒来后发现自己变小了，正身处老鼠的国度。渐渐地，我和会说人话的老鼠们混熟了。一天，一只老鼠掉进洞里，我用随身携带的绳索救它时，对它的处境感同身受，以至于昏睡过去。再度醒来以后，我又变回常人，于是决定辞去自己在日本驱鼠协会的工作。

鳄鱼：对于"创造自己想写的世界"这一课题，我思考了两点。首先，我想尝试加入大量稀奇古怪的元素，并用一本正经的笔法去写。其次，我想让主人公通过在那个世界的经历而有所变化、成长。可能这个创意本身没什么意思，但我觉得自己还是很好地把它写完了。

大泽：通过看这次的作品，我觉得鳄鱼的进步也很大。尽管这个故事没什么价值，我还是笑着读完了。

主人公是一个决定辞去某个协会工作的男人。他是个老好人，被强加烦琐的工作也不会拒绝。一天，主人公的身体突然缩成了老鼠那么大，并开始在老鼠的世界里生活。他依旧身穿西服，带着工作用的皮包，缩小的电脑也仍能使用。在老鼠的世界里，老鼠们像"铃木""木下"一样彼此称呼，用日语像普通人一样与主人公交谈，非常有趣。随着情节的发展，我们知道主人公其实在一个名叫"日本驱鼠协会"的机构工作。这样的小插曲效果也很好，让我有种"啊，我变得不纯洁了，最近写不出这样的故事了"的感觉（笑）。这样的小说确实挺有趣，也能让人在某种程度上产生共鸣。

不过，问题在于"这样的小说能不能成为商品"，这是不是读者乐意掏钱购买的小说。如果是面向儿童的绘本或童话，或许定位会好一些，但作为面向成人的小说，这篇作品似乎过于平淡温和了。但不管怎么说，至少作品的世界是完整的。尽管结局是"南柯一梦"，但对于这篇作品来说，这样的结局也是合适的。换句话说，因为一些小素材用得巧妙，起到了很好的效果，以至于梦境的结局也是可以接受的。

这篇作品给我的印象是，你没有浪费在这次讲座中学到的东西，把它们很好地用在了作品里。等你以后成为职业作家，将面临的重大课题就是：如何把自己喜欢的世界、从来没人读过的东西，写成足以成为商品的小说。关于这篇作品，我认为写得很好，所以给出了很高的评价。

大泽讲师的评价

情节：优秀　　角色：优秀　　文笔：合格

对话：优秀　　立意和噱头：优秀

只交待往事会缺少"刺"

大泽：接下来是秋英的《膝盖》。有请。

【《膝盖》故事梗概】

眼看就要跟浩介结婚的惠接到了父亲打来的电话，母亲利惠去世了，可惠并不打算理会。十二岁时，她被父母赶出家门，寄居在姑妈家里，她觉得自己是被父母抛弃了。在浩介的劝说下，惠回到老家后才明白，原来自己儿时一直被父亲性侵犯，母亲是为了救她，才忍痛送她离开的。

秋英：我总是处理不好"视角"，所以这回再次尝试从头到尾使用第一人称。还有，您此前曾指出，我对各登场人物的想法缺乏明确的认识，所以我这次在写作过程中也注意了这方面，但感觉还是有不少问题。

大泽：我觉得，比起你以前的作品，这篇小说也进步了。故事的关键部分是主人公儿时一直被父亲性虐待。这个主题其实在众多作品中都曾出现过，例如道尾秀介的很多作品，讲的都是主人公因为有心理创伤而犯罪的故事，也曾获得直木奖。从这个意义上不得不说，《膝盖》这个故事"缺乏新鲜感"。性虐待题材跟《转告我的英雄》里的儿童虐待一样，尽管是相当沉重的主题，但相关小说太常见了，甚至还有主人公最终死亡的。这样的题材，怎样才能写得与众不同，写出自己的特色和味道，是你今后的一大课题。

作为小说，这篇作品的"形"是你至今所写的作品中最为规整的，但从"小说的刺"这个意义上讲，则不然了。故事讲述了主人公在幼时曾遭到父亲性虐待，和母亲也有争执，但借着自己结婚和母亲亡故的契机，她终于发现了母亲当初离开自己的真相。与母亲和解这一主题很好，小说的"形"很规整，但遗憾的是，这篇小说没有"刺"。

原因之一在于，故事所讲述的绝大部分内容都是早已结束的往事。前嫌冰释以后，还应该继续写主人公现在乃至将来的故事，让主人公决定今后要更好地生活，这才能在读者心里激起阵阵涟漪，让读者产生"啊，读过这本小说真是太好了"的感动。不过，有的读者也可能对虐待等情节漠不关心，认为这跟自己毫无关系。

秋英，你今后应该考虑的是，不光故事要编得好，还要写出不会让读者看完觉得"So what？"的作品。换句话说，你要考虑读者会比较主人公和自己。例如，主人公将在近期嫁给男朋友浩介，那么浩介和主人公的关系怎样？主人公儿时被生父性虐待的经历，无疑会给其以后的人生和恋爱留下阴影，主人公是如何克服这个问题的？你完全没写。主人公会不会对性爱感到惧怕或犹豫？还是当作没发生过那样的事呢？她跟浩介的恋爱关系是否融洽？是否只有浩介打开了她的心防？通过加入这些情节，能让这篇小说给读者留下更深刻的印象。既然选择了这个题材，就要考虑周详。

你写的《转告我的英雄》的设定跟这篇作品也很相似：主人公曾在儿时遭到虐待，正因为这段痛苦的经历，他才会为解救受虐的儿童而展开行动。在行动的过程中，他和以前被自己视为"废物"的公寓租户们成了朋友，发现了他们不为人知的另一面。最后，主人公毅然把公寓改建成了儿童保育设施，以崭新的面貌迎接未来。

《膝盖》也有"与母亲和解"的主题，但只写了往事，以至于让故事处于一种封闭状态。你完全可以利用浩介这个人物，让故事变得开放。这里有点儿可惜，不过这篇作品还是让我感受到了你的明显进步。

大泽讲师的评价

情节：合格　　角色：差　　文笔：合格

对话：合格　　立意和噱头：合格

振幅越大，越能感动读者

大泽：接下来是驴的《事务员教师》。

【《事务员教师》故事梗概】

三岛是某小学的事务员。一天，在他离开办公室期间，放在屋里的一笔钱不见了。当时在附近的学生说没人进去过。原来，窃贼是另一个学生，他借着来事务室玩的机会，事先藏在了屋里。这个学生是单亲家庭，母亲忙着赚钱，他为了让母亲有更多的时间跟自己相处，就偷了钱想送给母亲。

驴：我以前就想以自己的工作为素材写小说，所以这次就根据真实事件，写了这篇关于学生在学校偷钱的推理小说。我利用"隐藏对话"，挑战"密室推理"，自己觉得写得还算可以，把我想写的东西都写出来了。对于犯人的角色，我本来还想做更进一步的描写，但受篇幅所限，或许这个题材适合写成篇幅更长的小说。

大泽：与你以前的作品相比，这篇小说的确充实丰富了许多，或许跟你自身的工作也有关系。总之，这篇作品以小学为舞台，登场人物的性格非常鲜明，可谓跃然纸上。

不过，主人公误会小学生拓郎和祐二的情节，完全起不到诡计的作用，因为文中已经说明每个人的区别，问题学生实则另有其人。事实上，唯一的目击者"声称没看见有人进去，但并没说没看见有人出来"，这才是"对话诡计"，其本身是成立的，但写得并不好，无法让读者感到"啊，被骗了"。不过，在圣火传递手跑来的最后一幕，你把小学老师们对孩子们的爱写得非常出色，这部分也许能带给读者小小的感动。那么，怎样才能让小感动变成大感动呢？

只要把问题变得更大、更严重就可以了。钱款被盗，主人公开始搜查犯人，尽管被误导怀疑圣火传递手是犯人，但最终还是不得不进行内部处理。现实中如果发生这样的事，恐怕也是一样的结果，因为学校里的麻烦事一旦外泄，可能会造成更大的问题。然而，要想掀起故事的高潮，迎来皆大欢喜的结局，就必须先让登场人物和读者感觉更难受，比如写事件传开，学生的父亲或兄长怒吼着跑来质问；或是写主人公蒙受冤屈，心情苦闷……通过这些令人不快的负面部分，能够更好地凸显正面部分。增大从负面到正面的"振幅"，能让读者对皆大欢喜的结局产生更愉悦的感受。

在我看来，如果能再多下些功夫，把事件和问题先放大再收敛，后半部分的效果就能变得更好。不要刻板地仿照现实，把故事收缩在一个狭小的范围里，应该塑造讨厌的人物，或是让主人公遭遇不幸。

例如，可以写主人公身上带着另一笔钱款，却不慎当众掉落，引起了学生们的怀疑，主人公变得语无伦次，解释不清，再写他的感受："从那以后，大家都用冰冷的目光看我。"如此增大"振幅"，让故事更富于变化，是很有必要的。不过不管怎么说，这篇小说真的让我感觉到了你的进步。

大泽讲师的评价

情节：合格　　**角色**：优秀　　**文笔**：合格

对话：合格　　**立意和噱头**：合格

对过度遵循设计图的不安

大泽：接下来是海豚的《请送我去监狱》。有请。

【《请送我去监狱》故事梗概】

计程车司机信子的儿子正之被车轧死，肇事司机逃逸。信子重新回归工作后的某一天，一个名叫淳的青年坐上了车，叫信子送他去警局。淳正是那个肇事逃逸的司机。信子不想让对方通过自首减罪，就套出他的话，载着他驶向其母所住的医院，可是淳却中途逃走了。原来，淳在中途发现信子是正之的母亲，于是决定逃走。

海豚：我把"模糊的记忆"错写成了"摸糊的记忆"，提交稿件后才发现，非常羞愧……

大泽：那不要紧（笑）。想必大家都发现了，海豚这次写得非常出色。在肇事逃逸事故中失去儿子的计程车司机母亲，载着打算自首的犯人驶向警局，该犯人在发现司机身份后竟然故意逃走，最终再次被主人公抓住。这样的小情节很有新意。最值得赞赏的，是对身患癌症的犯人母亲的描写，真的特别精彩。从《皮靴女与皮包男》到《Ｖ字手！》，再到这次的作品，海豚明显得到了很好的锻炼，技巧越来越娴熟了。

当然，海豚并不是在所有方面都做得很好。透过过于明显的技巧，可以看见背后的设计图。从某种意义上讲，这篇小说也是遵循设计图的小说。肇事逃逸的犯人偶然乘坐了受害人母亲所驾驶的计程车前往警局，要说这种事情有没有可能，在小说里是有可能的。人物描写也中规中矩，足以给读者留下印象。"小说的刺"也是有的。但必须要说的是，这里有聪明反被聪明误的危险。海豚，这方面是非常难指导的。

比方说，你以后参加新人奖时，可能会得到"这个人的笔法过于工巧了""虽然写作技巧很好，但似乎都是在脑袋里捏造出来的"之类的评价。虽然我并不认为你的作品全是在脑中生生捏造出来的，但文学奖的评审总是有扣分的理由，所以评委会以挑剔的眼光审读，写法过于工巧的作品，将难以看到作者的"用心"。

在你的作品里，我最喜欢的是《Ｖ字手！》。不良少女与丑犬刑警过招时的粗俗气息，很好地体现了你的风格。与之相比，这次的作品显得过于工巧了。一块块碎片嵌入得过于工整，反而令人感到不安。我这是在夸奖你哟。（笑）虽然是夸奖，但这种工巧说不定也会拖你的后腿。那该怎么办呢？又不能叫你照着笨拙去写（笑）。

当然，并不是说这种工巧能让你立刻成为职业作家，也不是说这种工巧在参加新人奖时一定不能用。关键在于，你最好怀着"自己的长处有时也会成为弱点"的忧患意识。请牢记这一点。

大泽讲师的评价

情节：合格　　角色：优秀　　文笔：优秀
对话：优秀　　立意和噱头：优秀

插叙说明会影响代入感

大泽：接下来是水母的《中继器》。

【《中继器》故事梗概】

香坂寿寿在呼叫中心工作，一天接到了客户清打来的电话，声称"有人要杀我"。寿寿很担心，就去清的家中找他，却被数人袭击，而清下落不明。寿寿重返公司上班后，又被同事和子和金城绑架。二人打算将寿寿杀了灭口，却互相起了争执，最后和子刺死了金城。

水母：我这次选定了自己较熟悉的呼叫中心为背景，并对您多次提醒的"视角问题"加以留意，忠实地采用了客观的写法。由于没加入主人公的心声，所以角色写得不够鲜明立体，这是我应该反省的地方。还有，由于篇幅所限，不得不做大量的简化。

大泽：我觉得，你从呼叫中心这一题材中找到了很好的着眼点。只不过，细节上还有许多地方处理得不到位，下面逐一说一下。例如"寿寿的表情变得僵硬，同时加快了脚步。"这句是香坂寿寿的视角，这样写很不协调。还有"在月丸的催促下，寿寿坐在沙发上，可是心里很不安，两只手一会儿分放在大腿上，一会儿又紧握在一起。"也是千篇一律的老套描写，很难给读者留下印象。你应该考虑能否从香坂寿寿的视角出发，换用较为新颖的表现方式。另外，同一页最后的"'很少见女人戴这种手表。'那手表具有记录跑步数据的相关功能，是著名体育厂商生产的最新型号。寿寿难为情地用手遮住了表。"也过于说明化了，应当重新斟酌一下。还有，文中出现了涉及鲁米诺反应的诡计，但事实上，就算擦去血迹或撒漂白剂，也很难在短时间内使血痕完全不出现鲁米诺反应。所以作为主要的诡计，这样写实在不够严谨。

在香坂寿寿对接线员产生怀疑，开始进行各种调查的场景里，文中写道："寿寿开始仔细核对每个接线员的出勤记录，查到加藤和子时，突然停住了手。"这完全就是剧本上的舞台提示嘛。还有"然后露出可怕的表情，坐直了身子"以及"寿寿看向监视器。和子正在待机。寿寿端着马克杯的手在颤抖。"根本就不是香坂寿寿的视角，后面的"寿寿一惊，失手把马克杯掉落在地。"完全就是老式戏剧那一套，其实用"不禁弄洒了咖啡"就可以了。

接着，在香坂寿寿遇袭的场景又这样写着：

寿寿离开公司时已近傍晚五点，外面天色昏暗，仍在下雨。她站在公司前的汽车站，等待开往涩谷的公交车。其间，她给月丸发了一封邮件："我现在在公交车站，一会儿去武藤家。"然后立刻就接到了月丸打来的电话。

（中略）

寿寿纳闷地挂断电话，迈步走向派出所。途中，她为了买一瓶茶饮料，走进了一条有自动售货机的小巷。寿寿投入硬币，正在犹豫买哪种茶，一辆车在身后停住了。<u>她在转身的一瞬间被人制止住，口鼻被布紧紧捂住，逐渐失去了意识。</u>

<u>寿寿在摇晃中醒来，发现四下一片漆黑，自己的嘴被胶带封着，手脚被缚，身子动弹不得，不禁陷入了恐慌。</u>她用捆在一起的两脚胡乱蹬向周围，却还是动不了。渐渐地，她终于冷静下来，通过气味和晃动，知道自己正在车的后备箱里。

<u>没过多久，车停了下来。打开后备箱的人是金城。寿寿向金城怒目而视。金城浑不在意，扭头叫人帮忙。随后现身的人竟是加藤和子。</u>

和子默默地凝视着寿寿，然后吩咐金城抬起寿寿的上半身，她自己则架着寿寿的腿，把寿寿从后备箱里挪了出来。

雨已停了。寿寿在暗夜中凝目观察，发现周围堆积着大量废品，知道这是一处废品处理厂。金城用刀割开了捆住寿寿双脚的胶带。

寿寿被手持电筒的金城拽着，走进荒废的设施。和子跟在二人身后。穿过设施，走出庭院，来到一个被砖块围住的小屋前，金城停住脚步。他直勾勾地盯着寿寿,撕掉了贴在寿寿嘴上的胶带。

"……你们要对我做什么？"

和子微微一笑。

寿寿在自动售货机前买饮料时,被人从身后用三氯甲烷或别的什么麻醉剂迷昏,遭到绑架。这段描写过于简单了,应该先写"尽力挣扎,却嗅到一股强烈的气味从鼻腔直插入肺"或"这股气味从没闻过",在此基础上再写"逐渐失去了意识"。还有后面的"陷入恐慌",属于状态说明,而小说是用来描写发生什么事的,所以应该描写寿寿当时的各种反应——例如"尽管嘴被胶带封住,仍发出大声惨叫""两脚四下乱蹬""极端惊恐无助之下,泪水终于夺眶而出"等等——不然是无法让读者产生代入感的。而这里的笔调却突然变冷静了,像戏剧剧本的舞台提示一样,客观地写着"寿寿如何如何,最后如何了"。还有,在金城与和子现身的场景中,寿寿应该表现得更加震惊,比如"啊,金城,怎么是你！""为什么连加藤也在"。

也就是说,从寿寿挂断月丸刑警的电话,遭人绑架,被车运至废品处理厂,到金城与和子这两个意外的犯人现身,你只用十行文字做了粗略的说明。好不容易准备了呼叫中心这个舞台,如果推出可疑人物登场,或者以误导的形式利用前警官,就能使推理小说的"形"更加规整漂亮,可你却把高潮部分写得如此草率,读者根本不会震惊,也不会兴奋。实在太浪费了。

之所以出现这种情况,是因为作者没有彻底变成主人公。你没有以寿寿的身份感到不安，想要呐喊，惊惧于"自己发生什么事了"。一切看起来都是别人的事，像是在照本宣科，又像是把电影或电视剧的场景直接转换成了文字。小说可不能这样写。最有趣的部分必须写得足够深入足够酣畅淋漓，否则是吸引不了读者的，而且也不会有最后月丸刑警赶来相助的大团圆结局。我觉得，你在这方面的写法还远未成熟。

不过，你的作品充满着白领世界的气息，我没上过班，所以不了解白领的生活常态，但读过你的作品，就觉得"啊，原来白领的世界是这样的啊"。主人公香坂寿寿表面看起来是个干劲十足的职场女性，但通过你的笔触，读者知道她其实过得非常痛苦，心理压力很大。你的笔端有种东西，你就算不明确写出来，也能把你想传达的东西准确传达给读者。我想，那就是你的个性吧。因此，你只要继续写那个世界就行。世界上有大量的白领，只要能引发他们的共鸣，就能得到相当数量的读者群。你可以认为"自己持有能引发她们共鸣的武器"，但同时也该意识到，在掀起高潮，让读者或恐惧、或激动、或感动的部分，你有时表现得过于冷静了。是不是觉得害羞放不开啊？必须像说书先生用折扇梆梆敲桌子助势一样，拿出一往无前的气势去写，不然是无法把小说的有趣之处传达给读者的。这次的作品尽管采用了有趣的素材，但很遗憾，这些素材没能得到最大限度的利用。希望你在写故事的每个场景时，都能让自己彻底变成主人公。

大泽讲师的评价

情节：合格　　角色：合格　　文笔：差

对话：合格　　立意和噱头：合格

备忘录

课题 C

写含有"蔷薇"和"旧建筑"的故事

大泽：今天这堂课，主要以讲评大家所提交的课题作业——写含有"蔷薇"和"旧建筑"这两个主题的故事为中心。

首先谈谈整体印象。老实说，我很失望。通过上次"写自己想写的世界"这一课题，我看到大家写出自己喜欢的东西，能感觉到大家进步很大，所以这次也非常期待，但是通过大家提交的作品，我觉得指定题材的写作看来对大家来说还很有难度。当然，并不是所有人都全无进步，但这次没有一篇作品达到及格线的。我本以为你们已经可以着手创作毕业作品了，但是与编辑部商量后，我们得出的结论是，还不能让你们毕业，你们还得完成一个课题才行，主题最后再告诉你们。

作者想表达什么

大泽：首先来看大米的《战场遗迹的蔷薇》。有请。

【《战场遗迹的蔷薇》故事梗概】

久喜的朋友兼客户日野原在某植物基因重组相关监察机构工作，他在柬埔寨参加了能使地雷失效的新树种"依楠娜"的试验，因遭遇事故而丧生。久喜飞往当地展开调查，却见到日野原出现在自己眼前。原来，日野原因不堪忍受前来迎接自己的养父母的过度期待，就伪装去世，想在当地重新开始自由的生活。

大米：在上次讲评中，我得到的评价既没有"优秀"也没有"差"，全是"合格"，所以我这次想摆脱这种平庸的状态，也做好了接受"差"的心理准备，使用科幻类素材，按自己的想法尝试写出了这篇娱乐小说。

■蔷薇：通过基因重组，蔷薇"依楠娜"具备了能使地雷失效的特性。

■旧建筑：柬埔寨的老宅院。日野原贤志在此致力于"依楠娜"的改良。

大泽：这篇作品的优点是虚构了具有特异性能的蔷薇"依楠娜"。"能使地雷失效，并且能在雷区繁殖的蔷薇"是非常有趣的构思，但除此之外的部分——包括情节、对话、文字等一切方面——都极不协调，没有经过很好的消化。例如，在主人公久喜格与"依楠娜"的研发者日野原贤志重逢的场景中，久喜并未意识到对方是自己的昔日好友日野原，可是文中却有"我一直以为贤志背叛了自己，以为我们明明约定了一同追逐梦想，他却毫不留情地丢下我，一个人去追逐别的梦想了。我以为自己连让好友相信的能力都没有，以为自己是不值得信任的人。那一直是我的心结。"的描写。既然是如此重要的朋友，就算改名换姓，应该也能一眼认出才对，连名片都不用看。还有，这个场景的最后写着："那是与贤志重逢以来，我们的最后一次面谈。"不过是一次重逢而已，这样的表达有些夸张了。如果是在公司里天天见面的人有一天忽然不见了，写"那是最后一次面谈"还可以理解，但这里只是一次重逢，所以不应该用这样的方式表达。

除此之外，还有若干表达显得很奇怪，例如"由于发现得太晚，遗体已被一群野狗啃咬得尸骨无存了……"既然贤志的遗体在雷区里，那么就算有大量野狗进入雷区，应该也会被炸死才对，不可能咬烂尸体。还有后面久喜拜访贤志义母的场景，有"'其实，我觉得贤志并非死于事故。'我不禁倒吸了一口凉气。'你、你说什么？''听我突然这么说，你可能以为我是受惊过度而精神失常了，但我确实怀疑，贤志的死并不是一场事故。'"这样的对话，也极其老套。一般来说，受惊过度的人并不会做出像"听我突然这么说，你可能以为我是受惊过度而精神失常了"这样有逻辑性的自我解释。义母一直很宠爱贤志这个义子，打算让他继承自己的财产，可他却突然被地雷炸死，而且尸骨无存，义母自然会怀疑那不是一场事故。既然如此，你就必须考虑，如果你是那位母亲，会使用什么样的措辞。关键在于，你并没有写出"真正的对话"。说句难听的，你写的对话就像三流电视剧里的台词一样俗气。希望你能在对话上再多花些心思。

　　在主人公前往柬埔寨调查贤志之死的场景中，有"被介绍给日野原产品机构的女子萨鲁恩，是日野原在柬埔寨维护试验场地时，为其提供协助的一个当地职员，听说是曾经隶属于国家排雷机构 CMAC 的专家。"的描述，其中的"听说是"显得比较幼稚，作为第三人称也不该这么用，应改成"据说是"。还有，萨鲁恩曾对久喜说："久喜先生，请不要觉得贤志有错……"然而，来调查贤志死因的久喜，根本没必要觉得贤志有错，所以萨鲁恩的这句话即暴露出，贤志的死并不只是一场普通的事故。事实上，贤志当时还活着，但其所作所为却叫人完全无法理解。他为什么要用误踩地雷被炸死来伪装销声匿迹？不惜装死匿迹的人，不是身犯重罪，就是被妻儿烦得受不了了，或者无论如何都想逃离原来的自己，总之应该有很正当的理由。然而贤志明明是单身，而且装死后依然打算继续改良依楠娜，可是他变成默默无闻的普通人以后，依楠娜的开发反而毫无进展，他帮助人的愿望也变得难以实现了。贤志诈死这一故事核心的理由，叫人无论如何都无法理解。基因重组蔷薇"依楠娜"的构思很有趣，但相关人物们的行为表现，并没有起到应有的作用。作为故事情节，开发者贤志的行为与依楠娜的存在没能实现有机结合，导致读者无法理解作者想通过这篇小说表达什么。从这个意义上来说，我很难评价这篇作品。大米，关于这一点，你有什么想说的吗？

大米：这个构思原本是打算用于长篇小说的，这次写成短篇，不得不删减了一些有趣的情节……

大泽：那就构不成小说了（笑）。大米，你应该在对话方面做更多的学习，另外还要练习如何把情节写得更加凝练。

大泽讲师的评价

情节：差　　角色：合格　　文笔：差
对话：差　　立意和噱头：优秀

深度至关重要

大泽：接下来是猫的《白蝶之手起舞于蔷薇园》。

【《白蝶之手起舞于蔷薇园》故事梗概】

一也独力供养着不工作的家人，他唯一的乐趣是在蔷薇园里画画。一天，他在蔷薇园里遇见聋哑少女摩耶，被对方深深吸引。当他决定去东京学画时，他用手语告诉摩耶自己会回来找她，可他却被摩耶拼命发出的声音吓跑了。二十年后，已经成为画家的一也与摩耶重逢，才知道自己当初的手语打错了。

猫：我总是把自己脑中的想象写成小说，一直担心作品不够真实，所以这次就尝试使用身边的题材和原型，但又觉得根本没写出自己的风格。

■蔷薇：名叫若园的蔷薇园。主人公总是去那里画画。

■旧建筑：主人公与家人居住的神崎家。

大泽：我觉得你这次的作品很有趣。首先，大阪方言用得很好。你这个大阪人所写的大阪方言自然很地道，况且，方言能够凸显人物的存在感。另外，这篇作品里几乎看不到你以前说明过多的缺点了。

主人公一也的家庭有很多麻烦：哥哥不工作，还强行夺走一也打工赚取的工资；姐姐只想着带男人回来寻欢作乐；奶奶完全靠不住。一也只想立刻逃离这个家。一天，他在蔷薇园里遇见了聋哑少女摩耶，一下子就被对方迷住了，用手语做了爱的告白，但等他冷静下来，还是拿不出勇气与摩耶相爱，最终独自逃离大阪，留下了摩耶一个人。二十年后，一也在东京成为画家，大获成功以后回到关西，与长大成人的摩耶重逢时，他才发现自己当年的手语打错了。一也本想说"我把自己的一生送给你"，摩耶却理解成"我要送你一件贵重的礼物"。得知真相以后，一也感到既庆幸又失落……你应该是想通过这样的情节，描写人生中常见的误会和错过，以及由此衍生出的悲喜剧。

这篇作品的重点在于两个场景。一个是一也偶然撞见摩耶偷偷练习说话的场景，他被对方的声音和模样吓到了，怀疑自己没办法和她一同生活。另一个是一也学习手语的场景。这两个场景要是能写得再深入些就更好了。可以描写一也为了与摩耶更亲近，怎样拼命地练习手语；还可以对一也的犹豫心态做更深入的描写，这样就算不是激烈的动作场景，也能深深地打动读者的心。"错过和误会"这种题材选得很好，但遗憾的是，你没能做到最大限度的利用素材。不过不管怎么说，在你迄今为止的作品里，这一篇是足以得到较高评价的。

大泽讲师的评价

情节：合格　　角色：合格　　文笔：优秀
对话：优秀　　立意和噱头：优秀

顾及异性读者

大泽：接下来是犼狳的《你成了蔷薇》。有请。

【《你成了蔷薇》故事梗概】
晋也在洗土耳其浴时认识了一个名叫蔷薇的女子，因为他听说这女子跟自己以前喜欢过的沙也加是同一个人。沙也加以前住在人称蔷薇宫殿的豪宅里，父亲破产后就失踪了。蔷薇却说沙也加已经自杀了。其实，沙也加正躲在店的最里面，悄悄目送晋也离去。

犰狳：从"蔷薇"和"废墟"，我想到"蔷薇"代表华美，"废墟"则象征着没落，就想通过二者的对比写点儿什么，于是就有了这篇作品。

■蔷薇：土耳其浴小姐的花名"蔷薇"，青梅竹马的沙也加的老家"蔷薇宫殿"。

■旧建筑：以前人称"蔷薇宫殿"、如今已经化作废墟的沙也加的老家。

大泽：我想先告诉大家，这篇作品与后面要讲评的海豚的《寻找吻痕！》一样，都是非常吃力不讨好的类型。

《你成了蔷薇》讲述的是，主人公晋也听说自己小时候喜欢过的沙也加当了土耳其浴的小姐，就去找她确认。大家应该明白，对女性来说，青梅竹马的朋友光凭传闻就来找自己，这种事是很反感的。在同学会后的酒桌上，男人们声称"我在土耳其浴遇到小姐，竟是以前的同学"，也是很令人难堪的。对于因家境没落而沦为土耳其浴小姐的女人来说，曾经钟情于自己的青梅竹马现在来抱自己，应该是极其难堪的行为。这些内容如果不写清楚，只会让女性读者感到厌恶。因为主人公当时怀着浪漫的心情，所以作者在写作时也怀着浪漫的心情，这一点我能理解，但作者必须冷静下来想想，要知道没有哪个女性会喜欢这种故事。

此外还有几个比较奇怪的地方，例如在中间的回忆场景，幼时的沙也加有"'是的，尽管美丽地盛开，魅惑了很多人，但它带着令人难以靠近的刺。我就想成为那样的蔷薇。'"的台词，可是小学生一般不会使用"魅惑"这样的词。还有最后的"'痣！'晋也情不自禁地喊出声来。'什么？'由于泡在浴缸里的晋也突然说出莫名其妙的话，蔷薇也一反常态地问，'痣是什么意思？'脖子上没痣。她不是沙也加。"这部分，"莫名其妙的话"使视角从晋也变成了蔷薇，可是后面的视角又变回了晋也，这也不妥。

关于这篇作品，我认为还是题材的选择有问题，视角和对话方面也有欠缺，而最大的缺点是，你完全没有传达出变成蔷薇的沙也加的心情。沙也加不想见晋也，就把蔷薇这个名字转给了另一个女人。如果不能细致地描写出她的这种酸楚，故事就只会浮于表面，不过是淫猥之谈罢了。这篇小说是绝对无法打动人心的，所以我这次给了很严厉的评价。

大泽讲师的评价

情节：合格　　角色：合格　　文笔：合格
对话：差　　　立意和噱头：差

描写坦露的情感

大泽：接下来是驴的《Stand Up》。

【《Stand Up》故事梗概】

守在当地赛马场遇见了一匹名叫"Stand Up Rey"的马，那马暴烈的脾气和炽热的眼瞳，令守想起了高中棒球部的朋友——怜。怜很有实力，但身为女子，在部里被人孤立，后来在比赛中因心脏病而离开了人世。"Stand Up Rey"将参加中央赛马的比赛。守决定，如果这匹马赢得比赛，他就去挑战自己一直逃避的大学入学考试。

驴：因为"蔷薇"也可以称为"玫瑰"，所以我首先想到的是"玫瑰锦标赛"这一赛马赛事，至于"旧建筑"，可以是地方的赛马场，于是我就决定写赛马的故事。我尝试从马迷的视角出发，描写在萧条的地方赛马场里奔驰的马挑战"玫瑰锦标赛"这一华丽舞台的情节。

■蔷薇：中央赛马的赛事"玫瑰锦标赛"。

■旧建筑：建于六十年前、如今已经老朽的地方的三仓赛马场。

大泽：这篇作品让我一开始以为"没有蔷薇啊"，没想到是"玫瑰锦标赛"。原来如此，还有这一招啊（笑）。我本来是希望大家能从蔷薇花的角度多思考的。

我认为，你这次的作品作为小说写得很好，但问题出在女主人公怜的性格描写部分。男主人公和怜是高中同学，同属于棒球部，怜虽是女子，却想成为职业棒球选手。这些都没问题，但例如"'怜，你真强，我尊敬你。''没有，真正的我其实是个很胆小的人。''你怎么可能胆小呢。''是真的。我很弱，正因为弱，才必须变强。'"这样的对话，其中的含义难以理解。怜究竟是指自己因为心脏不好，身体孱弱，才不得不表现出攻击性，还是指自己内心脆弱，所以想变强呢？此外，后面还有"怜身为女子，因身患疾病而决定打棒球，却为此受到周围人的无情嘲讽。为了免遭伤害，为了抗拒他人的冷漠目光，她不得不让自己表现得坚强"的描述，这里也有些难以捉摸。当然，字面意思不难理解，但根据全文的描写来看，怜绝非逞强之人。她的措辞真的很粗鲁，态度也很粗暴，从某种意义上讲，她是动漫里常见的那种给人以刻板印象的女生。就算心脏不好，也只是另一种刻板的角色罢了。

主人公和怜有友情，或者说是些许爱慕之情，可是怜却死了。于是在主人公眼中，死去的怜与"Stand Up Rey"这匹母马的形象重合在了一起。文中有"'她胆子很小，害怕其他马，要是跟别的马在一起，就会吓得缩成一团。她不是想逃开，而是只能逃开。'（略）我脑海里浮现出因害怕其他马而缩成一团的"Stand Up Rey"的身影。然后，她的身影缓缓地变成了怜的模样。"这样的说明，也搜集了很多好素材，但奇怪的是，一切都太容易理解了，所以读完之后，只会觉得"哦，原来如此，是这么回事"而已，缺少能够撼动人心的东西。

在这篇作品里，少女怜孤零零地死去了，可是你只把少女之死用成了单一的素材，可谓暴殄天物。因为你喜欢赛马，所以赛马场景确实写得很好，但老实说，这篇作品中没有能在读者心中激起涟漪的东西。大家这次提交的作品，从整体上可以说，大多具备规整的"形"，但缺乏"传神"的东西。这篇《Stand Up》也是，主人公的想法等同于作者的想法，而且并没有与作者想表达的内容顺利结合起来，令人感受不到打动人心的东西。像"站起来，怜。像这匹马的名字一样，她仿佛穿越时空，再一次站了起来。"一样，主人公与名叫"Stand Up Rey"的马相遇，使自己得以成长，但总叫人觉得少了些什么。这个故事很好，但写得过于干净了。如果能把主人公的懊悔、悲伤、坦露出来的感情，以及对怜的思念，再用一两行文字进行描写，或许就能更打动读者的心，成为有"刺"的作品了。

在你迄今为止所写的作品里，这篇小说能得到很不错的评价，但我觉得你还有进步的空间，所以你要知道，这样的评价里包含了我对你的期待。

大泽讲师的评价

情节：合格　　角色：优秀　　文笔：合格
对话：优秀　　立意和噱头：合格

避免简单的剧透

大泽：接下来是虎的《茨姬与镜之迷宫》。

【《茨姬与镜之迷宫》故事梗概】

小学生优树为了证明自己不是胆小鬼，来到废弃游乐场的镜子屋，与同学翔会合。之后幽灵美华和班主任唐泽老师出现在二人面前。原来，美华是优树的姐姐，七年前在镜子屋里被唐泽杀害。优树设法避开了唐泽的追杀，发誓供养姐姐。

虎：首先，我打算以茨姬为主题，正不知道写什么"旧建筑"的时候，偶然去了一次丰岛园的镜子屋，就觉得写这个应该很有趣。我觉得这篇作品整体写得不够深入，挺遗憾的。

■**蔷薇**：主人公的姐姐美华曾表演的芭蕾舞《睡美人》角色。

■**旧建筑**：已经废弃、如今被称为"幽灵游乐场"的御海游乐场。

大泽：这个故事是靠"主人公优树其实是女孩子"这个小诡计来设置悬念的。小说开头，行走在游乐场里的主人公优树有"这是我第一次来镜子屋。""应该……是我的错觉吧？"等台词，让人以为还有别人在，但读下去就会发现，其实主人公是在自言自语。优树的姐姐以前被人杀害，凶手是唐泽老师，他把姐姐的尸体藏在了这个镜子屋里。唐泽害怕优树发现尸体，就向优树发动袭击，这时姐姐的幽灵现身，道出真相，并且救走了优树。

这篇作品的关键，在于如何描写唐泽老师的凶狠可怕，但很遗憾，这部分你没写好。优树在镜子屋里摆脱唐泽的动作场景，应该是最大的看点，但她和自己的男朋友或者说损友翔击退唐泽并逃出镜子屋的部分，写得过于寡淡，本应该加重笔墨，作更详细的描写才对。

并不是说绝对不能出现幽灵，但不得不说，幽灵现身来说明一切的情节展开实在太简单太轻松了。姐姐的幽灵出现，说出"我是被老师杀害的"，这就成了"作者随心所欲"了。就算主人公被凶手追杀，似乎陷入走投无路的境地，读者也会想"反正幽灵会帮忙的""反正作者可以随心所欲，想怎么写都行，主人公死不掉的"。这样一来，小说就失去了持续吸引读者的因素。这里完全可以不出现幽灵，让主人公在镜中看见像幽灵一样的东西，从那东西口中得知往事，但其实一切都是主人公的错觉。可尽管是错觉，却完全说得通，并最终真的揭露了犯罪的真相。这样安排应该更有趣。就整体而言，主人公身为女孩子却有男孩子的口吻，以及幽灵现身推动情节发展的安排，效果都不是太好。

大泽讲师的评价

情节：合格　　**角色：**优秀　　**文笔：**合格

对话：优秀　　**立意和噱头：**差

写读者之未料

大泽：接下来是企鹅的《母亲的伞》。有请。

【《母亲的伞》故事梗概】

晶子为与画家秋生结婚，打算从家里搬出去，母亲极力反对，私自去找秋生的父母解除婚约。晶子的母亲曾因自己与丈夫不和而失去了长女，所以她对次女晶子有着异常的执念。后来，重新考虑过的秋生与晶子重逢，母亲再次出现，晶子下定决心与母亲对峙。

企鹅：大约十年前，我就写好了这个故事的框架，这次重写加入了"蔷薇"和"旧建筑"。上次谢谢老师指出我的作品"没有刺",所以我这次打算努力加入刺,但不知道成没成功。因为我觉得,很多地方都不知道该怎么写才好,越想着"要得到老师的夸奖,不能输给其他人",状态就越差,拖拖拉拉写不下去。我自己也不知道怎样才能打破这种状态,请您教教我。

■蔷薇:主人公的母亲喜爱红蔷薇,母亲常用的红雨伞也像蔷薇。

■旧建筑:主人公的恋人居住的吉祥寺古民家。

大泽:我说过很多次了,并不是得到我的夸奖就意味着离作家更近一步。我没有负责某个文学奖,而且就算我无法理解、给出差评的作品,只要世上有成千上万的读者觉得有趣,你就能成为作家。希望你不要对我在讲座上的评价过于在意,不要"作茧自缚"。

那么,正如你本人所说,为了写出一篇有"刺"的作品,你确实下了一番功夫。尤其是母亲角色的塑造,写得非常有趣。在这次的课堂作品中,这个母亲可以称得上是最有趣的角色。问题在于,尽管你成功地塑造出一个对孩子爱得太深,以至于离不开孩子而做出异常行为的母亲形象,但从情节上来说,结果交待得不够清楚。女主人公决定和恋人一起对抗母亲是吧?那么二人最后究竟是说服母亲顺利成婚了呢,还是失败了呢?女主人公和母亲的关系变得怎样了?这篇作品难道不该着重描写母女间的对决吗?这部分内容也必须写得超出读者的预期,但你没能写出来。

还有一个问题是,女主人公和作者都没意识到,女主人公身体里流着母亲的血。自己身体里可能和母亲一样,存在"来历不明"的东西——如果能对女主人公的这种不安和疑问做更深入的描写，就能使小说变得更有深度，而你忽视了这一点。这篇作品给我的印象是：你找到了可口的食材，并且去皮切碎扔进锅里，但是没有调味，而且很苦恼，不知道该做成咖喱菜还是炖菜。从作品就能看出你的苦恼。不过，苦恼就苦恼吧。有时苦恼一阵子，就能找到答案，如果始终找不到答案，就只能说明你成不了作家。你不妨直面这个问题。最后一点，主人公的恋人名叫"大泽秋生"，还是换个名字吧。就算参加新人奖，也千万不要让登场人物使用评委的名字，否则只会有害无益。因为就算该人物是绝世美男子，读者也肯定会"出戏"，纳闷"这个名字是怎么回事"。

大泽讲师的评价

情节：合格　　**角色**：优秀　　**文笔**：优秀

对话：合格　　**立意和噱头**：优秀

敷衍的挑战

大泽：最后一篇作品是海豚的《寻找吻痕！》。

【《寻找吻痕！》故事梗概】

花花公子水上追求美女桐子，被桐子邀至家中。她家里有长相酷似桐子的二妹皋月，还有老么也在。夜里，水上在伸手不见五指的黑暗房间里跟一个女人发生了关系，在对方身上留下了吻痕。第二天早晨，水上才知道老么是变性人，并且身患艾滋病。水上不知道自己在谁身上留下了吻痕，心里非常害怕，可又没法进行确认。

海豚：已经到了第四个课题，想必大家都怀着"试验一下"的心态吧。我也是如此，想按自己的想法试验一下。在尝试过程中，我首先想知道小说能在多大程度上利用原型，以及利用原型的灰色地带在哪里。想必很多人都注意到了，我这篇作品的原型是罗尔德·达尔的《来访者》(*Switch Bitch*)。这种类型的主人公在外国小说里并不罕见，但我想知道以日本为舞台会怎样。还有，文中最后出现了艾滋病，我觉得这次不能这样写，但又想知道怎样写才能避免这个问题，于是就故意写出来了。

■蔷薇：作为暗号放在门前的红蔷薇花瓣，吻痕也被称为蔷薇。

■旧建筑：美丽的姐妹居住的横滨高级住宅区的旧洋房。

大泽：你这次以"花花公子"为主人公，尝试了此前从未写过的角色，又描写了主人公与住在大宅院里的可疑女性们的亲密关系，挑战了在现实生活中极难一见的故事。但是，正如我上次在讲评《请送我去监狱》时所说："注意不要把故事写得过于工巧。"而你这次简直就是与我的提醒背道而驰，所以我只好一边读一边苦笑。坦白地讲，这篇作品很失败。

首先，还是写法过于工巧造作了。在音乐厅初见美女，就上前搭讪，在餐厅共进晚餐后，就去了美女家里，美女家里还有一个非常漂亮的妹妹，主人公当天就跟其中一人发生了关系——就算是在全世界"历尽花丛"的"花花公子"，也不可能遇到这种事，就算遇到了，也必然是骗局。一般来说，这种情况应该是诈骗。而且，第三位美女其实是变性的男人这个悬念，也非常无聊，甚至还出现了艾滋病，真是验证了"没有最失败，只有更失败"这句话。

还有细节部分，美女接过主人公的名片后说："噢，看来很有身份呀。原来是作家？了不起。"可是，名片上会印着"作家"的头衔吗？那样可不行（笑）。那样的男人首先就不可能在女人中"吃香"。顺带一提，我也有名片，但上面没有任何头衔。大家出道成为职业作家以后，也不要在名片上印上"作家"的头衔，那样做太丢人了。

海豚，你为描写"花花公子"所做的挑战，在我看来全部失败了。当然，挑战的精神值得肯定，但很遗憾，包括性爱场景在内的所有描写统统脱离现实，从头到尾都是显而易见的空想。

既然是有悬疑的情节，就应该准备一些更可怕的场景。综上所述，我这次给出了非常严厉的评价。

大泽讲师的评价

情节：合格　　角色：合格　　文笔：合格

对话：合格　　立意和噱头：差

■总评

努力实现"前所未有"

正如我在开头所说，读完这次的课堂作品，我有些失望。当然，大家都在进步，但我一直期待你们能写出了不起的作品，所以才倍感遗憾。而且，今天有好几个人提到"试验一下"，我还以为大家的水平已经"绰绰有余"了呢。当然，我这么说可能多少有点儿讽刺的意味，但随着技巧的提升，确实会涌现出各种创作的欲望，这是很正常的，但我现在期望你们能构思出让读者震惊的作品。目前，你们的读者是我，还有编辑，所以一般的东西不会令我们感到震惊，但正因如此，你们更不能止步于目前的水平。不要想到什么就写什么，而要尽量完善想到的内容，从而创造出前所未有的东西。这么说可能听起来怪怪的，总之我希望你们能努力实现"前所未有"。例如，就算是没人死亡、没发生案件等"什么也没发生"的作品，也需要花心思仔细考虑，在描写登场人物的角色时，创造出能让读者震惊的部分，创造出能够瞬间直入人心的台词。比如驴的《Stand Up》，需要创造出"钩子"般的内容，能一下子钩住读者的心，让读者觉得"如果我是主人公，当初想对怜说这些话"，而不是仅仅停留在"故事不错"的程度。

写完并非结束

写到最后觉得"大功告成"时，请对自己说"不，还没结束"，继续考虑附加因素。我不是指增加场景或页数，有时可能只是加上一句话也好。请拿出贪欲来，要认为"可不能就这样结束"，要寻找能让作品"更上一层楼"的因素。

　　犰狳和海豚上次得到了很高的评价，但这次的评价就比较差了，请注意素材的选择和处理，还要让自己站在女性的立场，冷静地审读自己的作品。最近女性作家异常活跃，文学奖和新人奖中的女评委也变得非常多，其中有些人对于小说里对待女性的方式极为敏感，所以评委会经常会做出这样的决定："如此对待女性的人，绝对不可以被原谅！"如果遇到这样的评委，像你们两个今天这样的作品，肯定会落选。和那样的女评委在一起，男评委也会变得畏手畏脚，比如我若被问到"大泽，这样的小说应该通过吗？哼！"我也只能说："不不，这样的不行，还是淘汰吧。"（笑）所以在这方面真的有必要多加谨慎。犰狳和海豚，请你们把这当作是进步道路上的一个必经阶段。

认清自己想让读者读到什么

　　下个课题的主题是"恐惧"。请以此为素材，写一篇三十页（400字满页）的作品。这次可不能仅仅借用"恐惧"这个名字哦（笑）。要让登场人物的内心萌生出恐惧的情绪。既可以让主人公自己感到恐惧，也可以是主人公让别人感到恐惧；既可以从恐惧刚开始出现时写起，也可以从恐惧达到最高潮时写起，还可以从恐惧结束时写起。关键在于，你们想到某个创意，决定"就写这样的故事了"，接下来就该考虑"看点在哪里"。请对"我想通过这篇小说让读者读到什么"有更自觉的认识。期待你们写出优秀的作品。

备忘录

课题 D

主题创作赛——描写"恐惧"的情绪

构建有冲击力的场景

大泽：这次的主题是"恐惧"，但有的作品只想靠视角人物的妄想来推动情节，还有的作品让我很怀疑作者是否真的仔细想过什么是"恐惧"。"恐惧"是什么？你们真的认真思考过吗？真的把身边日常世界中的这种情绪加以扩充，再融入自己的创意，写成故事情节了吗？我想对大家说："各位，多动动脑子吧。"关于创意，是觉得"这个想法能成功"才写，还是因为想不到其他的好创意，无奈之下才这么写？在讲评之前，请务必给我讲讲你们在这方面的想法。

那么，首先来看巴哥犬的《魑魅》。有请。

【《魑魅》故事梗概 】

加贺见庆子诱拐了同为审判员的椎菜的三岁女儿舞香，并用安眠药令她陷入昏睡。五年前，庆子三岁的女儿被人杀害，她嫉妒椎菜的幸福，就想让椎菜受苦。后来，她看见了椎菜半疯狂的样子，终于恢复清醒，可是舞香一直没醒过来。庆子对着昏迷的舞香倾诉，像在对自己死去的女儿倾诉一样。舞香终于睁开了眼，庆子抱着舞香狂奔而出。

巴哥犬：我这次打算写一个情感错综交缠的故事，就是一个人仿佛从被鬼祟附身的状态中清醒过来时，感到恐惧的故事。

大泽：因犯罪而丧女的主人公被选为审判员，她看见同为审判员的另一个女人的幸福模样，就想破坏对方的幸福。你在想到这个创意时，是觉得"这个想法能成功"吗？

巴哥犬：我想写非常善良的人产生"我要犯罪"这种想法时的心态，从这个意义上来说，我觉得这个想法应该能成功。

大泽："恐惧"分很多种，《魑魅》这篇作品描写了自己内心里的恐惧。这一点不错，但不得不说，善良的市民鬼迷心窍地实施犯罪，而且是痛失孩子的女性出于对身边有孩子的女性感到憎恶而实施犯罪的这种情节，实在太过于类型化了。所以，读者一开始读就会明白"主人公会诱拐这个女审判员的女儿"。虽说这个故事并不是让人愉快的类型，但作为小说也应该具备令人忐忑和激动的元素，然而很遗憾，从这篇作品里感受不到这些东西，尽管到了最后，诱拐来的孩子因被迫服用过量安眠药而停止呼吸时，主人公惊慌失措的场景的确稍微有些恐怖，令人心跳加快……

我觉得这篇作品的有趣之处在于，主人公曾装作担心而去拜访被其诱拐的孩子的母亲，而受害人后来对警察说："加贺见身上有舞香的气味。"也许是身为母亲的敏锐直觉发挥了作用，或者是警察本就觉得主人公可疑，又听见受害人这么说，就去主人公家里调查。无论怎样，总之这种设定很好。不过，警察离开得过于干脆了，有些浪费。如果把警察写得再执着、纠缠一些，应该就能激起读者的不安，替主人公加贺见担心"不会暴露被捉住吧"。好不容易出现直觉敏锐的警察，而且还是曾经负责主人公女儿被杀一案的警察，主人公也会担心自己暴露，所以应该写得更有悬念、更有张力。还可以写主人公好不容易摆脱警察，刚松了口气，小女孩却停止了呼吸，于是主人公陷入狂乱，不停摇晃孩子的身体，直到孩子终于苏醒过来，她抱起孩子，忘我地奔出家门。

就算情节本身比较类型化，不是多么出奇，但通过加入有冲击力的场景、前所未见的场景，就有可能把"平时常见的故事"变成"前所未见的故事"。老实说，《魑魅》这篇小说也没有令人耳目一新的素材。那么使用这样的素材，应该有什么看点呢？巴哥犬，你是用"孩子终于醒过来了，我险些铸成大错。啊，太好了。"作为主人公心理的收尾，但实际上，你可以在结束之前再"调调味"，或者更灵活地利用那个警察，就能使故事情节带上更大的恐惧感，这一点真的很遗憾。

大泽讲师的评价

情节：合格　　　角色：合格　　　文笔：优秀
对话：合格　　　立意和噱头：合格

正因为不合常理，所以要足够真实

大泽：接下来是驴的《我的名字》。

【《我的名字》故事梗概】

山中幸太郎上小学五年级，每到周一，他的名字就会减少一个字。到第三周，他的姓变成了"中"，成了别人家的孩子。到第四周，整个姓都会消失，他将无家可归。幸太郎打算在自己的名字消失之前自杀，却被名字消失速度比自己慢的岛田老师抱在怀里，迎接最后一个周一的到来。

驴：这个创意本身是在课题开始之前就想好了的，我觉得发生在主人公身上的事"比死亡更可怕"，正适合"恐惧"这个课题，于是就写成了这篇作品。

大泽：这个创意属于"不合常理的恐惧"。名字每过一段时间就会少一个字，周围的环境也会随之改变——这是一种"现实中不可能发生，可是一旦发生，将会非常可怕"的恐惧。我一开始给这个创意"优秀"的评价，但又怕以前有过类似的作品，所以现在犹豫着该不该改成"合格"。不管怎么说，创意本身是很有趣的，你又遵循这个创意，逐步推动情节发展，文中也没有特别令人失望的场景。随名字逐一消失而产生的变化，也按正确的顺序做了说明。

只不过，很多地方的场景显得过于跳脱，尤其是主人公离家以后的场景："姑且先去便利店领了已过保质期的便当，然后躲在没人能看见的桥下，度过了这一天，其间一直忍耐着寂寞。如果有神存在，我倒是想问问他：明明一个月前还过着普通的生活，为什么现在却陷入这种莫名其妙的状况中了？"这里应该对获得食物等情节的艰辛程度做更具体的描写。正因为是不合常理的故事，从一开始引领读者进入作品世界以后，要想继续吸引读者，关键就在于赋予故事多少真实性。不要简单地写一句"一直忍耐着寂寞"就算完事，应该做更具体细致的描写。

后面，主人公与名叫佑树的朋友重逢时，惊喜地问："你知道我的名字？"故事在这里就完成了一次"跳跃"。通过这次跳跃，主人公发现"名字每次消失一个字的人并不是只有自己"，进而"我们被某种无法摆脱的东西控制住了"的恐惧开始膨胀。这部分的展开很有趣，写得很好。

恐惧分很多种，而这次只有驴一个人写了"不合常理的恐惧"。我认为写得不错，只是关于创意的评价，犹豫后我还是决定给"合格"。

大泽讲师的评价

情节：优秀　　　角色：合格　　　文笔：合格

对话：优秀　　　立意和噱头：合格

温暖的故事也需要"刺"

大泽：接下来是犰狳的《考勤簿》。

【《考勤簿》故事梗概】

藤井在阔别三十年后的班级聚会上，与原班主任重逢。原班主任当初让学生背诗，如果背不出来，就用考勤簿抽打。不良学生健二每次挨打，都会叫嚷着要报仇。聚会结束时，大家发现健二竟然带来了考勤簿，每个人都很紧张。但健二只是要拜托原班主任为他加油鼓劲。

犰狳：这次的主题是令我头疼的。关于恐惧，我也认真思考过，但看过大地震的海啸视频以后，就觉得没有什么比那更令人恐惧了……最后，我能写的还是身边的恐惧，也就是学生时代对于老师的恐惧。

大泽：这是一篇如实体现了犰狳风格的作品。你真的很喜欢温暖人心的故事啊。用考勤簿抽打背不出诗的学生，这样的暴力教师在当今时代已经很难想象了。这样严厉的教师在以前确实很多，我也曾被老师用考勤簿狠狠抽打过，所以读起来觉得挺怀念的。在阔别三十年后的同学会上，已是老师的主人公、昔日的不良少年健二，还有那个暴力教师悉数到场。素材齐备，而且当健二最后从包里拿出考勤簿时，主人公误以为他想向老师报仇，其实健二只是希望老师给自己加油鼓劲。这样反转的结局读起来也很顺畅。不过，尽管读来顺畅，是个"温暖的故事"，但还是没有"刺"。

当健二拿出考勤簿的一瞬间，我的确心里一紧，可是写到最后，由于主人公冒失地提前阻拦健二，反而令结局的反转失去了应有的效果。我觉得，如果让健二在最后关头突然拿出考勤簿，所有人都僵住的时候，再一下子来个反转，也许效果会更好。为了实现这样的展开，对健二的描写就不能像文中那样浅薄。健二走过了怎样的人生道路？曾是"令当地警察也感到棘手的声名狼藉的不良少年"的健二，现在变成什么样了？如果能埋设更多伏笔，引读者怀疑：如今正在经营酒馆、看起来已是稳重成年人的健二，会不会仍是个残暴的家伙呢？那么当健二拿出考勤簿时，读者就能感受到更强烈的不安和恐惧，结局的反转效果也会更好。

既然不管好坏，你都会写成温暖的故事，那不如直到故事变温暖之前的最后一刻，一直让读者提心吊胆。希望你务必掌握把读者"玩弄于股掌之间"的精明，以及成心"刁难"读者的方法。

大泽讲师的评价

情节：合格　　角色：合格　　文笔：优秀

对话：优秀　　立意和噱头：合格

噱头要有新意

大泽：接下来是鳄鱼的《宅肉》。有请。

【《宅肉》故事梗概】

初二学生宙太的父亲在肉食品公司当社长，宙太过生日时得到了一个公寓单间作为礼物，于是沉迷在网络游戏和垃圾食品中，体重达到了二百四十斤。宙太的房间被上了锁，与外界完全隔绝。一周后，当食物吃光，他正打算吃自己身上的肉时，母亲现身，向宙太说明真相，原来一切都是父母为了让他重生而制定的策略。

鳄鱼：我想起自己小时候，曾看着自己的手脚想象："要是烤着吃，也许很好吃。"于是就开始写这篇作品。我特别希望自己能想出好的创意，特别想把故事写得更有趣，这种心情的迫切程度，是刚听讲座那会儿所不能比的。但是，要问我对这次的创意有没有自信，我也不知道。

大泽：主人公宙太是初二学生，家里很有钱，父母对他保护过度，什么事都依着他。在新房间里开始独自生活的宙太，迷上了网络游戏，再也不出家门，每天吃着垃圾食品，夜以继日地玩游戏。如果一切可以随心所欲，连中学生也能如此疯狂，这很有趣，对宙太日常生活的描写也非常真实，我边读边钦佩于你对那个世界的了解。这篇作品的遗憾之处在于，结局毫无冲击力。吃人肉的噱头实在太常见了，缺乏真实性。前五分之四读来都很有趣，最后五分之一则令人失望，因为吃人肉的噱头太俗套了。包括《生意红火的料理店》在内，吃人肉的故事已经被用过太多遍了，所以如果能想到更出人意料的噱头，故事就能变得更恐怖更有趣。这一点很遗憾。最后还有母亲露出神秘微笑的描写，这也是毫无意外的老套桥段了，只会令读者觉得"是的，没错"。

其实，有很多人都像鳄鱼一样，前五分之四能写得很好。问题在于能不能想到"吃人肉以外的噱头"。我认为，这是能否成为作家的分水岭。从这个意义上讲，这篇作品没能达到职业作家的水准。请在写作时更努力地开动脑筋。

大泽讲师的评价

情节：合格　　　角色：合格　　文笔：优秀

对话：优秀　　　立意和噱头：合格

撼动读者的情绪

大泽：接下来是大米的《八岁的老奶奶》。有请。

【《八岁的老奶奶》故事梗概】

　　小学二年级的明美在学校遭受欺凌，小猫蜜可是她唯一的快乐源泉。可是，蜜可产下的幼猫被祖父扔掉了，连蜜可自己也被车轧死了。明美在院子里挖了个坟墓，同样受到欺凌的信提议在坟头种上树木。在长大的树前的走廊里饮茶，是头发花白的二人最大的快乐。

　　大米：我思考自己内心的恐惧是什么，得出的答案还是"人"。在普通的日常生活中，也会发生给某些人带来强烈冲击或是令人感到恐惧的事情，于是我就写出了这篇作品。

　　大泽：没想到别的创意吗？

　　大米：这次勉勉强强才想出这个创意。

　　大泽："勉勉强强"这句话已经道尽了一切。这篇作品讲的是日常生活中的恐惧，也就是"欺凌"的故事。"对于被欺凌的一方来说，欺凌是一件可怕的事"——这是理所当然的，所以不管欺凌的场景描写得多么真实，读者只会觉得"啊，大概是这样吧"。"只要能吃到美味的点心，任何痛苦都会忘得一干二净？人也是如此吗？真是这样的话，人太可怕了。"这属于"小说的忌讳之语"，不能直接写"人太可怕了"，必须让读者自己觉得"人太可怕了"。还有祖父扔掉刚出生的小猫的小插曲，并没能实现给人留下深刻印象的效果。不管怎样描写受欺凌的痛苦和小猫被扔掉的可怕，都像在解释乌鸦有多黑一样，毫无意外性和恐惧感。这一点请多注意。

要说这个故事的结尾怎么样，反正我是被吓了一跳。曾经一同遭受欺凌的信也和主人公一下子就到了"满头白发的今天"，坐在走廊里喝茶。突然跨越数十年的岁月，看起来完全是在强行生造大团圆的结局。从这篇作品中完全见不到起承转结的结构和情节上的诡计。

《战场遗迹的蔷薇》也是如此，你有着不经整理就开始编故事的倾向。如何开始，怎样展开，最后在哪里结束——这些起承转合必须考虑妥当，否则是编不出好故事的。欺凌肯定是可怕的，但仅止于此，读者只会觉得"So What？"因为不管花多大力气描写"欺凌很可怕"，都不是在描写恐惧。要想写出让读者花钱阅读的作品，就必须写出能令读者感到震惊或是引发某种情绪的东西。

请想一想，阅读这篇作品的人会产生怎样的情绪。有过被欺凌经历的人会觉得"这故事真讨厌"，没有被欺凌过的人只会觉得"这种事很常见啊"。你觉得日常生活中的恐惧是"欺凌"，我能理解你的心情，但怎样烹制"欺凌"，才是表现技法的地方，而你这次做得不好。可以说，这篇作品没能带给读者任何东西，所以我给出了严厉的评价。

大泽讲师的评价

情节： 差　　　　**角色：** 合格　　　**文笔：** 合格

对话： 合格　　　**立意和噱头：** 差

构建小说中未出现的场景

大泽：接下来是水母的《被追逐的女人》。有请。

【《被追逐的女人》故事梗概】

与喜和子维持情人关系的 IT 企业职员水原，眼看就要因做假账而被逮捕，他本来计划与喜和子一同逃往国外，却突然去世了。喜和子与非虚构作家利惠接触，打算以一亿日元的价格卖掉公司的内部名册。可是，她反而被利惠和黑帮夺走了名册，自己也因此遇害。最终，利惠也死于黑帮之手。

水母：我读过《未解决》（一桥文哉著）一书后，知道了自己以前毫不了解的世界，也感到了恐惧，所以这次的作品就使用了与那本书类似的题材。

大泽：名叫水原的男人因制作虚假有价证券报告书和逃税而受到审讯。水原的情人，同时也是公司财务部经理的喜和子，为了同水原一起逃亡而躲在别墅里。可是水原的尸体被发现时，却是和别的女人在一起，于是喜和子也离开了别墅……故事就是这样开始的。水母，大概你在写作过程中，自己都没看清这个故事的整体样貌吧。采访案情的非虚构作家利惠，其实是陷害并杀害水原的罪犯同谋，甚至连喜和子也不放过，最后利惠自己也被枪杀了。利惠曾说："我会杀死她再自杀。我一开始就是这么计划的。"这怎么看都很奇怪。如果是男人杀死女人后自杀，看起来像殉情，可是女人杀死女人后自杀，就显得很不自然，何况利惠作为精神正常的作家，根本没有杀死采访对象后再自杀的理由。这样做反而会被警察怀疑，如果连手枪都用上，凶手们想隐藏的犯罪行为和黑社会组织的全貌反而存在暴露的危险。

你想描写的大概是躲藏起来等待水原的喜和子内心的恐惧，但这次的作品全无恐惧感。对于喜和子内心的无依无靠和惊惶不安，你应该设想"如果自己处于同样的状况，那该多么可怕啊"，然后把这种感觉写清楚。当然，关于背景事件的全貌，必须在稳妥的故事基础上再做交待，另外还必须先设定好小说中未出现的地方正在发生什么事，然后再写，否则会缺乏真实性。从这个意义上讲，这个故事的案件也太过勉强造作，只能说是失败的作品。

文笔方面，在"喜和子诧异地皱起眉头""听喜和子这么说，利惠再次板起了脸。'约好的是一个小时哦。'于是，喜和子扬起下巴向信封努了努……"等语句中，都存在视角混乱的问题；还有"在别墅里度过了一个礼拜的禁欲生活"，最好改成"禁欲般的生活"。

水母，如果你喜欢推理，想写犯罪故事，就应该先把案件的整体框架构筑妥当，然后还要具备"在这篇作品里写该案件的某个部分"的明确意识，否则就成了机会主义，仅此而已。尤其是以真实案件为素材时，必须先在心里重新构筑整个案件，然后才能动笔。

大泽讲师的评价

情节：差　　　　**角色**：合格　　　**文笔**：差

对话：合格　　　**立意和噱头**：差

确定结局后才能动笔

大泽：下面来看海豚的《神经质》。有请。

【《神经质》故事梗概】

　　直哉发现每次乘电车，自己左右两边的座位都没人坐，这让他很郁闷。是自己的体味或长相的缘故吗？他跟最近开始交往的彩夏说了这件事，还是搞不清楚原因何在。直到有一天，一个少女看着直哉问道："海豚？"原来，直哉五年前曾与艺术家杏子同居，杏子发现直哉搞外遇，就在他的眼皮上画了古怪的海豚图案。

　　海豚：我这次写的是"乘电车时发现只有自己身边没人坐的恐惧"。有同样经历的人或许能理解，这种事真的非常恐怖。"为什么没人坐"是这个创意的关键点，所以只有寻找到有趣的原因后才能动笔，于是我就一直苦苦思索，终于想到"眼皮上画着什么东西"，觉得这个原因可以，就写出了这篇作品。

　　大泽：在这次的课题作品中，这是唯一一篇我没猜到结局的。从这个意义上讲，我的阅读感受是"很高明，很有悬念"，只是文中值得商榷的细节部分太多了些，例如在主人公之前上车的乘客如果一直闭目养神，就不会知道主人公的眼皮上画着东西，而一般人又不会特意从下往上窥视身边人的脸，所以如果主人公坐在这样的乘客身边，对方应该不会起身离开。还有，主人公每天顶着画在眼皮上的图案出门，会始终毫无察觉吗？关于结局，我也觉得不如让主人公自己发现眼皮上的画，营造一个主人公惊呼"竟然是这样的画呀！"的场景，应该会更有新鲜感。

你加入了"自从发生脱轨事故以来，死过人的九号车就不见了"的都市传说性质的插曲，营造出鬼故事般的氛围，还写得很幽默，最后把故事导向主人公"和非常可怕的女人住在一起"的结局。这部分写得真的相当出色。不过，这里有个容易掉进去的陷阱，那就是故事编得过于工巧，很可能会适得其反。你上次的作品就是由于这个原因失败的，这次给我的感觉，则是在眼瞅着就要跌入"聪明反被聪明误"的悬崖之前终于"勒住了马"。你这次之所以写得这么好、这么有悬念、这么有趣，原因大概正如你自己所说，是你用"确定结局后才能动笔"这条原则严格要求自己的结果。希望在今天的讲评中得到差评的人，能再次认识到自己在自我逼迫、自我要求方面的不足。

大泽讲师的评价

情节：合格　　　角色：合格　　　文笔：优秀

对话：优秀　　　立意和噱头：优秀

反其道而行之

大泽：最后是虎的《无头女》。有请。

【《无头女》故事梗概】

高中生庆一与和彦在上学途中，看到一个穿着女高中生制服的无头尸体从高楼坠落。庆一凝视着尸体，觉得自己爱上了她。翌日，二人前去那座大楼，发现门前立着"闲人禁入"的警示牌，他们登上了隔壁大楼的天台，发现出事的那座大楼的天台上有个男人，手里拎着那女高中生的头颅，在二人眼前飞身跳下了楼。庆一止不住泪流满面，他发现自己对女高中生的感情并非爱慕，而是恐惧。

虎：我反复琢磨"恐惧是什么"，结果想得太多，反而搞不清楚了，但最终，我认为恐惧就是身体和心理上的反应。只不过，我觉得比起直接写恐惧，不如让主人公出于心理方面的原因而产生错觉，会更加有趣，于是就写出了这篇作品。

大泽：这篇《无头女》也是这次我给"立意和噱头"打出"优秀"评价的作品之一。让主人公误将"恐惧"以为是"爱慕"，这样的想法非常有趣。问题在于，你以主人公还很年轻，尚无真正的恋爱经验为由，强行让他把自己看到无头尸体时产生的心惊胆颤、毛骨悚然的情绪，误以为是"恋爱"，倒也勉强说得过去，但关于误将"恐惧"当成"爱慕"的部分，我认为最好能做更深入的描写。还有，如果凶手直到第二天还拎着血淋淋的首级在作案现场附近晃悠，再怎么说也会被警察逮捕吧？所以我认为，你有必要跟进说明，比如附近有便于藏匿的地方，凶手现身前一直躲在里面，所以警察也找不到。

不过，其他人的作品多为类型化的恐怖故事，大都失败了，而这篇小说是唯一一篇对"恐惧"的理解角度有着深入思考的作品，可以说是反其道而行之，完成了精彩的反转，这样的构思是非常值得肯定的。而且事件过后，主人公与当时跟自己一同看见尸体坠落的朋友反而变得疏远了，作为支线情节，这样的小插曲也能增强真实感，所以我觉得这部分写得很高明。因此，这篇作品是这次评价最好的作品。

大泽讲师的评价

情节：合格　　角色：优秀　　文笔：优秀

对话：优秀　　立意和噱头：优秀

■总评

与职业水准的巨大差距

回头来看评价。没有一个"差"，全是"合格"和"优秀"的人，乍一看似乎不错，但希望你们能明白，"合格"和"优秀"之间其实有非常巨大的差距。能否成为职业作家，这部分才是重中之重。如果你们这十二人都已是职业作家，那么全员得到"优秀"是理所应当的，其中还会有人得到"精彩"的最高评价。请理解这一点，用以警戒自己。我想大声告诉你们："不要贪图轻松！"而得到"差"的人，问题比"轻松"更严重。请记住，稍微动动脑写出的作品就能得到"合格"，而得到"差"的人就是"完全没用脑子"。

对比半年前的评价来看，其实绝大多数人的"差"都变成了"优秀"或"合格"。这当然可说是进步，但不是评价高，就证明你们已经接近职业作家的水准了吗？完全不是的。如果这是兴趣小组一样的小说讲座，那么大家有了明显的进步，我作为讲师也感到骄傲，可以夸奖"你们很努力"。然而，这完全是为想当职业作家的人开的小说讲座，我真心希望大家听过讲座以后，能成为职业作家。正因如此，我才会回到原点，给出严格的评价。请大家理解。

如果给这次的课题作品打分，我认为最好的作品也只有七十分而已，而能够出版单行本的标准在九十分以上。说得更直接些，如果写不出一百二十分左右的作品，你们是无法以职业作家的身份出道的。严格来说，我觉得你们已经到了"还是放弃当作家吧"的阶段。不过，人是变化着的，所以不能断定你们"百分之百没戏"。在这次讲座中被我严厉批评，觉得"啊，看来我还是不行"的人，说不定到五或十年后就能写出了不起的作品，所以任谁也不能断言你们的"可能性为零"。话虽如此，如果一直停留在现阶段的话，那么大家成为职业作家的可能性确实无限接近于零。

成为职业作家的人，有很多别人想不到的创意，有各种各样的切入点。尤其是这次讲评被指出写得"太类型化""太弱"的人，请认真想一想。你们应该秉着"这个不行，应该还有更好的"的态度，绞尽脑汁地思考，主动把自己逼至绝境。尽管还剩一些时间，但我已经没什么能教给你们的了，所以我也很着急，因为只有"怎样才能想出有趣的创意"是没办法教的，你们只能靠自己的力量跨越这道障碍。所以请读书吧。只有大量阅读各种体裁的书，提升经验，才能使自己的"抽屉"增多，才能想出好的创意。

关于这次的课题，再来听听编辑们的意见吧。主编，你觉得怎样？

主编：由于讲座已到了最后阶段，我这次满怀期待地读了大家的作品，但老实说有点儿失望。我想了下原因，大概正如大泽所说，这一年大家的技巧都有了很大提高，正因如此，反而使内在的不足凸显出来了。从这个意义上讲，我也明白了大泽安排"恐惧"这一课题的理由。"恐惧"该如何理解？想出的创意是否经过"这个真的行吗"的多次怀疑？说得更明白些，这个课题恰恰更考验大家的写作意识和感觉。我和很多作家交谈过，读过你们的作品以后，我再次认识到，那些写出有趣作品的、受到广泛喜爱的职业作家，在写作过程中要承受不忍示人的极大艰辛。说句不客气的话，你们还远远不够努力呀。这个讲座在业界内备受好评，我也希望听讲的学生能成为未来的职业作家，但老实说，按照目前的情况来看，你们将很难以职业作家的身份出道。

如此下去毫无成果，思维必须探索得更远

大泽：通过这次的课题作品我注意到，不少人都有共通的缺点：情节不够凝练；没有起承转合；登场人物过于类型化；主人公缺乏魅力。大家所塑造的主人公明显欠缺魅力。即使是短篇小说的主人公，也要塑造得让读者觉得"还想读有这样的主人公出场的故事"，"还想再见到这样的家伙"。哪怕是配角，也要塑造得格外有趣，让读者觉得"这样的人简直太有趣了，用这样的角色写多少小说都没问题"。还有

很基本的一点，就是要仔细考虑起承转合。请认真思考如何开始，怎样转折，让故事有个什么样的结局。这一点至关重要。

正如主编所说，职业作家的创作真的非常辛苦。尽管历尽辛苦，写出的作品却很可能不受好评，卖不出去，没有读者追随——这就是出版界的现状。你们作为业余写作爱好者，不可能稍微动动脑就能写出足以匹敌职业作家的作品。你们必须让自己受苦，不停逼迫自己，当觉得"不行了，只能这样了"的时候，必须告诉自己：在更远的地方还有更好的东西。

各位，你们现在就像身处一个完全黑暗的房间里，正在拼命用手摸墙调查，想确认房间的形状——是四方形的，还是圆形或三角形的呢？后来你们终于知道房间是四方形的。但是，你们不能觉得"那就把四方形的房间写成小说吧"，必须进一步探索这个四方形的房间，找到一扇门，思考门的对面有什么。希望你们不要满足于自己的创意，要努力让自己的思维探索得更深、更远。

关于毕业作品

我在前面的课上反复说过的要点，大家应该都写成笔记记住了。那些要点有人能做到，也有人很遗憾，并没有多少进步。基于这种情况，我想在最后让大家创作一篇长篇小说，作为毕业作品。四百字满页的稿纸，写二百五十页到四百页，主题任意，距截止日期有近五个月的时间。如果写得好，或许能通过角川书店出版单行本，作为你们的出道作品，所以请认真对待。

这是我给大家出的最后一个课题，也是个难得的好机会。不过，大家之前一直听我反复强调，想必应该明白：就算能在现在出道，也无法保证今后能一直以作家的身份为生。换个角度想想，比起现在出道，也许摘得"含金量"高的新人奖的桂冠出道，对你们的未来会更有利。因此，请不要抱着"随便写写"的心态。如果觉得写出的作品不行，就不要强行配合截止时间，可以多花些时间修改润色，好参加别的新人奖。有时也需要具备放弃毕业作品的勇气。我这么说，并不是要冷漠地抛弃大家，而是希望你们能付出更大的努力，做更深入的思考。

我不知道五个月的时间对大家来说是长是短。如果用其中的两个月写作，其余三个月最好用来准备材料，锤炼情节。又或者，也可以用前三个月把作品写完，剩下的两个月用来修改润色。问题在于，如果一开始选择的素材不行，不管怎样修改，作品的完成度也提高不了多少。六十分的素材再怎么润色，最多也只能达到七十分。如果能找到七十分的素材，就能达到八十分，八十分的素材就能达到九十分。希望大家在这方面慎重考虑，确定好时间如何分配。

后　记

　　我给报纸、周刊杂志、文艺杂志等各类媒体写过作品，但像这样反响热烈的连载，还是头一次。

　　很多同行和编辑对我说："你的那个讲座连载，我正追着呢。"据说《小说 野性时代》的编辑同其他作家碰头时，也有很多人表示自己正在追读那个连载。

　　这些人大多在觉得"有趣"的同时，恐怕还会惊讶地想："大泽在昌可真够拼的。"

　　他们所谓的"真够拼的"，除了"这样把老底都暴露出来不要紧吗"的疑虑之外，大概还有"就算教到这种程度，做不到的人还是做不到"的意思吧。此外，或许还有"像那样在杂志上夸夸而谈，说不定会引起反感哦"的含义。如果其他作家进行这样的连载，我自己大概也会这么想。

　　说老实话，直到今天，我仍搞不懂自己怎么会开始这个连载的。因为我切实地感觉到，我真的拿出了自己能拿出的一切。

　　因这个跨时一年有余的讲座，我每个月都会去角川书店，在讲座前后，与到场的编辑们交流。这样度过的时间，与写小说时不同，但很充实。写小说时，至多只能和责任编辑一个人共同合作，无法像讲座这样，同五六位编辑共同合作。

也就是说，这是个令人愉快的工作。

来听讲座的十二个学生，没有一个人掉队，大家都挑战了作为"毕业作品"的长篇小说的创作。按照预定计划，谁写出足够优秀的作品，就能以出版单行本的形式出道。

尽管这与我讲授的内容——"不要以向出版社投稿出道，要以在新人奖中获奖出道"——有所违背，但鉴于如今业界对这次连载非常关注，所以我认为，这比起普通的投稿方式还是有利的。

写这篇后记的此时此刻，我并不知道会不会有人以这种方式出道，但正如文中所述："没必要急着出道。"过早出道，以后会很辛苦，有时会造成无可挽回的结果。

再强调一遍，如今的出版界正处于转折期，在这种情况下，想当作家的人或许是"鲁莽"的，需要直面逆境的勇气。

然而，想看有趣故事的人未必会减少。想让这些读者的数量增多，唯一的办法是更多地推出能写出有趣故事的作者。

我在二十三岁出道，对其他职业一无所知，就在这个世界里慢慢"长大"了。只是结果如此，我完全没想过这样有多好。作家是有很多弱点的。即便如此，对于这个我赖以为生的世界，对于这个让我时而感受到"当作家真是太好了"的喜悦的世界，我仍然想报恩。

所谓"报恩"，就是希望阅读这本书的读者能有人成为职业作家，为世人送上有趣的故事。

　　这简直像是在做梦，可对于世界上的很多人而言，"成为作家"的愿望不也是个很美丽的梦吗？

　　我的父亲，在我出道前一个月因癌症离开了。直到临死的那一刻，他仍在劝我："丢掉当作家的梦吧。"

　　这本书的出版，得到了作家泽岛优子的莫大帮助。可能有读者以为我在讲座上的讲授真是"思路清晰"，但那其实在很大程度上有赖于泽岛女士的细心准备。

　　此外，如果没有角川书店编辑部的三宅信哉先生和深泽亚季子女士的美言和鼓励，本书也不会完成。

　　还有十二个学生。为了确保在他们今后取笔名时，这次听讲座的经历不至于"拖后腿"，刊载时就全使用了动植物的化名，因此不便一一列出姓名，但与他们的相处，也令我获益匪浅。

　　感谢大家。

大泽在昌

图书在版编目（CIP）数据

畅销作家写作全技巧 / (日) 大泽在昌著；程亮译.
—南昌：江西人民出版社, 2017.7 (2020.11重印)
ISBN 978-7-210-09245-2-01

Ⅰ. ①畅… Ⅱ. ①大… ②程… Ⅲ. ①小说创作Ⅳ. ①I054

中国版本图书馆CIP数据核字(2017)第054601号

SHOSETSU KOZA URERU SAKKA NO ZENGI JUTSU
by OSAWA Arimasa
Copyright © 2012 OSAWA Arimasa
All rights reserved.
Originaly published in Japan by KADOKAWA, Tokyo.
Chinese (in simplified character only) translation rights arranged with
RACCOON AGENCY, INC., Japan
through THE SAKAI AGENCY and BARDON–CHINESE MEIDA AGENCY.

Simlified Chinese translation copyright © 2017 by Ginkgo (Beijing) Book Co., Ltd. Industry.
本书中文简体版由银杏树下（北京）图书有限责任公司出版发行。

版权登记号：14-2017-0116

畅销作家写作全技巧

著者：［日］大泽在昌　　译者：程　亮
责任编辑：王　华　　钱　浩
出版发行：江西人民出版社　　印刷：北京天宇万达印刷有限公司
889毫米×1194毫米　1/32　印张11　字数260千字
2017年7月第1版　2020年11月第7次印刷
ISBN 978-7-210-09245-2-01
定价：53.00元
赣版权登字 —01—2017—204

后浪出版咨询(北京)有限责任公司常年法律顾问：北京大成律师事务所
周天晖 copyright@hinabook.com
未经许可，不得以任何方式复制或抄袭本书部分或全部内容
版权所有，侵权必究
如有质量问题，请寄回印厂调换。联系电话：010-64010019